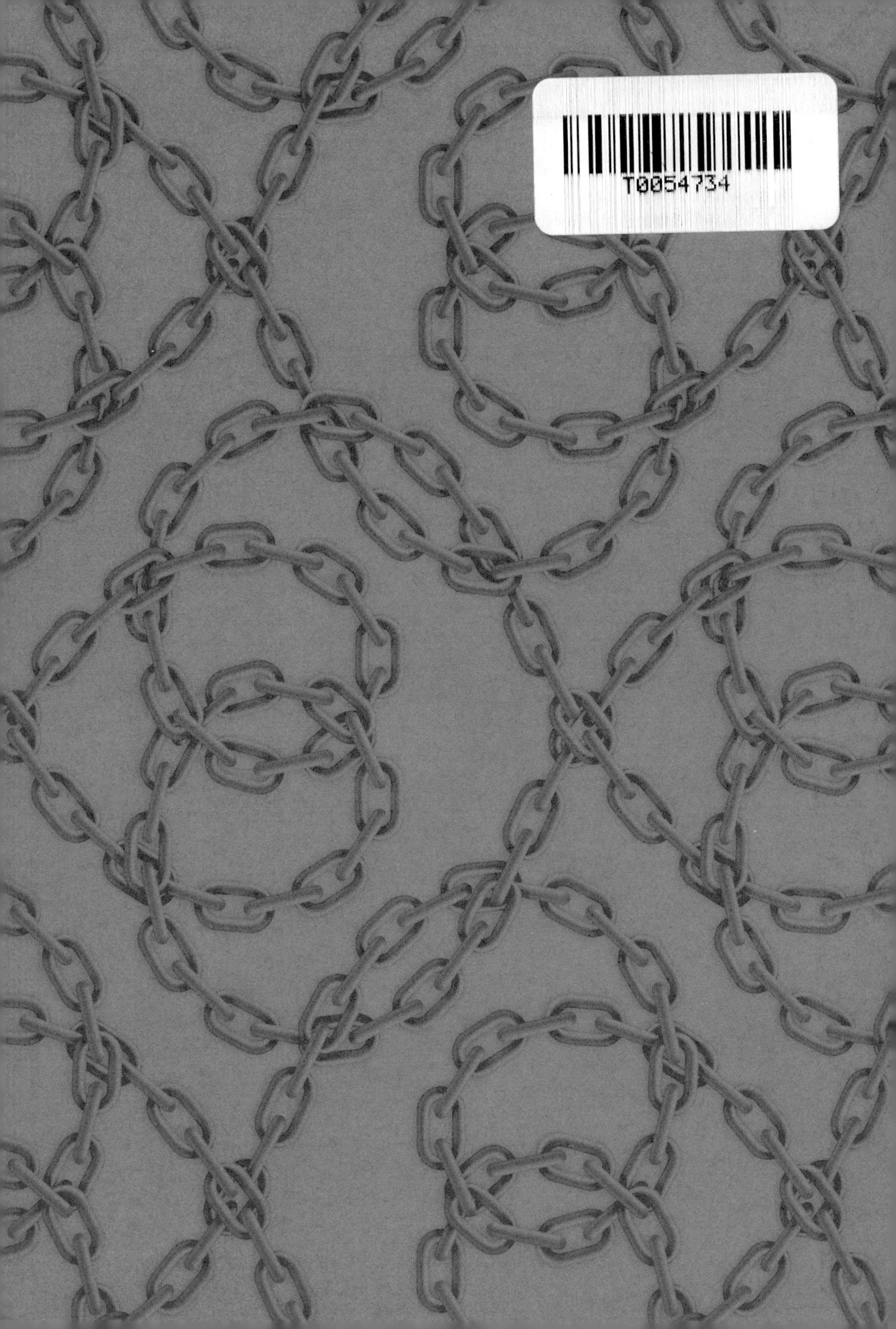

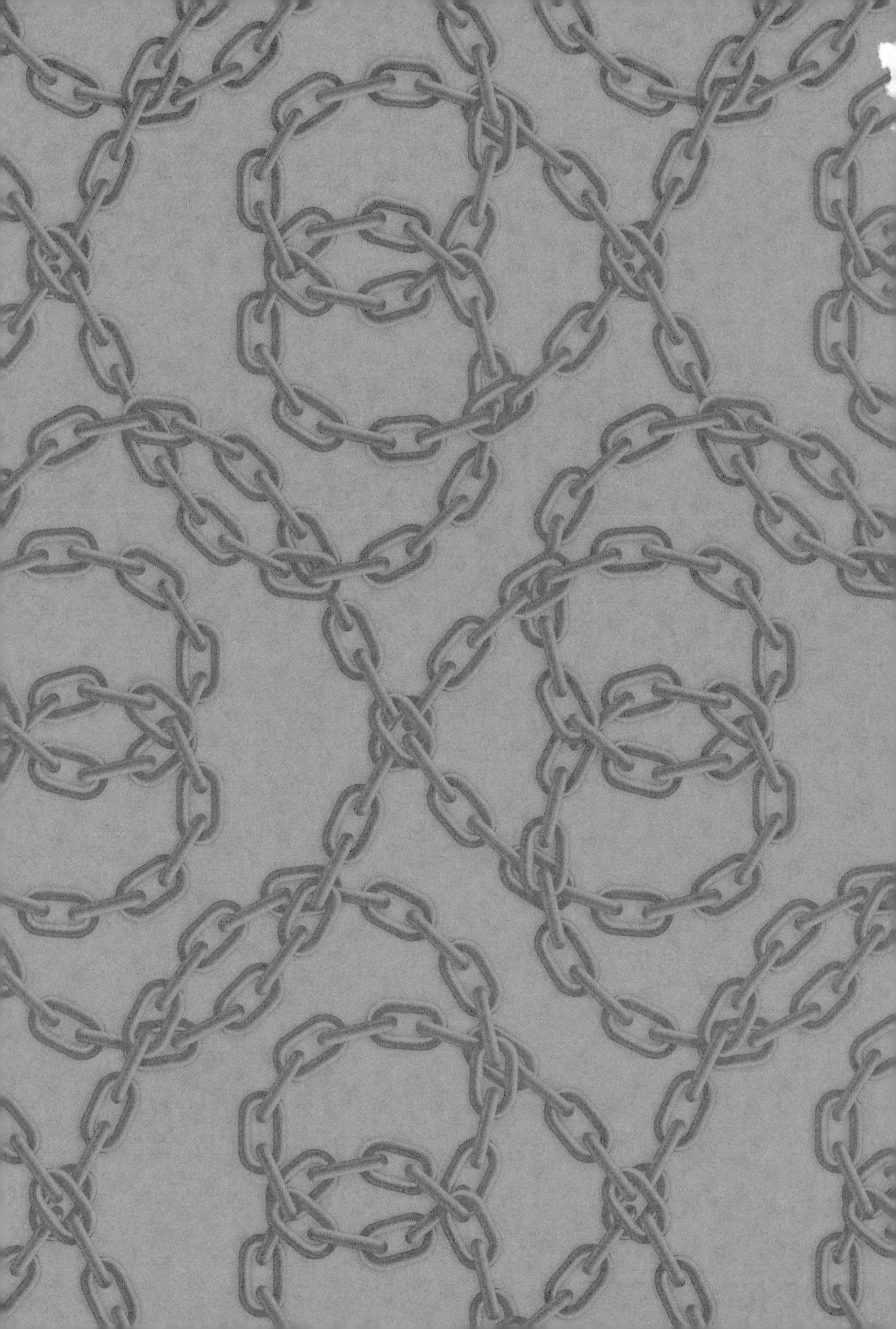

ALMA CLÁSICOS ILUSTRADOS

Oscar Wilde

Ilustraciones de
Fernando Falcone

Edición revisada y actualizada

Títulos originales de las colecciones:
The Happy Prince and Other Tales
Lord Arthur Savile's Crime and Other Stories
A House of Pomegranates
The Ballad of Reading Gaol

www.editorialalma.com

@almaeditorial
@Almaeditorial

Diseño de la colección: lookatcia.com
Diseño de cubierta: lookatcia.com
Maquetación y revisión: LocTeam, Barcelona

ISBN: 978-84-17430-05-4
Depósito legal: B13432-2018

Impreso en España
Printed in Spain

El papel de este libro proviene de bosques gestionados de manera sostenible.

ÍNDICE

El Príncipe Feliz y otros cuentos

El Príncipe Feliz 9

El ruiseñor y la rosa 21

El gigante egoísta 29

El amigo fiel 35

El famoso cohete 49

El crimen de lord Arthur Savile y otras historias

El crimen de lord Arthur Savile 65

El fantasma de Canterville 103

La esfinge sin secreto 137

El modelo millonario 145

El retrato de Mister W. H. 153

Una casa de granadas

El joven rey 193

El cumpleaños de la infanta 209

El pescador y su alma 229

El niño estrella 265

Balada de la cárcel de Reading

Balada de la cárcel de Reading 285

El Príncipe Feliz y otros cuentos

1888

El Príncipe Feliz

SOBRE la ciudad, en una alta columna, se erigía la estatua del Príncipe Feliz. Estaba cubierta de finas hojas de oro, los ojos eran dos brillantes zafiros, y en el puño de su espada relucía un rubí rojo.

Realmente era muy admirada.

—Es tan bella como una veleta —señaló uno de los concejales de la ciudad, que deseaba ganarse la fama de tener gusto artístico—, aunque no tan útil —añadió, temeroso de que la gente creyese que no era práctico, cuando en realidad esto no era cierto.

—¿Por qué no puedes ser tú como el Príncipe Feliz? —le preguntó una madre sensible a su pequeño hijo que le pedía la luna—. El Príncipe Feliz nunca llora por nada.

—Estoy contento de que haya alguien en el mundo que es completamente feliz —murmuró un hombre desengañado de la vida, al mirar la hermosa estatua.

—Parece un ángel —dijeron los niños del orfanato cuando salían de la catedral con sus capas escarlata y sus guardapolvos blancos y limpios.

—¿Cómo lo sabéis? —preguntó el profesor de matemáticas—. Nunca habéis visto ninguno.

—¡Ah! Sí, lo hemos visto en sueños —contestaron los niños.

Y el profesor de matemáticas frunció el ceño y los miró severamente, porque no le gustaba que los niños soñaran.

Una noche voló sobre la ciudad una pequeña golondrina. Sus amigas se habían ido a Egipto seis semanas antes, pero ella se había quedado atrás, porque estaba enamorada del más bello junco. Lo había conocido en la primavera, cuando volaba sobre el río, tras una gran mariposa amarilla. Su esbelto cuerpo la había atraído, y se había detenido a hablar con él.

—¿Te amaré? —le preguntó la golondrina, a la que le gustaba ir al grano, y el junco le hizo una reverencia.

Así pues, ella voló a su alrededor tocando el agua con sus alas y agitando la superficie de plata. Así fueron sus amores, que duraron todo el verano.

—Es algo ridículo —murmuraban las otras golondrinas—; él no tiene dinero y, sin embargo, tiene demasiados parientes.

En verdad, el río estaba lleno de juncos. Y cuando llegó el otoño, todas volaron lejos.

Cuando se fueron las demás, la golondrina se sintió sola y empezó a cansarse de su amor.

—No tiene conversación —se dijo—, y me temo que es muy engreído y siempre está coqueteando con la brisa.

Y ciertamente, cuando la brisa soplaba, el junco hacía las más graciosas contorsiones.

—Admito que es muy hogareño —continuó—, pero a mí me gusta viajar, y a mi esposo, en consecuencia, debería gustarle también.

—¿Quieres venir conmigo? —le dijo por fin.

Pero el junco movió la cabeza, porque estaba muy unido a su hogar.

—Has estado burlándote de mí —exclamó ella—. Me voy a las pirámides. ¡Adiós!

Y se echó a volar.

Voló todo el largo día y por la noche llegó a la ciudad.

—¿Dónde podré guarecerme? —se dijo—. Espero que la ciudad haya hecho preparativos.

Entonces vio la estatua sobre la alta columna.

—Me cobijaré allí —exclamó—. Es un lugar muy bello y con mucho aire fresco.

Así pues, se posó entre los pies del Príncipe Feliz.

—Tengo un dormitorio de oro —se dijo al mirar a su alrededor, y se preparó para dormir.

Pero cuando puso la cabeza bajo un ala, una gran gota de agua cayó sobre ella.

—¡Qué cosa tan curiosa! —exclamó—. No hay una sola nube en el cielo, las estrellas son claras y brillantes y, sin embargo, está lloviendo. El clima del norte de Europa es realmente horrible. Al junco le gustaba la lluvia, pero era por simple egoísmo.

Entonces cayó otra gota.

—¿De qué sirve una estatua si no puede guarecer de la lluvia? —se preguntó—. Tendré que buscar una buena capucha de chimenea.

Y decidió irse volando.

Pero antes de que abriera sus alas cayó una tercera gota, y entonces miró hacia arriba y vio, ¡ay!, ¿qué fue lo que vio?

Los ojos del Príncipe Feliz estaban llenos de lágrimas, y éstas corrían por sus mejillas de oro. Su rostro era tan bello a la luz de la luna que la pequeña golondrina sintió compasión.

—¿Quién eres? —le preguntó.

—Soy el Príncipe Feliz.

—Entonces, ¿por qué lloras? —preguntó la golondrina—. Me has empapado hasta los huesos.

—Cuando yo estaba vivo y tenía un corazón humano —contestó la estatua—, no sabía lo que eran las lágrimas, porque vivía en el palacio de Sans-Sonci, donde no se permitía entrar a la tristeza. Por el día jugaba con mis compañeros en el jardín, y por la noche presidía el baile en el gran salón. El jardín estaba rodeado por un alto muro, pero yo nunca me preocupé de preguntar lo que había tras él, porque todo cuanto me rodeaba me parecía hermoso. Mis cortesanos me llamaban el Príncipe Feliz, y en verdad yo era feliz, si es que el placer es la felicidad. Así viví y así morí después. Y ahora que estoy muerto me han colocado aquí, tan alto que puedo ver toda la pobreza y la miseria de mi ciudad, y aunque mi corazón está hecho de plomo, no puedo por menos que llorar.

«¡Ah!, ¿no es de oro macizo?», se preguntó la golondrina.

Pero estaba demasiado bien educada para decir en voz alta este comentario personal.

—Allí abajo —continuó la estatua en voz baja y musical—, en una calle estrecha, hay una casa pobre. Una de las ventanas está abierta, y por ella puedo ver a una mujer sentada ante una mesa. Su rostro es delgado y sarmentoso, y tiene las manos ásperas y rojas, todas pinchadas por la aguja, porque es una costurera. Está bordando pasionarias en un vestido de seda, para la más bella de las damas de honor de la reina, la cual lo vestirá en el próximo baile de la corte. En un rincón de la habitación hay una cama en la que descansa su hijito enfermo. Tiene fiebre y está pidiendo naranjas. Su madre no puede darle otra cosa que agua del río, y por eso está llorando. Golondrina, golondrina, golondrinita, ¿quieres llevarle el rubí que hay en el puño de mi espada? Mis pies están sujetos a este pedestal y no puedo moverme.

—Me están esperando en Egipto —dijo la golondrina—. Mis amigas están volando por encima del Nilo y están hablando con las grandes flores de loto. Pronto se irán a dormir en la tumba del gran faraón. El faraón yace allí en su ataúd pintado. Está envuelto en lino amarillo y embalsamado con especias. Alrededor de su cuello lleva una cadena de jade verde pálido y sus manos son como hojas secas.

—Golondrina, golondrina, golondrinita —dijo el Príncipe—, ¿no te quedarás conmigo una noche y serás mi mensajera? ¡El niño tiene tanta sed y su madre está tan triste!

—No me gustan mucho los niños —contestó la golondrina—. El verano pasado, cuando estuve junto al río, había dos muchachos rudos, hijos de un molinero, que siempre estaban tirándome piedras. Nunca me dieron, por supuesto, ya que las golondrinas volamos demasiado alto para eso y además desciendo de una familia famosa por su agilidad; pero, de todas formas, era una falta de respeto.

Pero el Príncipe Feliz parecía tan triste que la pequeña golondrina se compadeció:

—Hace mucho frío aquí, pero me quedaré contigo esta noche y seré tu mensajera.

—Gracias, golondrinita —dijo el Príncipe.

Así pues, la golondrina cogió con el pico el gran rubí de la espada del príncipe y voló sobre los tejados de la ciudad.

Pasó por la torre de la catedral, donde estaban esculpidos blancos ángeles de mármol. Pasó junto al palacio y oyó el ruido del baile. Una bella muchacha salió a un balcón con su amante.

—¡Qué maravillosas son las estrellas! —le dijo él a ella—. ¡Y qué maravilloso es el poder del amor!

—Espero que mi vestido esté listo para el baile de la corte —contestó ella—. He ordenado que lo borden con pasionarias, pero las costureras son muy perezosas.

Voló sobre el río y vio las linternas colgantes en los mástiles de los barcos. Pasó sobre el gueto y vio a los viejos judíos comerciando entre sí y pesando las monedas en balanzas de cobre. Por fin llegó a la casa pobre y miró hacia dentro. El niño se removía febrilmente en su cama y la madre se había quedado dormida, pues estaba muy cansada. Entró y puso el rubí sobre la mesa, junto al dedal de la mujer. Después voló alrededor de la cama, refrescando con sus alas la frente del niño.

—¡Qué frío siento! —dijo éste—. Debo de estar ya mejor.

Y cayó en un delicioso sueño. Entonces la golondrina volvió con el Príncipe Feliz y le refirió lo que había hecho.

—Es curioso —señaló—, pero ahora siento mucho calor, aunque hace frío.

—Es porque has hecho una buena acción —replicó el Príncipe.

Y la golondrinita se puso a pensar, y entonces se quedó dormida. Siempre le entraba sueño cuando pensaba.

Al amanecer voló hacia el río y tomó un baño.

—¡Qué curioso fenómeno! —observó el profesor de ornitología, que pasaba por el puente—. ¡Una golondrina en invierno!

Y le escribió una larga carta al periódico local relatando el hecho. Todos hicieron comentarios sobre ella, pues estaba llena de palabras incomprensibles.

—Esta noche me voy a Egipto —dijo la golondrina; y el solo pensamiento la hacía sentirse muy contenta.

Visitó todos los monumentos públicos y estuvo largo tiempo en lo alto del campanario de la iglesia. Por todos los sitios los gorriones se hablaban entre ellos.

—¡Qué extranjera más distinguida! —decían, y ella se sentía muy contenta.

Cuando salió la luna volvió con el Príncipe Feliz.

—¿Tienes algún encargo para Egipto? —exclamó—. Voy a partir de inmediato.

—Golondrina, golondrina, golondrinita —dijo el Príncipe—, ¿no te quedarás conmigo una noche más?

—Me están esperando en Egipto —contestó la golondrina—. Mañana mis amigas volarán sobre la segunda catarata. Los hipopótamos se mecen entre los juncos, y en una gran casa de granito se encuentra el dios Memnón. Todas las noches contempla las estrellas, y cuando sale la estrella matutina lanza un grito de alegría y después se queda en silencio. A mediodía, los leones amarillos bajan a la orilla del río a beber agua. Tienen los ojos verdes como berilos, y su rugido es más fuerte que el de la catarata.

—Golondrina, golondrina, golondrinita —le rogó el Príncipe—, vete a la ciudad a ver a un joven que hay en una buhardilla. Está inclinado sobre un escritorio cubierto de papeles y en un jarrillo a su lado hay un ramito de violetas. Su pelo es negro y crespo; y sus labios, rojos como la granada, y tiene unos ojos grandes y soñadores. Está intentando terminar una obra para el director del teatro, pero tiene demasiado frío para escribir. No hay fuego y él tiene hambre.

—Me quedaré contigo una noche más —se ofreció la golondrina, que realmente tenía buen corazón—. ¿Le llevaré otro rubí?

—¡Ay! Ya no tengo rubíes —se lamentó el Príncipe—. Mis ojos son todo lo que tengo. Son unos zafiros raros, traídos de la India hace mil años. Arranca uno de ellos y llévaselo. Se lo venderá a un joyero y podrá comprar madera para el fuego y terminará la obra.

—Querido Príncipe —protestó la golondrina—, no puedo hacer eso.

Y empezó a llorar.

—Golondrina, golondrina, golondrinita —dijo el Príncipe—, haz lo que te mando.

Y la golondrina arrancó uno de los ojos del Príncipe y voló hacia el cuarto del estudiante. Fue muy fácil entrar, pues había un hueco en el tejado. A través de él penetró en la habitación. El joven tenía la cabeza entre las manos y no pudo oír el aleteo del pájaro, y cuando levantó la vista vio el bello zafiro junto al ramo de violetas.

—Estoy empezando a ser apreciado —exclamó—. Esto es de algún admirador. Ahora podré terminar mi obra.

Y se puso muy contento.

Al día siguiente, la golondrina voló por el puerto. Se posó en el mástil de una gran embarcación y observó a los marineros elevando arcones sujetos con cuerdas.

—¡Aaarriba! —gritaban al ir subiendo cada arcón.

—¡Me voy a Egipto! —exclamó la golondrina.

Pero nadie le hizo caso, y cuando salió la luna volvió con el Príncipe Feliz.

—Vengo a decirte adiós —exclamó.

—Golondrina, golondrina, golondrinita —dijo el Príncipe—, ¿no te quedarías conmigo una noche más?

—Es invierno —contestó la golondrina—, y la fría nieve llegará muy pronto. En Egipto el sol es cálido y cae sobre las verdes palmeras, y los cocodrilos descansan entre el lodo, mirándose perezosamente. Mis compañeras están construyendo un nido en el templo de Baalbec, y las palomas blancas y rosadas las observan atentamente al mismo tiempo que se arrullan. Querido Príncipe, debo dejarte, pero no te olvidaré jamás, y la próxima primavera te traeré dos joyas maravillosas como las que tú has dado. El rubí será más rojo que una rosa roja, y el zafiro será tan azul como el gran mar.

—Abajo, en la playa —dijo el Príncipe Feliz—, hay una pequeña vendedora de cerillas. Se le han caído los fósforos y se han estropeado. Su padre le pegará si no lleva algún dinero a casa, y por eso está llorando. No tiene zapatos ni calcetines y lleva la cabeza al descubierto. Coge mi otro ojo y dáselo, y su padre no le pegará.

—Estaré contigo una noche más —dijo la golondrina—, pero no puedo arrancarte el otro ojo. Te quedarías completamente ciego entonces.

—Golondrina, golondrina, golondrinita —le rogó el Príncipe—, haz lo que te mando.

Y ella arrancó el otro ojo del Príncipe y bajó volando con él. Pasó junto a la vendedora de fósforos y dejó caer la joya en la palma de su mano.

—¡Qué pedazo de cristal tan bonito! —exclamó la muchachita.

Y se marchó corriendo y muy alegre a su casa.

Entonces la golondrina volvió con el Príncipe.

—Ahora estás ciego —dijo—, y me quedaré para siempre contigo.

—No, golondrinita —se opuso el Príncipe—, debes irte a Egipto.

—Me quedaré siempre contigo —zanjó la golondrina.

Y se durmió a los pies del Príncipe.

Durante todo el día siguiente estuvo sobre el hombro del Príncipe, y le contó todo lo que había visto en las tierras extrañas. Le habló de los ibis rojos que hay en las orillas del Nilo y que cogen peces dorados con sus picos; de la Esfinge, que es tan vieja como el mundo mismo y vive en el desierto y lo sabe todo; de los mercaderes, que andan lentamente junto a sus camellos llevando rosarios de ámbar en las manos; del rey de las montañas de la Luna, que es tan negro como el ébano y adora a un gran cristal; de la gran serpiente verde que duerme en una palmera y tiene veinte sacerdotes que la alimentan con tortas de miel; y de los pigmeos que navegan por un gran lago sobre grandes hojas planas y que siempre están en guerra con las mariposas.

—Querida golondrinita —dijo el Príncipe—, tú me hablas de cosas maravillosas, pero mucho más maravilloso es el sufrimiento de los hombres y las mujeres. No hay un misterio tan grande como la miseria. Vuela sobre mi ciudad, golondrinita, y dime luego lo que has visto.

Y la golondrina voló sobre la ciudad y vio a los ricos divirtiéndose en sus bellas casas, mientras los mendigos se sentaban a sus puertas. Voló sobre oscuros callejones y vio las caras blancas de los niños hambrientos que miraban hacia el exterior en tinieblas. Bajo el arco de un puente dos muchachos se acurrucaban intentando darse calor.

—¡Qué hambre tenemos! —dijeron.

—No podéis quedaros aquí —exclamó el vigilante.

Y ellos se marcharon bajo la lluvia.

Entonces volvió y le refirió al Príncipe lo que había visto.

—Estoy cubierto de oro fino —dijo el Príncipe—. Debes cogerlo hoja por hoja y dárselo a los pobres; todos creen que el oro puede hacerlos felices.

Y la golondrina arrancó hoja por hoja el oro fino, hasta que el Príncipe Feliz se quedó gris y sin brillo. Hoja por hoja de oro fino les llevó a los pobres, y las caras de los niños tomaron color y todos se reían y jugaban en la calle.

—¡Ahora tenemos pan! —gritaban.

Entonces llegó la nieve, y después de la nieve, el hielo. Las calles parecían hechas de plata, pues estaban brillantes y relucientes. Grandes carámbanos, como dagas de cristal, colgaban de las cornisas de las casas. Todos iban con pieles, y los niños llevaban sombreros escarlatas y patinaban sobre el hielo.

La pobre golondrinita tuvo más y más frío; pero no abandonó al Príncipe, porque lo quería mucho. Picoteaba las migas en la puerta del panadero cuando éste no miraba e intentaba darse calor batiendo sus alas.

Pero por fin comprendió que iba a morir. Entonces voló al hombro del Príncipe una vez más.

—¡Adiós, querido Príncipe! —murmuró—. ¿Me permites que te bese la mano?

—Me alegro de que al fin vayas a Egipto, pequeña golondrina —dijo el Príncipe—. Has estado demasiado tiempo aquí. Pero bésame en los labios, porque te amo.

—No es a Egipto adonde me voy —repuso la golondrina—. Me voy a la Casa de la Muerte. La muerte es la hermana del sueño, ¿verdad?

Y besó al Príncipe Feliz en los labios y cayó muerta a sus pies.

En ese momento se oyó un curioso ruido en el interior de la estatua, como si algo se hubiera roto. El hecho era que el corazón de plomo se había partido en dos. Lo cierto era que hacía un frío terrible.

Por la mañana temprano, el alcalde iba por la plaza en compañía de los concejales. Al pasar junto a la columna que sostenía la estatua, miró hacia arriba.

—¡Cielos! ¡Qué feo está el Príncipe Feliz! —dijo.

—¡Está feo, en verdad! —exclamaron los concejales, que siempre estaban de acuerdo con el alcalde.

Y todos miraron hacia arriba.

—Se ha caído el rubí de su espada, no tiene ojos y ya no está dorado —observó el alcalde—. ¡El hecho es que parece un mendigo!

—¡Parece un mendigo! —lo secundaron los concejales.

—¡Y hay un pájaro muerto a sus pies! —continuó el alcalde—. Debemos implantar una ley que impida a los pájaros morirse aquí.

Y el secretario tomó nota de la sugerencia.

Así pues, se derribó la estatua del Príncipe Feliz.

—Como ya no es bello, ya no es útil —dijo el profesor de arte de la universidad.

Entonces se llevó la estatua a que la fundieran, y el alcalde convocó una reunión de la corporación para decidir lo que se iba a hacer con el metal.

—Debemos hacer otra estatua, desde luego —propuso—, y será una estatua mía.

—¡No, mía! —opinaban todos los concejales.

Y empezaron a disputar.

La última vez que oí hablar de ellos, seguían riñendo.

—¡Qué cosa tan extraña! —observó el encargado de los obreros de la fundición—. Este corazón de plomo roto no se funde. Lo tiraremos.

Y lo arrojó en un basurero donde también yacía el cuerpo de la golondrina.

—Tráeme las dos cosas más preciosas de la ciudad —le ordenó Dios a uno de sus ángeles.

Y el ángel le llevó el corazón de plomo y el ave muerta.

—Has escogido bien —dijo Dios—, porque en el jardín del Paraíso este pajarillo cantará eternamente, y en mi ciudad de oro el Príncipe Feliz me glorificará.

EL RUISEÑOR Y LA ROSA

—ELLA dijo que bailaría conmigo si le traía rosas rojas —exclamó el joven estudiante—, pero en todo mi jardín no hay ni una sola rosa roja.

Desde su nido de la encina, el ruiseñor lo oyó y lo miró asombrado a través de las hojas.

—¡No hay ninguna rosa roja en mi jardín! —exclamó el estudiante con los ojos llenos de lágrimas—. ¡Ah, de qué poca cosa depende la felicidad! He leído todo lo que los sabios han escrito y poseo todos los secretos de la filosofía y, sin embargo, mi vida se va a destrozar a causa de una rosa roja.

—He aquí por fin un verdadero enamorado —dijo el ruiseñor—. Noche tras noche he cantado para él, aunque no lo conocía; noche tras noche le he contado a las estrellas su historia y ahora por fin lo veo. Su cabello es oscuro como la flor del jacinto, y sus labios son rojos como la rosa que desea; pero la pasión ha puesto su cara pálida como el marfil y la tristeza le ha puesto su marca en la frente.

—El príncipe da un baile mañana por la noche —murmuró el joven—, y mi amor estará allí. Si le llevo una rosa roja, bailará conmigo hasta el amanecer. Si le llevo una rosa roja, la estrecharé en mis brazos y ella recostará su cabeza en mi hombro y su mano se apretará a la mía. Pero no hay ninguna rosa roja en mi jardín, y yo estaré solo y ella no se fijará en mí. Ni siquiera me mirará, y mi corazón quedará destrozado.

—He aquí, en verdad, el verdadero amor —dijo el ruiseñor—. Yo canto y él sufre; lo que para mí es alegría, para él es dolor. Ciertamente, el amor es una cosa maravillosa. Es más precioso que las esmeraldas y los bellos ópalos. Las perlas y las granadas no pueden comprarlo ni puede ser vendido en el mercado. No puede obtenerse de los mercaderes ni ser vendido a peso de oro.

—Los músicos se sentarán en la galería —replicó el joven estudiante—, tocarán sus instrumentos y mi amor bailará al son del arpa y el violín. Bailará con tal suavidad que sus pies no tocarán el suelo y los cortesanos con sus mejores trajes se pondrán a su alrededor. Pero conmigo no bailará, porque no le habré podido dar una rosa roja.

Y cayó llorando sobre la hierba, escondiendo el rostro entre las manos.

—¿Por qué está llorando? —preguntó una lagartija verde, que pasaba junto a él con la cola levantada.

—Eso: ¿por qué? —la secundó la mariposa que volaba tras un rayo de sol.

—Eso: ¿por qué? —susurró una margarita a su vecina, en voz suave y baja.

—Está llorando por una rosa roja —respondió el ruiseñor.

—¿Por una rosa roja? —exclamaron—. ¡Qué ridiculez!

Y la pequeña lagartija, que a veces era un poco cínica, se echó a reír.

Pero el ruiseñor comprendía el secreto de la tristeza del estudiante y permaneció en silencio en la encina, pensando en el misterio del amor.

De repente abrió sus alas oscuras para volar y se lanzó al espacio. Pasó a través de los árboles como una sombra, y como una sombra atravesó el jardín.

En el centro de una zona de hierba había un bello rosal, y cuando voló sobre él descendió y se posó en una rama.

—Dame una rosa roja —exclamó—, y te cantaré mi más dulce canción.

Pero el rosal movió la cabeza.

—Mis rosas son blancas —contestó—, tan blancas como la espuma del mar y más blancas que la nieve de las montañas. Pero ve a ver a mi hermano, que crece alrededor del reloj de sol, y quizás él te dé lo que quieres.

Y el ruiseñor voló hacia el rosal que crecía alrededor del reloj de sol.

—Dame una rosa roja —exclamó—, y te cantaré mi más dulce canción.

Pero el rosal movió la cabeza.

—Mis rosas son amarillas —contestó—, tan amarillas como el cabello de la sirena que se sienta en un trono de ámbar, y más amarillas que el narciso que florece en el prado antes que llegue el segador con su hoz. Pero ve a ver a mi hermano, que crece junto a la ventana del estudiante, y quizá él te dé lo que quieres.

Así pues, el ruiseñor voló hacia el rosal que crecía junto a la ventana del estudiante.

—Dame una rosa roja —exclamó—, y te cantaré mi más dulce canción.

Pero el rosal movió la cabeza.

—Mis rosas son rojas —contestó—, tan rojas como las patas de la paloma y más rojas que los grandes abanicos de coral que se mecen en las grutas del océano. Pero el invierno ha helado mis venas y el hielo ha marchitado mis hojas y la tormenta ha roto mis ramas, y este año no tengo rosas.

—Una rosa roja es todo lo que quiero —exclamó el ruiseñor—, ¡sólo una rosa roja! ¿No hay forma de poder conseguirla?

—Hay una forma —contestó el rosal—, pero es tan terrible que no me atrevo a decírtela.

—Dímela —dijo el ruiseñor—. No tengo miedo.

—Si quieres una rosa roja —explicó el rosal—, debes hacerla con música a la luz de la luna y mancharla con la propia sangre de tu corazón. Debes cantar para mí con tu pecho clavado en una espina. Toda la larga noche debes cantar para mí, y la espina debe atravesar tu corazón, y tu sangre debe correr por mis venas, y hacerse mía.

—La muerte es un precio muy alto para una rosa roja —exclamó el ruiseñor—, y todo el mundo ama la vida. Es agradable posarse entre el verdor del bosque y observar el sol en su carroza de oro y la luna en su carroza de perlas. Dulce es el aroma del espino y dulces las campanillas azules que se esconden en el valle y el brezo que crece en la colina. Sin embargo, el amor es mejor que la vida. ¿Y qué es el corazón de un pájaro comparado con el corazón de un hombre?

Así pues, abrió sus alas y se echó a volar. Se deslizó sobre el jardín como una sombra, y como una sombra atravesó los árboles.

El joven estudiante aún estaba sobre la hierba, como lo había visto antes, y las lágrimas aún no se habían secado en sus bellos ojos.

—Sé feliz —exclamó el ruiseñor—, sé feliz; tendrás tu rosa roja. La haré con música a la luz de la luna y la mancharé con sangre de mi propia corazón. Todo lo que pido de ti a cambio es que tu amor sea verdadero, pues el amor es más sabio que la filosofía, aunque ésta lo es mucho, y más fuerte que el poder, aunque éste tiene mucha fuerza. Del color de la llama son sus alas, y del color de la llama su cuerpo. Sus labios son tan dulces como la miel, y su aliento huele como el incienso.

El estudiante miró hacia arriba y escuchó, pero no pudo entender lo que el ruiseñor le decía, porque lo único que sabía eran las cosas que están escritas en los libros.

Pero la encina sí lo entendió y se puso triste, pues quería mucho al ruiseñor, que había construido el nido en sus ramas.

—Cántame la última canción —susurró—. Me sentiré muy sola cuando tú te vayas.

Y el ruiseñor cantó para la encina, y su voz era como el agua clara que burbujea en una jarra de plata.

Cuando terminó su canción, el estudiante se levantó y sacó un cuadernito y un lápiz del bolsillo.

—Tiene personalidad —se dijo a sí mismo, caminando entre los árboles—, eso no se le puede negar; pero ¿tendrá sentimientos? Me temo que no. Es como la mayoría de los artistas, con mucho estilo y ninguna sinceridad. No se sacrificaría por los demás. Piensa sólo en la música, y todo el mundo sabe que el arte es egoísta. Sin embargo, debo admitir que su voz tiene notas maravillosas. ¡Qué lástima que eso no signifique nada, o que no tenga fin práctico alguno!

Y se marchó a su habitación, se echó sobre un jergón y se puso a pensar en su amor. Al poco rato se quedó dormido.

Y cuando la luna se elevó en el cielo, el ruiseñor voló hacia el rosal y apoyó el pecho contra una espina. Cantó toda la larga noche con su pecho atravesado por la espina, y la fría luna de cristal se inclinó y estuvo escuchándolo. Cantó toda la larga noche, y la espina se clavó más y más en su pecho y su sangre comenzó a brotar.

Cantó primero el nacimiento del amor en el corazón de un muchacho y una niña. Y en la rama más alta del rosal empezó a florecer una rosa maravillosa, pétalo tras pétalo, al tiempo que se sucedían las canciones. Al principio era pálida, como la niebla que se mece sobre el río, pálida como los pies de la mañana y plateada como las alas del amanecer. Como el reflejo de una rosa en un espejo de plata, como el reflejo de una rosa en una laguna; así era la rosa que empezó a florecer en la rama más alta del rosal.

Pero el rosal le dijo al ruiseñor que se apretara más contra la espina.

—Apriétate más, pequeño ruiseñor —exclamó—, o llegará el día antes de que la rosa esté terminada.

Y el ruiseñor se apretó más contra la espina, y su canción se fue haciendo más y más alta, porque cantaba el nacimiento de la pasión en el alma de un hombre y una mujer.

Y un delicado tinte rosado apareció en los pétalos de la flor, como el que aparece en el rostro del novio cuando besa los labios de la novia. Pero la espina aún no había alcanzado el corazón, y el corazón de la rosa seguía blanco, porque sólo la sangre del corazón de un ruiseñor puede teñir el corazón de una rosa.

Y el rosal volvió a decirle al ruiseñor que se apretara más contra la espina.

—Apriétate más, pequeño ruiseñor —exclamó—, o llegará el día antes de que la rosa esté terminada.

Y el ruiseñor se apretó más contra la espina, y la espina llegó a su corazón y él sufrió un intenso estremecimiento de dolor. Amargo, amargo era su dolor, y su canción se hizo más y más ardiente, porque cantaba el amor que es perfecto por la muerte, el amor que no muere en la tumba.

Y la maravillosa rosa se hizo roja como la rosa del cielo de oriente. Rojos eran sus pétalos, y rojo el rubí de su corazón.

Pero la voz del ruiseñor se fue haciendo más débil, sus alitas temblaron y un velo se puso ante sus ojos. Más y más débil se hizo su canción, y sintió que algo le cerraba la garganta.

Entonces su canto tuvo un último estallido musical. La blanca luna lo oyó y se olvidó del amanecer, permaneciendo en el cielo. La rosa roja lo oyó y tembló extasiada, y abrió sus pétalos al frío aire de la mañana. El eco lo llevó hasta su caverna purpúrea de las colinas y despertó de sus sueños a los pastores dormidos. Flotó en las orillas del río, y éste llevó su mensaje al mar.

—¡Mira, mira! —exclamó el rosal—. La rosa ya está terminada.

Pero el ruiseñor no le contestó, porque yacía muerto en la hierba, con la espina en el corazón.

Y a mediodía, el estudiante abrió su ventana y miró hacia fuera.

—¡Qué suerte tan extraordinaria! —exclamó—. ¡Aquí hay una rosa roja! No había visto una rosa como ésta en toda mi vida. Es tan bella que estoy seguro de que tendrá un largo nombre en latín.

E, inclinándose, la arrancó.

Después se puso el sombrero y se marchó corriendo a casa del profesor con la rosa en la mano.

La hija del profesor estaba sentada junto a la puerta, devanando seda azul en un carrete; su perrito descansaba a sus pies.

—Dijisteis que bailaríais conmigo si os traía una rosa roja —exclamó el estudiante—. He aquí la rosa más roja de todo el mundo. Llevadla esta noche sobre vuestro corazón, y cuando bailemos juntos, ella os dirá lo que os amo.

Pero la muchacha frunció el ceño.

—Me temo que no vaya bien con mi vestido —contestó—, y, además, el sobrino del chambelán me ha enviado unas joyas preciosas, y todo el mundo sabe que las joyas cuestan más que las flores.

—Sois, en verdad, muy ingrata —dijo el estudiante enfadado.

Y arrojó la rosa a la calle y un carruaje la aplastó.

—¡Ingrata! —replicó la muchacha—. Os diré que sois un grosero. Y después de todo, ¿quién sois? Sólo un estudiante. Ni siquiera tenéis hebillas en los zapatos, como las tiene el sobrino del chambelán.

Y se levantó de su silla, y acto seguido entró en la casa.

—¡Qué cosa tan tonta es el amor! —se lamentó el estudiante mientras se alejaba—. No es la mitad de útil que la lógica, porque no puede probar nada, y siempre habla de cosas que no van a ocurrir y nos hace creer cosas que no son ciertas. En resumen, no es nada práctico, y como en esta época ser práctico lo es todo, volveré a la filosofía y al estudio de la metafísica.

Y, de vuelta a su habitación, sacó un gran libro lleno de polvo y empezó a leer.

El gigante egoísta

Todas las tardes, cuando volvían de la escuela, los niños acostumbraban ir a jugar al jardín del gigante.

Era un jardín grande y bonito con un suave y verde césped. Aquí y allá, entre la hierba, había bellas flores que se asemejaban a estrellas, y crecían dos melocotoneros que en primavera abrían sus delicadas flores rosa y perla, y en el otoño daban ricos frutos.

Los pájaros se posaban en los árboles y cantaban con una dulzura tal que los niños solían detener sus juegos para escucharlos.

—¡Qué felices somos aquí! —se decían unos a otros.

Un día el gigante volvió. Había ido a visitar a un amigo, el ogro de Cornualles, y había permanecido con él durante siete años. A los siete años había dicho lo que tenía que decir, porque su conversación era limitada, y decidió volver a su propio castillo. Al llegar vio a los niños jugando en el jardín.

—¿Qué hacéis aquí? —exclamó con voz áspera.

Y los niños salieron corriendo.

—Mi jardín es mi jardín —proclamó el gigante—. Todo el mundo debería comprenderlo así, y no permitiré que nadie juegue en él, excepto yo.

Así pues, construyó un alto muro a su alrededor y puso un cartel que decía:

Los infractores serán castigados

Era un gigante muy egoísta.

Los pobres niños ahora no tenían dónde jugar. Intentaron jugar en la calle, pero ésta estaba llena de polvo y duras piedras y no les gustaba. Empezaron a acostumbrarse a pasear alrededor de los altos muros una vez terminadas sus lecciones y a hablar del bello jardín que había tras ellos.

—¡Qué felices éramos ahí! —se decían unos a otros.

Entonces llegó la primavera, y en todo el país había pajarillos y pequeñas flores. Sólo en el jardín del gigante egoísta aún era invierno. Los pájaros no se preocupaban de cantar donde no había niños, y los árboles se olvidaron de florecer. En cierta ocasión, una bella flor sacó su cabeza de entre la hierba, pero cuando vio el cartel le dio tanta pena de los niños que volvió a esconderse y se echó a dormir. Los únicos que se alegraron fueron la nieve y el hielo.

—La primavera se ha olvidado de este jardín —exclamaron—, así que viviremos aquí todo el año.

La nieve cubrió la hierba con su gran manto blanco y el hielo pintó de plata los árboles. Entonces invitaron al viento del norte para que estuviera con ellos, y él acudió. Lo hizo envuelto en pieles y sopló todo el día por el jardín, hasta derribar las chimeneas.

—Éste es un sitio delicioso —dijo—. Debemos decirle al granizo que nos haga una visita.

Y el granizo acudió. Todos los días durante tres horas golpeaba los techos del castillo hasta que rompió la mayoría de las pizarras y después vino y fue por el jardín tan deprisa como pudo. Iba vestido de gris y su aliento era como el hielo.

—No entiendo por qué tarda tanto en venir la primavera —dijo el gigante egoísta al asomarse a la ventana y ver su frío y helado jardín—. Espero que el tiempo no tarde en cambiar.

Pero la primavera no llegó, ni tampoco el verano. El otoño dio sus frutos dorados en todos los jardines, pero por el jardín del gigante no apareció.

—Es demasiado egoísta —dijo.

Así pues, allí fue siempre invierno, y el viento del norte, el granizo, el hielo y la nieve bailaron por entre los árboles.

Una mañana, el gigante estaba despierto en la cama y oyó una música maravillosa. Sonaba tan dulce a sus oídos que creyó que pasaban los músicos del rey. Lo cierto es que sólo era un pequeño jilguero que cantaba junto a su ventana, pero llevaba tanto tiempo sin oír el canto de un pájaro en su jardín que le pareció la música más maravillosa del mundo. Entonces el granizo dejó de bailar sobre su cabeza, el viento del norte dejó de soplar y un delicioso perfume penetró a través de la ventana abierta.

—Creo que al fin ha llegado la primavera —dijo el gigante.

Y saltó de la cama para mirar al exterior.

¿Y qué vio entonces?

Vio un espectáculo maravilloso. Los niños habían entrado por un agujero del muro y estaban sentados en las ramas de los árboles. En todos los árboles que podía ver había un niño. Y los árboles estaban tan contentos de volver a tener a los niños encima que se cubrieron de flores y agitaron los brazos graciosamente sobre las cabezas de los niños. Los pájaros revoloteaban con alegría y las flores asomaron riendo entre la hierba. Era una escena maravillosa, y sólo en un rincón era todavía invierno. Era el rincón más lejano del jardín y en él había un niñito. Era tan pequeño que no podía alcanzar las ramas del árbol y se paseaba a su alrededor llorando con amargura. El pobre árbol estaba aún cubierto de hielo y nieve y el viento del norte soplaba sobre él.

—¡Salta, niñito! —dijo el árbol; y puso sus ramas tan bajas como pudo; pero el niño era demasiado pequeño.

Y el corazón del gigante se conmovió al verlo.

—¡Qué egoísta he sido! —se lamentó—. Ahora sé por qué la primavera no venía aquí. Pondré al pobre niñito en lo alto del árbol y después derrumbaré el muro y mi jardín será siempre un lugar de juegos para los niños.

Estaba realmente arrepentido de lo que había hecho.

Se deslizó escaleras abajo y abrió con suavidad la puerta principal. Después salió al jardín. Pero cuando los niños lo vieron se asustaron tanto que salieron corriendo, y en el jardín volvió a ser invierno. Sólo el niñito no corrió, porque sus ojos estaban tan llenos de lágrimas que no pudo ver llegar al gigante. Y el gigante se puso tras él, lo cogió y lo puso sobre el árbol.

Y el árbol floreció enseguida y los pájaros acudieron a cantar sobre él, y el niñito extendió los brazos, rodeó el cuello del gigante y le dio un beso. Y los otros niños, cuando vieron que el gigante ya no era malo, regresaron corriendo y con ellos llegó la primavera.

—Ahora el jardín es vuestro, niños —dijo el gigante; y cogió un hacha grande y derribó el muro.

Y cuando todos iban al mercado a las doce vieron al gigante jugando con los niños en el más bello jardín que jamás habían contemplado.

Jugaron todo el día y por la noche fueron a decirle adiós al gigante.

—Pero ¿dónde está vuestro pequeño compañero —dijo—, el niño que yo puse sobre el árbol?

El gigante lo quería más porque le había besado.

—No lo sabemos —contestaron los niños —. Se ha ido.

—Debéis decirle que venga mañana —dijo el gigante.

Pero los niños le contestaron que no sabían dónde vivía y que era la primera vez que lo veían, y el gigante se puso muy triste.

Todas las tardes, cuando terminaba la clase, los niños acudían a jugar con el gigante. Pero el niñito al que el gigante amaba no regresó. El gigante era muy bueno con todos los niños, pero añoraba a su amiguito y hablaba de él con frecuencia.

—¡Cómo me gustaría verlo! —solía decir.

Los años pasaron y el gigante se fue haciendo viejo y débil. Ya no podía jugar y se sentaba en un gran sillón para observar los juegos de los niños y admirar su jardín.

—Tengo muchas flores bellas —decía—, pero los niños son mucho más bellos que las flores.

Una mañana de invierno miró por la ventana mientras se vestía. Ya no odiaba al invierno, porque sabía que tan sólo era la primavera que estaba durmiendo y que las flores descansaban.

De repente abrió los ojos asombrado. A decir verdad, era un espectáculo maravilloso. En el rincón más lejano del jardín había un árbol completamente cubierto de flores. Sus ramas eran de oro y de ellas colgaban frutas de plata, y al pie del árbol estaba el niño al que tanto amó.

Bajó las escaleras corriendo lleno de alegría y salió al jardín. Atravesó el césped y se acercó al niño. Y cuando estuvo junto a él, su cara se puso roja de ira y dijo:

—¿Quién se ha atrevido a lastimarte?

Porque en las palmas de las manos del niño y en sus piececitos se veían las señales de dos clavos.

—¿Quién se ha atrevido a lastimarte? —exclamó el gigante—. Dímelo, que cogeré mi gran espada y lo mataré.

—¡No! —contestó el niño—. No, porque éstas son las heridas del amor.

—¿Quién eres? —dijo el gigante.

Y un extraño miedo se apoderó de él y cayó de rodillas ante el niñito.

Y el niño le sonrió y le dijo:

—Tú me dejaste jugar una vez en tu jardín. Hoy vendrás conmigo al mío, que es el Paraíso.

Y cuando los niños fueron corriendo esa tarde, se encontraron al gigante que yacía muerto bajo el árbol, todo cubierto de flores blancas.

EL AMIGO FIEL

UNA MAÑANA, la vieja rata de agua sacó la cabeza fuera de su madriguera. Tenía los ojos claros, parecidos a dos gotas brillantes, unos poblados bigotes grises muy tiesos y una cola larga, que parecía una larga cinta elástica negra. Unos patitos nadaban en el estanque y parecían una bandada de canarios amarillos, y su madre, que tenía un plumaje blanquísimo y las patas realmente rojas, intentaba enseñarles cómo había que meter la cabeza en el agua.

—Nunca podréis pertenecer a la buena sociedad si no sabéis hundir la cabeza —les decía.

Y les volvía a enseñar cómo se hacía. Pero los patitos no ponían atención. Eran tan jóvenes que no conocían las ventajas de formar parte de la buena sociedad.

—¡Qué niños tan desobedientes! —exclamó la vieja rata de agua—. En verdad que merecerían ahogarse.

—Nada de eso —contestó la pata—. Por algo hay que empezar, y los padres tienen que ser pacientes.

—¡Ah! Yo no sé nada de los sentimientos de los padres —repuso la rata de agua—. No tengo familia. En resumen, nunca he estado casada ni he intentado estarlo. El amor está muy bien, pero la amistad es algo mucho más elevado. A decir verdad, no sé que haya nada en el mundo más noble y más raro que una amistad fiel.

—Te ruego que me digas cuál es tu idea de los deberes de un amigo fiel —dijo un jilguero verde que estaba en un sauce y había escuchado la conversación.

—Sí, eso es precisamente lo que quisiera yo saber —dijo la pata.

Y se dirigió al extremo del estanque, introduciendo la cabeza en el agua para darles buen ejemplo a sus hijos.

—¡Qué pregunta más tonta! —exclamó la rata de agua—. Un amigo fiel es simplemente el que nos demuestra fidelidad, por supuesto.

—¿Y qué le darías tú a cambio? —preguntó el pajarillo, balanceándose en una rama plateada y agitando las alas.

—No te entiendo —contestó la rata de agua.

—Permíteme que te cuente una historia sobre el tema —dijo el jilguero.

—¿Es una historia referente a mí? —preguntó la rata de agua—. Si es así, la escucharé, porque me gustan mucho los cuentos.

—Es aplicable a ti —contestó el jilguero.

Y bajó volando del árbol, se posó a la orilla del estanque y contó la historia del amigo fiel.

—Érase una vez —dijo el jilguero— un hombre muy honrado llamado Hans.

—¿Era una persona muy distinguida? —preguntó la rata de agua.

—No —contestó el jilguero—. No creo que lo fuera, excepto por su buen corazón y su cara redonda y alegre. Vivía en una pequeña casita, y todos los días trabajaba en su jardín. En toda aquella parte del país no había un jardín tan bello como el suyo. Allí crecían alhelíes, claveles y rosas de Francia. Había rosas de Damasco, rosas amarillas, azafranes lilas y oro y violetas blancas y purpúreas. Mejoranas, velloritas, agavanzos, narcisos y claveros se sucedían según los meses, y una flor sustituía a otra, así que siempre había algo bello que mirar y algún agradable aroma que oler.

»El pequeño Hans tenía muchos amigos, pero el más fiel de todos era el obeso Hugo, el molinero. A decir verdad, el rico molinero le era tan fiel al pequeño Hans que nunca atravesaba su jardín sin inclinarse sobre las plantas y recoger un gran ramo de flores o verduras, o llenarse los bolsillos de cerezas o ciruelas, si era la época de la fruta.

»—Los verdaderos amigos deben compartirlo todo —solía decir el molinero. El pequeño Hans asentía con una sonrisa y se sentía muy orgulloso de tener un amigo con ideas tan nobles.

»Sin embargo, algunas veces los vecinos pensaban que era muy raro que el rico molinero nunca le diera nada a cambio al pequeño Hans, aunque tenía cien sacos de harina almacenados en su molino, seis vacas lecheras y un gran rebaño de ovejas. Pero a Hans nunca le preocuparon estas cosas, y nada le proporcionaba un placer tan grande como el escuchar todas las maravillosas palabras que el molinero acostumbraba a decir sobre el desinterés de la amistad verdadera.

»Así pues, el pequeño Hans trabajaba en su jardín. Durante la primavera, el verano y el otoño era muy feliz, pero cuando llegaba el invierno y no tenía ni flores para llevar al mercado pasaba mucho frío y hambre y con frecuencia se iba a la cama sin haber cenado más que unas pasas secas y unas nueces duras. También en el invierno se encontraba solo, pues entonces el molinero nunca acudía a verlo.

»—No es conveniente que vaya a ver al pequeño Hans mientras haya nieve —solía decirle el molinero a su esposa—, porque cuando los demás tienen alguna preocupación les gusta estar solos y no tener visitas. Ésa es, al menos, mi idea de la amistad, y estoy seguro de que tengo razón. Así que esperaré a que llegue la primavera y entonces le haré una visita y él me dará una gran cesta de velloritas y lo haré muy feliz.

»—Ciertamente eres muy atento con los demás —le contestaba su esposa, sentada al fuego en un gran sillón—; en verdad que eres muy atento. Es muy agradable oírte hablar de la amistad. Estoy segura de que ni el sacerdote podría decir las cosas que dices tú, aunque viva en una casa de tres pisos y lleve un anillo de oro en el dedo meñique.

»—Pero ¿acaso no podríamos invitar al pequeño Hans a que viniera aquí? —dijo el niño más joven del molinero—. Si el pobre Hans está necesitado, yo le daré la mitad de mi comida y le enseñaré mis conejos blancos.

»—¡Qué tonto eres! —exclamó el molinero—. Realmente no sé qué utilidad tiene el enviarte a la escuela. Parece que no aprendes nada. Si el pequeño Hans viniese aquí y viera nuestro fuego, nuestra buena comida y nuestra gran cuba de vino tinto, podría estar envidioso, y la envidia es la cosa más terrible y echa a perder el carácter de cualquiera. Y yo, desde luego, no permitiré que el carácter de Hans se eche a perder. Soy su mejor amigo y siempre velaré por él y procuraré que no caiga en ninguna tentación. Además, si Hans viniese aquí podría pedirme que le prestara un poco de harina, y eso no puedo hacerlo. La harina es una cosa y la amistad es otra, y ambas no deben confundirse. Las dos palabras se escriben diferente y significan cosas completamente diferentes. Todo el mundo sabe eso.

»—¡Qué bien hablas! —dijo la esposa del molinero, sirviéndose un gran vaso de cerveza caliente—. Estoy como inconsciente. Como si estuviera en la iglesia.

»—Mucha gente obra bien —contestó el molinero—, pero muy pocos hablan bien, lo cual demuestra que hablar es mucho más difícil y más bello.

»Y miró severamente por encima de la mesa a su hijo, el cual se sintió tan avergonzado que bajó la cabeza, se puso colorado y comenzó a llorar encima de su taza de té. Realmente era tan joven que podría perdonársele.

—¿Éste es el final de la historia? —preguntó la rata de agua.

—Desde luego que no —contestó el jilguero—. Éste es el principio.

—Entonces andas muy atrasado para esta época —dijo la rata de agua—. Todos los buenos cuentistas de nuestros días empiezan por el final y después continúan por el principio y acaban por la mitad. Ése es el nuevo método. Lo oí el otro día de labios de un crítico que paseaba alrededor del estanque con un joven. Hablaba del asunto con gran conocimiento de causa, y estoy segura de que debía de estar en lo cierto, porque llevaba gafas azules y era calvo, y cuando el joven le hacía alguna observación siempre contestaba: «¡Psche!». Pero te ruego que sigas con tu historia. Me gusta mucho el molinero. Poseo toda clase de bellos sentimientos. Así pues, tiene que existir entre ambos una gran simpatía.

—Bien —dijo el jilguero, saltando sobre una pata y después sobre la otra—, tan pronto como pasó el invierno y las velloritas comenzaron a abrir sus estrellas de color amarillo pálido, el molinero le dijo a su mujer que iba a ir a ver al pequeño Hans.

»—¡Qué buen corazón tienes! —exclamó ella—. Siempre estás pensando en los demás. Acuérdate de llevar la cesta grande para traer las flores.

»Así pues, el molinero ató las aspas del molino con una fuerte cadena de hierro y bajó por la colina con la cesta al brazo.

»—Buenos días —lo saludó Hans, apoyándose en su azada y sonriendo de oreja a oreja.

»—¿Cómo te ha ido durante el invierno? —preguntó el molinero.

»—Bien, muy bien —exclamó Hans—. Es muy amable por tu parte el preguntármelo; muy amable, en verdad. Me temo que he tenido que pasar días duros, pero ahora ha llegado la primavera y soy completamente feliz, y todas mis flores están espléndidas.

»—Muchas veces hablábamos de ti durante el invierno, Hans —dijo el molinero—, y nos preguntábamos qué tal estarías.

»—Eres muy amable —observó Hans—. Siempre temí que me hubieras olvidado.

»—Hans, eso me sorprende —replicó el molinero—. La amistad nunca se olvida. Eso es lo más maravilloso de ella, pero me temo que no entiendes la poesía de la vida. ¡Qué bellas son tus velloritas!

»—Realmente están preciosas —dijo Hans—, y es una suerte para mí tener tantas. Voy a llevarlas al mercado y se las venderé a la hija del burgomaestre, y con el dinero que gane podré volver a comprar mi carretilla.

»—¿Que comprarás de nuevo tu carretilla? No me irás a decir que la has vendido. ¡Qué cosa más tonta!

»—Bueno, el hecho es —explicó Hans— que no tuve más remedio que hacerlo. Ya sabes que pasé un invierno muy malo y que no tenía dinero ni para comprar pan. Así pues, primero vendí los botones de plata de mi traje de los domingos, después vendí mi cadena de plata, después mi gran flauta y por último la carretilla. Pero ahora voy a comprarlo todo de nuevo.

»—Hans —dijo el molinero—, yo te daré mi carretilla. No está en muy buen estado porque le falta un lado y tiene estropeados algunos radios de la rueda; pero, a pesar de eso, te la daré. Ya sé que es una muestra de mi generosidad por mi parte y que mucha gente pensará que hago una tontería por desprenderme de ella, pero es que yo no soy como el resto del mundo.

Creo que la generosidad es la esencia de la amistad, y además tengo una carretilla nueva. Sí, no tienes que preocuparte: te daré mi carretilla.

»—Realmente eres muy generoso —le agradeció el pequeño Hans, y su rostro alegre y redondo se puso reluciente de placer—. Puedo repararla sin problemas, porque tengo en casa una tabla.

»—¡Una tabla! —dijo el molinero—. Eso es justo lo que quiero para el techo de mi granero. Hay un agujero muy grande y el grano se mojará si no lo tapo. ¡Qué suerte que la mencionaras! Desde luego, una buena acción siempre hace nacer otra. Yo te he dado mi carretilla y ahora tú me darás tu tabla. Por supuesto, la carretilla vale más que la tabla, pero la verdadera amistad nunca tiene en cuenta estas cosas. Te ruego que me la des ahora, pues me pondré a trabajar en mi granero hoy mismo.

»—Desde luego —exclamó el pequeño Hans; y se metió corriendo en su casa, sacando al momento la tabla.

»—No es muy grande —dijo el molinero mirándola—, y me temo que después de que yo haya arreglado el techo de mi granero no tendrás con qué arreglar la carretilla; pero, desde luego, eso no es culpa mía. Y ahora, como te he dado mi carretilla, estoy seguro de que querrás darme a cambio algunas flores. Aquí está la cesta; espero que la llenes del todo.

»—¿Llenarla del todo? —dijo el pequeño Hans con tristeza, porque era en verdad una cesta muy grande, y él sabía que si la llenaba se quedaría sin flores para llevar al mercado, y estaba ansioso por recuperar sus botones de plata.

»—Bueno, lo cierto es que —contestó el molinero—, como te he dado mi carretilla, no creo que sea mucho pedir unas pocas flores. Tal vez me equivoque, pero creo que la amistad, la verdadera amistad, está libre de todo egoísmo.

»—Mi querido amigo, mi mejor amigo —exclamó el pequeño Hans—, todas las flores de mi jardín son tuyas. Me importa mucho más que tengas buena opinión de mí que recuperar mis botones de plata.

»Y corrió a coger todas sus velloritas y llenó la cesta del molinero.

»—Adiós, pequeño Hans —dijo el molinero.

»Y se marchó colina arriba con la tabla al hombro y la gran cesta al brazo.

»—Adiós —dijo el pequeño Hans.

»Y empezó a cavar alegremente, pues estaba muy contento de tener carretilla otra vez.

»Al día siguiente estaba sujetando unas enredaderas sobre el porche cuando oyó la voz del molinero que lo llamaba desde la carretera. Saltó de la escalera, atravesó el jardín y miró por encima del muro.

»Allí estaba el molinero con un gran saco de harina a la espalda.

»—Querido Hans —dijo el molinero—, ¿te importaría llevarme este saco de harina al mercado?

»—¡Oh! Lo siento —se disculpó Hans—, pero estoy muy ocupado hoy. Tengo que sujetar todas las enredaderas, regar todas mis flores y segar el césped.

»—Bueno —dijo el molinero—, creo que, considerando que voy a darte mi carretilla, no es de buen amigo el negarte.

»—¡Oh! Yo no he dicho eso —exclamó el pequeño Hans—. No me negaría por nada del mundo.

»Y corrió a coger su gorro y salió con el saco al hombro.

»Era un día caluroso y la carretera estaba llena de polvo, y antes de que Hans hubiera recorrido seis millas estaba tan fatigado que se sentó a descansar. Sin embargo, continuó su camino con muchas energías, hasta que por fin llegó al mercado. Después de estar allí algún tiempo, vendió el saco de harina por un buen precio y volvió a casa de inmediato, porque temía que, si se entretenía, pudiera encontrarse con ladrones en el camino.

»—Ciertamente ha sido un día duro —se dijo el pequeño Hans cuando se metía en la cama—, pero estoy contento de no haberme negado a hacer el encargo del molinero, porque es mi mejor amigo y, además, va a darme su carretilla.

»Por la mañana temprano el molinero volvió a por el dinero del saco de harina, pero el pequeño Hans estaba tan cansado que aún se encontraba en la cama.

»—¡Qué perezoso eres! —dijo el molinero—. La verdad es que, si tenemos en cuenta que voy a darte mi carretilla, creo que deberías trabajar más. La pereza es un pecado capital, y no me gusta que ninguno de mis amigos sea vago o perezoso. Te hablo sin ningún rodeo. Desde luego, ni soñaría en hacerlo si no fuera tu amigo. Pero ¿qué tendría de bueno la amistad si uno no pudiera decir lo que piensa? Cualquiera puede decir cosas encantadoras e intentar hacerse agradable y hacer halagos, pero un verdadero amigo siempre dice cosas desagradables y no le preocupa causar dolor. En verdad, si es realmente un verdadero amigo, lo prefiere, porque sabe que está obrando bien.

»—Lo siento mucho —se disculpó el pequeño Hans mientras se frotaba los ojos y se quitaba el gorro de dormir—, pero estaba tan cansado que pensé en quedarme en la cama un poco más y escuchar el canto de los pájaros. ¿Sabes que siempre trabajo mejor después de oír cantar a los pájaros?

»—Bueno, me alegro de eso —repuso el molinero golpeándole la espalda con gesto amistoso—, porque quiero que vayas al molino, tan pronto como te hayas vestido, para arreglar el techo de mi granero.

»El pobre Hans estaba deseando trabajar en su jardín, porque llevaba dos días sin regar sus flores, pero no quería negarse a la petición del molinero, pues éste era un formidable amigo para él.

»—¿Crees que no sería amistoso por mi parte el decirte que estoy ocupado? —inquirió exhalando un suspiro y con voz tímida.

»—Realmente —contestó el molinero—, no creo que sea mucho pedirte si tenemos en cuenta que voy a darte mi carretilla; pero, desde luego, si te niegas iré a hacerlo yo mismo.

»—¡Oh! ¡De ningún modo! —exclamó el pequeño Hans.

»Y saltó de la cama, se vistió y se fue al granero.

»Trabajó todo el día, hasta el atardecer, y entonces acudió el molinero a ver qué tal iba la tarea.

»—¿Has tapado ya el agujero, pequeño Hans? —exclamó el molinero con voz alegre.

»—Está completamente tapado —contestó el pequeño Hans, mientras bajaba de la escalera.

»—¡Ah! —dijo el molinero—. No hay trabajo tan agradable como el que se hace para el prójimo.

»—Ciertamente es un gran privilegio oírte hablar —respondió el pequeño Hans mientras se sentaba y se secaba el sudor de la frente—. Un gran privilegio. Pero temo que nunca tendré ideas tan bellas como las tuyas.

»—¡Oh! Las tendrás —dijo el molinero—, pero debes tomarte más interés. En el presente sólo tienes la práctica de la amistad; algún día tendrás también la teoría.

»—¿Crees eso en realidad? —preguntó el pequeño Hans.

»—No me cabe duda —contestó el molinero—; pero ahora que has arreglado el tejado, lo mejor es que te vayas a casa a descansar, porque mañana deseo que lleves mi rebaño a la montaña.

»El pobre Hans no osó poner ninguna objeción a esto, y por la mañana temprano el molinero le llevó su rebaño hasta su casa y Hans se marchó con las ovejas a la montaña. Entre ir y volver se le fue todo el día, y cuando regresó estaba tan cansado que se durmió en su silla y no se despertó hasta bien entrada la mañana.

»—¡Qué delicioso tiempo tendré en mi jardín! —dijo; y salió a trabajar al momento.

»Pero nunca pudo volver a cuidar sus flores, porque su amigo el molinero acudía siempre para encomendarle algún largo recado o para llevarlo con él a trabajar al molino. El pequeño Hans a veces estaba muy preocupado, pues temía que sus flores pensaran que se había olvidado de ellas, pero se consolaba diciéndose que el molinero era su mejor amigo.

»—Además —solía decir—, va a darme su carretilla, y ése es un acto de pura generosidad.

»Y el pequeño Hans trabajó para el molinero, y éste le dijo toda clase de cosas hermosas acerca de la amistad, que Hans anotó en un cuaderno y leyó por las noches, porque era muy buen discípulo.

»Ahora bien, una noche en que Hans estaba sentado junto al fuego oyó que llamaban muy fuerte a su puerta. Era una noche de perros, y el viento soplaba alrededor de la casa con tal fiereza que al principio creyó que el ruido era de la tormenta. Pero se oyó un segundo golpe, y después un tercero más fuerte que los otros.

»—Será algún pobre viajero —dijo el pequeño Hans para sí, y corrió hacia la puerta.

»Allí estaba el molinero con una linterna en una mano y un gran bastón en la otra.

»—Querido Hans —exclamó el molinero—, tengo un gran problema. Mi hijito se ha caído de una escalera y se ha lastimado. Voy a buscar al doctor, pero vive tan lejos y hace tan mala noche, que se me ha ocurrido que sería mucho mejor que fueses tú en mi lugar. Ya sabes que voy a darte mi carretilla y es justo que tú me des algo a cambio.

»—Ciertamente —exclamó el pequeño Hans—. Me gusta poder ayudarte y saldré de inmediato. Pero debes dejarme tu linterna, pues la noche es tan oscura que tengo miedo de caer en un precipicio.

»—Lo siento mucho —contestó el molinero—, pero es mi linterna nueva y sería para mí una gran pérdida si le ocurriera algo.

»—Bueno, no importa; iré sin ella —exclamó el pequeño Hans.

»Cogió su abrigo de pieles y su gorra escarlata, se envolvió el cuello con una bufanda y salió.

»¡Qué tormenta tan horrorosa había! La noche era tan negra que el pequeño Hans casi no podía ver, y el viento era tan fuerte que casi no podía andar. Sin embargo, era muy amistoso, y después de caminar tres horas llegó a casa del doctor y llamó a la puerta.

»—¿Quién es? —exclamó el doctor, asomando la cabeza por la ventana del dormitorio.

»—El pequeño Hans, doctor.

»—¿Qué quieres, pequeño Hans?

»—El hijo del molinero se ha caído de una escalera y se ha lastimado, y el molinero quiere que vaya usted de inmediato.

»—¡Muy bien! —dijo el doctor.

»Cogió sus grandes botas y su linterna, bajó las escaleras, montó en su caballo y galopó en dirección a la casa del molinero. El pequeño Hans caminaba tras él no sin grandes esfuerzos.

»Pero la tormenta iba a más, y llovía a cántaros, y el pequeño Hans no podía ver por dónde iba ni podía seguir al caballo. Por fin se perdió y caminó por el pantano, que era un lugar muy peligroso, pues estaba lleno de profundos agujeros, y el pobre Hans cayó en uno de ellos. Unos pastores encontraron su cuerpo al día siguiente, flotando en un gran charco de agua, y lo llevaron a su casa.

»Todo el mundo acudió al funeral del pequeño Hans, pues era muy popular, y el molinero presidió el duelo.

»—Como yo era su mejor amigo —dijo el molinero—, es lógico que ocupe este puesto.

»Y caminó a la cabeza de la procesión con una gran capa negra. De cuando en cuando se limpiaba los ojos con un gran pañuelo.

»—El pequeño Hans ha sido ciertamente una gran pérdida para todos —dijo el herrero cuando terminó el funeral.

»Y todos se acomodaron en la fonda a beber vino aromático y a comer pasteles dulces.

»—Una gran pérdida para mí —contestó el molinero—, porque iba a darle mi carretilla, y ahora realmente no sé qué hacer con ella. Se halla en tan mal estado que no me darían nada si la vendiera. Ya no volveré a dar nada. En verdad, uno sufre por ser generoso.

—¿Y bien? —dijo la rata de agua después de una larga pausa.

—Ése es el final —dijo el jilguero.

—Pero ¿qué fue del molinero? —preguntó la rata de agua.

—¡Oh! Lo cierto es que no lo sé —replicó el jilguero—. Y tampoco me preocupa.

—Es evidente que no tienes un carácter simpático —dijo la rata de agua.

—Temo que no hayas comprendido la moraleja de la historia —repuso el jilguero.

—¿La qué? —exclamó la rata de agua.

—La moraleja.

—¿Quieres decir que la historia tiene una moraleja?

—Ciertamente —dijo el jilguero.

—¡Habérmelo dicho antes de empezar! —le reprochó la rata de agua en tono de enfado—. Si lo hubieras hecho, no te habría escuchado. Te habría dicho: «¡Psché!», como el crítico. Sin embargo, puedo decírtelo ahora.

Y exclamó «¡Psché!» con toda la potencia de su voz. Y, haciendo un movimiento con el rabo, se metió en su agujero.

—¿Qué te parece la rata de agua? —preguntó la pata, que se acercó unos minutos después—. Tiene buenas virtudes; pero, por mi parte, tengo sentimientos de madre y no puedo ver a un soltero empedernido sin que mis ojos se llenen de lágrimas.

—Temo haberle molestado —contestó el jilguero—. El hecho es que le conté una historia con moraleja.

—¡Ah! Eso siempre es muy peligroso —dijo la pata.

Y estoy de acuerdo con ella.

EL FAMOSO COHETE

EL HIJO del rey estaba en vísperas de casarse. Por este motivo el regocijo era general. Había esperado todo un año a su prometida y por fin ésta había llegado. Era una princesa rusa que había hecho todo el viaje desde Finlandia sobre un trineo tirado por seis renos. El trineo tenía la forma de un gran cisne dorado y entre las alas del cisne iba acostada la princesa. Su largo manto de armiño le llegaba hasta los pies. Llevaba en la cabeza un gorrito de tisú de plata y era tan pálida como el palacio de nieve en el que siempre había vivido. Era tan pálida que, al atravesar las calles, la gente se quedaba maravillada.

—¡Es como una rosa blanca! —exclamaban; y le arrojaban flores desde los balcones.

En la puerta del castillo el príncipe estaba esperándola. Tenía unos ojos soñadores de color violeta y su cabello era como el oro fino. Cuando la vio puso una rodilla en tierra y besó su mano.

—Vuestro retrato era bello —murmuró—, pero vos sois más bella que él.

Y la princesita se puso colorada.

—Era como una rosa blanca —dijo un joven paje—, pero ahora es como una rosa roja.

Y toda la corte sonrió.

Durante los tres días siguientes todos decían:

—Rosa blanca, rosa roja, rosa roja, rosa blanca.

Y el rey dio orden de que se le doblara el salario al paje. Como no recibía ningún salario, esto no le fue muy útil, pero fue considerado un gran honor y se publicó en la *Gaceta* de la corte.

A los tres días se celebró el matrimonio. Fue una ceremonia magnífica y los novios caminaron de la mano bajo un dosel de terciopelo purpúreo bordado con pequeñas perlas. Después hubo un banquete real que duró cinco horas. El príncipe y la princesa, en lo alto del gran vestíbulo, bebieron en una copa de límpido cristal. Sólo los verdaderos amantes pueden beber de esta copa, porque si es tocada por labios falsos se empaña y se pone gris.

—Se aman de verdad —dijo el pequeño paje—. ¡Es claro como el cristal!

Y el rey le dobló el salario por segunda vez.

—¡Qué honor! —exclamaron los cortesanos.

Después del banquete hubo un baile. Los novios bailaron juntos la danza de la rosa y el rey prometió tocar la flauta. Tocó muy mal, pero nadie osó decírselo, porque era el rey. En realidad, sólo sabía dos melodías, y nunca estaba seguro de cuál estaba interpretando, pero eso no tenía importancia, porque siempre que tocaba todos exclamaban:

—¡Encantador! ¡Encantador!

El final del programa eran unos juegos artificiales, que debían terminar exactamente a medianoche. La princesita no había visto en su vida unos fuegos artificiales, así que el rey dio órdenes al pirotécnico real para que se esmerara el día de su matrimonio.

—¿Cómo son los fuegos artificiales? —preguntó la princesa una mañana, mientras paseaban por la terraza.

—Son como la aurora boreal —dijo el rey, que siempre contestaba las preguntas que se dirigían a los demás—, sólo que mucho más naturales. Yo los prefiero a las mismas estrellas, porque siempre se sabe cuándo van a aparecer y son tan deliciosos como la música de mi flauta. Ciertamente, debéis verlos.

Así pues, al fondo del jardín del rey se levantó un gran tablado, y tan pronto como el pirotécnico real lo dispuso todo, los fuegos artificiales empezaron a hablar entre sí.

—Ciertamente, el mundo es muy bello —exclamó un pequeño buscapiés—. Mirad aquellos tulipanes amarillos. Ni aun siendo verdaderos petardos serían tan maravillosos. Estoy muy contento de haber viajado. Los viajes desarrollan maravillosamente la inteligencia y hacen desaparecer los prejuicios.

—El jardín del rey no es el mundo, tonto buscapiés —dijo una gran candela romana—; el mundo es un lugar enorme y se necesitarían tres días para verlo entero.

—Para uno el lugar que se ama es el mundo —exclamó una rueda pensativa que había estado unida a una vieja caja de pino en su juventud y estaba orgullosa de su corazón roto—. Pero el amor ya no está de moda: los poetas lo han matado. Han escrito tanto sobre el tema que ya nadie cree en él, y no me sorprende. El verdadero amor sufre en silencio. Recuerdo que yo misma una vez... Pero eso ahora no importa. El romanticismo pertenece al pasado.

—¡Qué tontería! —dijo la candela romana—. El romanticismo nunca muere. Es como la luna, que vivirá siempre. Los novios, por ejemplo, se aman mucho. He sabido todo lo concerniente a ellos esta mañana por un cartucho de papel oscuro que estaba en el mismo cajón que yo y que sabe las últimas noticias de la corte.

Pero la rueda movió la cabeza.

—El romanticismo ha muerto, el romanticismo ha muerto, el romanticismo ha muerto —murmuró.

Era una de esas personas que creen que si se repite muchas veces una cosa termina por ser cierta.

De repente se oyó una tos seca y todos miraron a su alrededor.

Provenía de un cohete esbelto y altivo que estaba atado a la punta de un largo palo. Siempre tosía antes de hacer alguna observación para atraer la atención de los demás.

—¡Ejem! ¡Ejem! —dijo.

Y todos le escucharon, excepto la pobre rueda, que aún movía la cabeza murmurando:

—El romanticismo ha muerto.

—¡Orden! ¡Orden! —exclamó un petardo.

Tenía algo de político y siempre tomaba parte activa en las elecciones locales; así pues, sabía las expresiones empleadas en el Parlamento.

—Completamente muerto —susurró la rueda; y se quedó dormida.

Tan pronto como se hizo un perfecto silencio, el cohete tosió por tercera vez y empezó a hablar. Hablaba muy lentamente, con voz clara, como si estuviera dictando sus memorias, y siempre miraba por encima del hombro a la persona con quien hablase. En resumen, tenía unos modales muy distinguidos.

—¡Qué afortunado es el hijo del rey —señaló— al casarse el mismo día en que yo voy a ser disparado! Ni preparándolo de antemano podría resultar mejor para él. Pero los príncipes siempre tienen suerte.

—¡Vaya! —dijo el pequeño buscapiés—. Yo creí que era precisamente al revés, y que el príncipe nos concedía un gran honor.

—Puede que sea así contigo —contestó el cohete—. Realmente no hay duda de que es así, pero conmigo es diferente. Soy un cohete distinguido y desciendo de padres famosos. Mi madre fue la rueda más célebre de su tiempo y tuvo gran fama por su graciosa danza. Cuando hizo su gran aparición en público dio diecinueve vueltas antes de extinguirse, y cada vez que lo hacía lanzaba al aire siete estrellas rosadas. Tenía tres pies y medio de diámetro y estaba hecha con pólvora de la mejor. Mi padre era un cohete como yo y de origen francés. Voló tan alto que la gente temió que no volviera a bajar. Sin embargo, lo hizo, pues tenía gran energía y tuvo un descenso brillantísimo entre una lluvia de oro. Los periódicos comentaron su actuación en términos muy halagüeños. Además, la *Gaceta* de la corte dijo que era un triunfo del arte pilotécnico.

—Pirotécnico; querrás decir pirotécnico —dijo una bengala—. Sé que es pirotécnico porque lo vi escrito en mi propia caja.

—Bueno, pues yo digo pilotécnico —contestó el cohete con tono severo.

Y la bengala se sintió tan mortificada que empezó a meterse con los pequeños buscapiés para demostrar que ella también era una persona de alguna importancia.

—Estaba diciendo —continuó el cohete—, estaba diciendo... ¿Qué estaba diciendo?

—Estabas hablando de ti mismo —replicó la candela romana.

—Naturalmente; sabía que hablaba de un tema interesante cuando fui interrumpido rudamente. Odio la grosería y los malos modos, porque soy extremadamente sensible. Nadie en el mundo es tan sensible como yo; estoy seguro de eso.

—¿Qué es una persona sensible? —le dijo el petardo a la candela romana.

—Una persona que, porque tiene callos, siempre pisa los pies de los demás —contestó la candela romana en un bajo susurro.

Y el petardo casi explotó de risa.

—¿De qué te ríes? —inquirió el cohete—. Yo no me estoy riendo.

—Me río porque soy feliz —replicó el petardo.

—Ésa es una razón muy tonta —dijo el cohete agriamente—. ¿Qué derecho tienes a ser feliz? Deberías pensar en los demás. En resumen, deberías pensar en mí. Yo estoy siempre pensando en mí y me gusta que todo el mundo haga lo mismo. Eso es lo que yo llamo simpatía. Es una bella virtud, y yo la poseo en un alto grado. Suponeos, por ejemplo, que me ocurriese alguna desgracia esta noche. ¡Qué desgracia para todo el mundo! El príncipe y la princesa nunca volverían a ser felices y toda su vida matrimonial se echaría a perder. Y en cuanto al rey, sé que no lo soportaría. Realmente, cuando empiezo a reflexionar en la importancia de mi posición, casi se me saltan las lágrimas.

—Si quieres agradar a los demás —exclamó la candela romana— sería mejor que procuraras estar seco.

—Ciertamente —exclamó la bengala, que ahora estaba de mejor humor—; es una cosa de sentido común.

—¡Sentido común! —exclamó el cohete indignado—. Olvidas que yo soy muy poco común y muy famoso. Todos pueden tener sentido común con tal de que no tengan imaginación. Pero yo tengo imaginación, porque nunca veo las cosas como son realmente; siempre las veo de un modo diferente. En cuanto a lo de mantenerme seco, es evidente que aquí no hay nadie que pueda apreciar un carácter sensible. Afortunadamente eso no me preocupa. La única cosa que le sostiene a uno en la vida es el darse cuenta de la inmensa inferioridad de los demás, y éste es un sentimiento que yo siempre he cultivado. Pero nadie de vosotros tiene corazón. Aquí estáis riéndoos y regocijándoos como si el príncipe y la princesa no se acabaran de casar.

—Bien —exclamó un pequeño balón de fuego—, ¿y por qué no? Es una ocasión alegre, y cuando yo estalle en el aire intentaré contárselo a las estrellas. Las verás relucir cuando les hable de la bella novia.

—¡Ah! ¡Qué concepto más trivial de la vida! —dijo el cohete—. Pero me esperaba eso. No hay nada en ti. Estás hueco y vacío. Quizá el príncipe y la princesa se vayan a vivir a un país donde haya un río profundo y quizá tengan sólo un hijo, un niño con el pelo bonito y los ojos color violeta como el príncipe; y quizá algún día se pasee con su nodriza; y quizá la nodriza se vaya a dormir bajo un gran sauce; y quizá el niño se caiga al río y se ahogue. ¡Qué terrible desgracia! ¡Pobre pareja, que ha perdido a su único hijo! ¡Es algo realmente horrible! Nunca podré soportarlo.

—Pero no han perdido a su único hijo —dijo la candela romana—. Nunca les ha sucedido ninguna desgracia.

—No he dicho que les haya sucedido —replicó el cohete—. He dicho que podía sucederles. Si hubieran perdido a su único hijo sería inútil decir nada del asunto. Odio a la gente que llora ante la leche derramada. Pero cuando pienso que podrían perder a su único hijo me siento ciertamente muy afectado.

—¡Es cierto! —exclamó la bengala—. Realmente eres la persona más afectada que he visto en mi vida.

—Y tú la más grosera que he visto yo —dijo el cohete—, y no puedes entender mi amistad por el príncipe.

—Pero si ni siquiera lo conoces —chisporroteó la candela romana.

—Nunca he dicho que lo conociera —contestó el cohete—. Y casi estoy por decir que si le hubiera conocido no sería su amigo. Es muy peligroso conocer a los amigos de uno.

—Lo mejor es que te mantengas seco —dijo el globo de fuego—. Eso es lo importante.

—Muy importante para ti, no hay duda —contestó el cohete—, pero yo, si quiero, lloraré.

Y el cohete estalló en lágrimas que resbalaron por su cara como gotas de lluvia y que casi ahogaron a dos pequeños escarabajos que estaban pensando precisamente en formar un hogar y buscaban un bonito sitio seco para instalarse.

—Debe de tener un carácter verdaderamente romántico —dijo la rueda—, porque llora cuando no hay nada por lo que llorar.

Y dando un profundo suspiro se puso a pensar en la caja de madera.

Pero la candela romana y la bengala estaban indignadas y exclamaban con toda la potencia de su voz:

—¡Paparruchas! ¡Paparruchas!

Eran extremadamente prácticas y siempre que ponían una objeción a algo decían que era una paparrucha.

Entonces apareció la luna con su maravilloso escudo de plata, las estrellas empezaron a brillar y llegaron al palacio unos acordes musicales.

El príncipe y la princesa presidían el baile. Bailaban tan bien que los altos lirios blancos los observaban desde la ventana y las grandes amapolas rojas llevaban el compás moviendo la cabeza.

Entonces sonaron las diez, y después las once, y cuando se oyó la última campanada de la medianoche todos salieron a la terraza y el rey mandó llamar al pirotécnico real.

—Que empiecen los fuegos artificiales —dijo el rey.

Y el pirotécnico real hizo una profunda reverencia y se dirigió al fondo del jardín. Tenía seis ayudantes, cada uno de los cuales llevaba una antorcha encendida atada al extremo de un larga pértiga.

Ciertamente fue un magnífico espectáculo.

—¡Ssss! ¡Ssss! —empezó a sonar la rueda comenzando a girar.

—¡Bom! ¡Bom! —exclamó la candela romana.

A continuación los buscapiés corretearon por el lugar y las bengalas lo tiñeron todo de color escarlata.

—Adiós —exclamó el globo de fuego al tiempo de echarse a volar derramando chispas azules.

—¡Bang! ¡Bang! —respondieron alegremente los petardos, que se divertían muchísimo.

Todos tuvieron un gran éxito, excepto el famoso cohete. Estaba tan mojado por las lágrimas, que no pudo volar. Lo mejor que tenía era la pólvora, y estaba tan húmeda que no sirvió de nada. Todos sus pobres parientes, a los que nunca hablaba si no era despectivamente, estallaron en el cielo como maravillosas flores de oro con pétalos de fuego.

—¡Muy bien! ¡Muy bien! —exclamaron los cortesanos.

Y la pequeña princesa reía de placer.

—Supongo que me reservarán para alguna otra ocasión —dijo el cohete—. No hay duda de que es así.

Y se puso más altivo y orgulloso que nunca.

Al día siguiente llegaron los obreros para limpiarlo todo.

—Evidentemente ésta es una delegación —dijo el cohete—; los recibiré con dignidad.

Y alzó la cabeza y frunció el ceño como si estuviera pensando en algún asunto importante. Pero ellos no lo vieron hasta el momento de marcharse. Entonces uno de ellos exclamó:

—¡Ah! ¡Qué mal cohete!

Y lo arrojó al lodazal.

—¿Mal cohete? ¿Mal cohete? —dijo éste mientras iba por el aire—. ¡Imposible! Gran cohete, eso es lo que el hombre ha querido decir. Mal y gran suenan para mí casi lo mismo, y en verdad muchas veces ambas cosas son idénticas.

Y cayó al lodo.

—Esto no es muy confortable —se dijo—, pero no hay duda de que es algún balneario de moda al que me han enviado para reponer mi salud. Ciertamente mis nervios están muy alterados y necesito descanso.

Entonces una pequeña rana de ojos brillantes y piel verde moteada nadó hacia él.

—¡Vaya! ¡Un recién llegado! —dijo la rana—. Bueno, después de todo, no hay nada como el barro. Dadme lluvia y un buen lodazal y soy completamente feliz. ¿Crees que tendremos una tarde húmeda? Espero que sí, aunque el cielo está azul y sin nubes. ¡Qué lástima!

—¡Ejem! ¡Ejem! —dijo el cohete.

—¡Qué deliciosa voz tienes! —exclamó la rana—. Es realmente como si croaras, y el croar es, por supuesto, el sonido más musical del mundo. Oirás nuestras serenatas esta noche. Nos ponemos en el viejo estanque, junto a la granja, y tan pronto como sale la luna empezamos. Es algo tan maravilloso que todo el mundo permanece despierto para escucharnos. Precisamente ayer oí a la mujer del granjero que le decía a su madre que no había podido dormir en toda la noche a causa nuestra. Es agradable saberse tan popular.

—¡Ejem! ¡Ejem! —dijo el cohete agriamente.

Estaba muy enfadado de no poder meter baza.

—Una voz deliciosa de verdad —continuó la rana—. Espero que vengas al estanque. Me voy a buscar a mis hijas. Tengo seis bellas hijas y temo que el lucio las encuentre. Es un verdadero monstruo y no dudaría en comérselas. Bueno, adiós. Te aseguro que me ha gustado mucho nuestra conversación.

—¡Conversación! —dijo el cohete—. Has hablado tú sola todo el tiempo. Eso no es una conversación.

—Alguien debe escuchar —contestó la rana—, y a mí me gusta decirlo todo. Se gana tiempo y se evitan discusiones.

—Pero a mí me gustan las discusiones —dijo el cohete.

—A mí, no —dijo la rana muy complaciente—. Las discusiones son muy vulgares, porque en la buena sociedad todos tienen exactamente las mismas opiniones. Adiós por segunda vez. Veo a mis hijas allá lejos.

Y la pequeña rana se marchó nadando.

—Eres una persona irritante —dijo el cohete— y muy poco educada. Odio a las personas que hablan de sí mismas, como tú, cuando uno quiere hablar de sí mismo, como yo. A eso lo llamo egoísmo, y es la cosa más detestable, especialmente para alguien de mi temperamento, pues bien conocen todos mi carácter simpático. Deberías tomar ejemplo de mí; no encontrarás un modelo mejor. Ahora que tienes esa suerte, aprovéchala, porque voy a volver a la corte inmediatamente. Soy muy estimado en ella; en realidad, el príncipe y la princesa se casaron ayer en mi honor. Naturalmente, tú no sabes nada de estas cosas, porque eres una provinciana.

—No hables más —dijo una libélula que se había posado en lo alto del largo junco—. No te molestes, porque se ha ido.

—Bueno, ¡ella se lo pierde y no yo! —contestó el cohete—. No voy a dejar de hablar simplemente porque no me atienda. Me gusta oírme hablar. Es uno de mis grandes placeres. Muchas veces mantengo conversaciones conmigo mismo, y soy tan inteligente que a veces no entiendo una sola palabra de lo que digo.

—Entonces es que habrás leído sobre filosofía —dijo la libélula.

Y abriendo sus bellas alas, se marchó volando.

—¡Qué tonta es al no quedarse aquí! —dijo el cohete—. Estoy seguro de que nunca ha tenido una oportunidad como ésta de cultivar su mente. Sin embargo, me importa muy poco. Un genio como el mío seguro que será apreciado algún día.

Y se hundió un poco más en el barro.

Después de un rato, una gran pata blanca nadó hacía él. Tenía las patas amarillas y era considerada una gran belleza a causa de su balanceo.

—¡Cuac! ¡Cuac! ¡Cuac! —dijo—. ¡Qué forma tan curiosa tienes! ¿Puedo preguntarte si eres así de nacimiento? ¿O ha sido de resultas de un accidente?

—Es evidente que siempre has vivido en el campo —contestó el cohete—, de otro modo sabrías quién soy. Sin embargo, perdono tu ignorancia. Sería una tontería pensar que los demás pueden ser tan extraordinarios como yo. No hay duda de que te sorprenderá saber que puedo volar por el aire y regresar en forma de lluvia de oro.

—No creo eso —dijo la pata— ni veo qué utilidad puede tener. Ahora bien: si arases los campos como los bueyes, o tirases de un carro como los caballos, o cuidases las ovejas como los perros pastores, ya sería otra cosa.

—Pero, criatura —exclamó el cohete con un áspero tono de voz—, veo que perteneces a la clase baja. Una persona de mi posición nunca es útil. Nosotros tenemos ciertas virtudes y eso es más que suficiente. No me gustan los trabajos de ninguna clase, y menos los que tú has nombrado. Realmente, siempre he creído que el trabajo duro es simplemente el refugio de la gente que no sabe lo que hacer.

—Bien, bien —dijo la pata, que tenía un carácter muy pacífico y nunca regañaba con nadie—, cada uno tiene sus gustos. Espero, de todas formas, que establezcas aquí tu residencia.

—¡Oh, no! —exclamó el cohete—. Soy simplemente un visitante, un distinguido visitante. Encuentro este lugar bastante aburrido. Aquí no hay sociedad ni se puede estar solo. Esto es como un suburbio. Probablemente volveré a la corte, porque sé que estoy destinado a causar gran sensación en el mundo.

—Una vez pensé en entrar en la vida pública —observó la pata—. Hay tantas cosas que necesitan una reforma... Presidí una reunión hace algún tiempo en la que condenamos todo lo que no nos gustaba. Sin embargo, no surtió efecto. Ahora me preocupo de los asuntos domésticos y cuido de mi familia.

—Yo estoy hecho para la vida pública —dijo el cohete—, como todos mis parientes, hasta los más pobres. Siempre que aparecemos, promovemos gran atención. Esta vez yo no he aparecido, pero cuando lo haga será un magnífico espectáculo. En cuanto a los asuntos domésticos, hacen envejecer rápidamente y distraen la mente de otras cosas más elevadas.

—¡Ah! ¡Qué bellas son las cosas elevadas de la vida! —dijo la pata—. Y esto me recuerda el hambre que tengo.

Y se marchó nadando al tiempo que decía:

—¡Cuac! ¡Cuac! ¡Cuac!

—¡Vuelve! ¡Vuelve! —gritó el cohete—. Tengo muchísimas cosas que decirte.— Pero la pata no le escuchó—. Me alegro de que se haya ido —se dijo—; tenía una mente como la de la clase media.

Y se hundió un poco más en el barro, empezando a pensar en la soledad del genio. De repente, dos niños con camisas blancas vinieron corriendo hacia la orilla con una cazuela y unas astillas.

—Debe de ser la legación —dijo el cohete; e intentó parecer muy digno.

—¡Eh! —exclamó uno de los niños—. Mira ese viejo palo. ¿Cómo estará aquí?

Y sacó al cohete del lodazal.

—¡Viejo palo! —dijo el cohete—. ¡Imposible! Bello palo es lo que ha dicho. Es un buen cumplido. Me habrá confundido con uno de los dignatarios de la corte.

—¡Echémoslo al fuego! —dijo el otro niño—. Ayudará a que cueza el caldero.

Así pues, apilaron los leños, pusieron el cohete en lo alto y prendieron fuego.

—Magnífico —exclamó el cohete—. Me han puesto a plena luz; así todos podrán verme.

—Vámonos a dormir —dijeron los niños—, y cuando despertemos el caldero estará hirviendo.

Se tumbaron sobre la hierba y cerraron los ojos.

El cohete estaba muy mojado; así que tardó mucho tiempo en arder. Por fin, sin embargo, se prendió fuego.

—¡Ahora voy a salir! —exclamó; y se puso muy tieso—. Sé que voy a ir mucho más alto que las estrellas, mucho más alto que la luna, mucho más alto que el sol. Iré tan alto que...

¡Fisss! ¡Fisss! ¡Fisss!

Y se elevó en el aire.

—¡Delicioso! —exclamó—. Seguiré siempre hacia arriba. ¡Qué gran éxito tengo!

Pero nadie lo vio.

Entonces empezó a sentir una extraña sensación, como un zumbido.

—Ahora voy a explotar —exclamó—. Incendiaré todo el mundo y haré tal ruido que nadie hablará de otra cosa durante un año.

Y ciertamente explotó.

—¡Bang! ¡Bang! ¡Bang! —hizo la pólvora.

Pero nadie lo oyó, ni siquiera los dos niños, porque estaban profundamente dormidos.

Todo lo que quedó del cohete fue el palo, que cayó sobre una oca que estaba dando un paseo por el pantano.

—¡Cielo santo! —exclamó la oca—. Están lloviendo palos.

Y se sumergió en el agua.

—Sé que he causado una gran sensación —murmuró el cohete.

Y dejó de existir.

El crimen de lord Arthur Savile y otras historias

1891

EL CRIMEN DE LORD ARTHUR SAVILE

UN ESTUDIO DEL DEBER

I

ERA la última recepción de lady Windermere antes de la Pascua, y Bentinck House estaba más concurrida de lo habitual. Seis ministros del gabinete habían venido directamente una vez terminada la interpelación del *speaker* con sus bandas y condecoraciones, todas las mujeres bonitas lucían sus mejores vestidos y al fondo de la galería de retratos se encontraba la princesa Sofía de Cansruhe, una dama obesa de aspecto tártaro, con unos ojillos negros y unas esmeraldas maravillosas, chapurreando francés en voz muy alta y riendo sin la menor moderación por cualquier cosa que se le dijera. Ciertamente había una maravillosa mezcolanza de personas. Elegantes esposas de pares del reino mantenían charlas afables con violentos radicales, célebres predicadores se encontraban codo a codo con eminentes escépticos, y un grupo de obispos perseguía de salón en salón a una regordeta *prima donna;* en la escalera había varios miembros de la Real Academia disfrazados de artistas, y se dijo que hubo un momento en que el salón estaba absolutamente lleno de genios. En resumen, era una de las mejores fiestas de lady Windermere, y la princesa se quedó hasta cerca de las once y media.

Tan pronto como se hubo ido, lady Windermere volvió a la galería de retratos, donde un célebre político y economista le estaba explicando la teoría científica de la música a un indignado virtuoso húngaro, y empezó a charlar con la duquesa de Paisley. El esbelto cuello marfileño, los ojos de un purísimo azul y los grandes rizos dorados la hacían maravillosamente bella. Eran *d'or pur;* no de ese pálido color de la paja que actualmente usurpa el gracioso nombre del oro, sino de un dorado tal que parecía tejido con rayos de sol o escondido en un extraño ámbar; le daban a su cara una especie de aureola de santa y algo de la fascinación de una pecadora. Era un curioso estudio psicológico. No tardó en descubrir una gran verdad: nada se parece tanto a la inocencia como la indiscreción. Debido a una serie de aventuras irreflexivas, la mayoría completamente inocentes, adquirió todos los privilegios de una personalidad. Había cambiado más de una vez de marido; en realidad, la *Guía Nobiliaria* le atribuía tres matrimonios; pero como nunca había cambiado de amante la gente llevaba tiempo sin chismorrear acerca de ella. Con cuarenta años recién cumplidos, no tenía hijos y poseía la desordenada pasión por el placer que constituye el secreto de la eterna juventud.

De repente miró a su alrededor y dijo con su clara voz de contralto:

—¿Dónde está mi quiromante?

—¿Su qué, Gladys? —exclamó la duquesa con un estremecimiento involuntario.

—Mi quiromante, duquesa; ahora no puedo vivir sin él.

—¡Querida Gladys! Usted siempre tan original —murmuró la duquesa, intentando recordar qué era un quiromante y esperando que no fuera lo mismo que un pedicuro.

—Viene a leerme la mano dos veces por semana —continuó lady Windermere—, y es de lo más interesante.

«¡Cielo santo! —pensó la duquesa—. A fin de cuentas, es una especie de manicuro. Qué horrible. Al menos, espero que sea extranjero. Entonces la cosa no sería tan mala.»

—Ciertamente debo presentárselo.

—¡Presentármelo! —exclamó la duquesa—. ¿Quiere decir que está aquí?

Empezó a buscar su abanico y su chal antiguo, como si en el momento de recibir la noticia su único pensamiento fuera marcharse.

—Desde luego que está aquí; no podría ni soñar en dar una fiesta sin él. Me dice que tengo una mano puramente psíquica, y que si mi dedo pulgar fuera un poco más corto, sin duda habría sido una pesimista y habría ingresado en un convento.

—¡Oh, ya veo! —dijo la duquesa, sintiéndose muy aliviada—. Predice el futuro, supongo.

—Y también las desgracias —contestó lady Windermere— y todas esas cosas. El año que viene, por ejemplo, estaré en un gran peligro, bien sea por tierra o por mar; así que me iré a vivir a un globo y me subiré la comida en una cesta todos los días. Todo eso está escrito en mi dedo meñique o en la palma de mi mano, ahora no recuerdo dónde.

—Pero seguramente eso es tentar a la providencia, Gladys.

—Mi querida duquesa, seguro que la providencia podrá resistir la tentación por esta vez. Creo que todo el mundo debería hacerse leer la mano una vez al mes para saber cómo tiene que obrar. Desde luego sería lo mismo, pero es muy agradable enterarse de lo que va a ocurrir. Si nadie es tan amable como para ir a buscar a mister Podgers enseguida, iré yo misma.

—Iré yo, lady Windermere —se ofreció un joven espigado que escuchaba la conversación desde su asiento con una sonrisa divertida.

—Muchas gracias, lord Arthur; pero me temo que no lo reconocería.

—Si es tan maravilloso como usted dice, lady Windermere, lo reconoceré al instante. Dígame cómo es y se lo traeré de inmediato.

—Bueno, no parece un quiromante. Quiero decir que no es misterioso, ni esotérico, ni de aspecto romántico. Es un hombrecillo grueso, con una cómica calva y grandes gafas con montura de oro. Alguien que parece una mezcla de médico de cabecera y notario de pueblo. Lo siento, pero yo no tengo la culpa. La gente es muy aburrida. Todos mis pianistas parecen poetas, y todos mis poetas parecen pianistas. Recuerdo que el año pasado invité a cenar al más terrible conspirador, un hombre que había matado con sus bombas a mucha gente, y siempre llevaba una cota de malla y un puñal escondido en la manga. ¿Se pueden creer ustedes que parecía un viejo sacerdote y no paró de bromear en toda la noche? Desde luego fue muy divertido, pero me llevé un terrible desencanto. Y cuando le pregunté por su cota de malla, se echó a reír y se limitó a responder que era demasiado fría como para llevarla en Inglaterra. ¡Ah, aquí está mister Podgers! Ahora, mister Podgers, me gustaría que le leyera la mano a la duquesa de Paisley. Duquesa, debe usted quitarse el guante. No, el de la mano izquierda, no; el de la otra.

—Querida Gladys, realmente no creo que esto esté del todo bien—dijo la duquesa desabrochándose un guante de piel de cabra bastante usado.

—Nada que sea interesante está del todo bien—dijo lady Windermere—. *On a fait le monde ainsi.*[1] Pero voy a presentarles. Duquesa, éste es mister Podgers, mi quiromante favorito. Mister Podgers, ésta es la duquesa de Paisley, y si usted dice que ella tiene el «monte de la luna» más grande que el mío, no volveré a creerle nunca.

—Estoy segura, Gladys, que no hay nada de eso en mi mano —replicó la duquesa con gesto grave.

—Su gracia está en lo cierto —convino mister Podgers sin apartar la mirada de la mano regordeta de cortos dedos—: el monte de la luna no está desarrollado. La línea de la vida, sin embargo, es excelente. Tenga la bondad de doblar la muñeca. Gracias. ¡Tres líneas distintas en la *rascette!*[2] Vivirá usted mucho tiempo, duquesa, y será extremadamente feliz. Ambición... muy moderada. Línea de la inteligencia, no muy exagerada. Línea del corazón...

—Ahora sea indiscreto, mister Podgers —exclamó lady Windermere.

—Nada me complacería más —respondió mister Podgers— si pudiera; pero siento decir que veo una gran permanencia de afecto, combinada con un fuerte sentido del deber.

—Siga, por favor, mister Podgers —lo animó la duquesa, que parecía darse por satisfecha.

1 El mundo está hecho así.
2 Parte de la mano en que las líneas se cruzan.

—La economía no es la menor de las virtudes de su gracia —continuó mister Podgers.

Y lady Windermere se echó a reír.

—La economía es una cosa muy buena —señaló la duquesa, complacida—. Cuando me casé con Paisley, él tenía once castillos y ni una sola casa para vivir.

—Y ahora tiene doce casas y ni un solo castillo —exclamó lady Windermere.

—Querida —dijo la duquesa—, a mí me gusta...

—El confort —dijo mister Podgers—, y los adelantos modernos, y el agua caliente en cada dormitorio. Su gracia tiene razón. El confort es la única cosa que puede darnos nuestra civilización.

—Ha descrito el carácter de la duquesa admirablemente, mister Podgers, y ahora debe leer la mano de lady Flora.

En contestación a la llamada sonriente de la anfitriona, una muchacha alta, con el pelo descolorido, al estilo escocés, y cargada de hombros, salió torpemente de detrás del sofá y extendió una mano larga y huesuda, con los dedos como espátulas.

—¡Ah, una pianista! Veo —observó mister Podgers— que es una excelente pianista, pero quizá no siente la música. Muy reservada, muy sincera y con un gran amor por los animales.

—¡Completamente cierto! —exclamó la duquesa, que se volvió hacia lady Windermere—. ¡Absolutamente cierto! Flora tiene dos docenas de perros collie en Macloskie, y convertiría nuestra casa de la ciudad en un refugio de animales si su padre la dejara.

—Bueno, eso es justamente lo que yo hago con mi casa todos los jueves por la noche —exclamó lady Windermere riendo—; sólo que a mí me gustan más los leones que los perros.

—Su único defecto, lady Windermere —apuntó mister Podgers con una pomposa inclinación.

—Una mujer que no puede tener defectos encantadores es sólo una hembra —respondió—. Pero debe leer algunas otras manos. Venga, sir Thomas, muéstrele a mister Podgers la suya.

Un viejo caballero con aspecto de genio, vestido con un esmoquin blanco, se adelantó y le tendió una mano áspera de dedos muy largos.

—Una naturaleza aventurera. Cuatro largos viajes en el pasado y uno en el futuro. Ha embarcado tres veces. No, sólo dos; pero le acecha un peligro por mar en su próximo viaje. Un convencido conservador, muy puntual y apasionado aficionado a las curiosidades. Padeció una grave enfermedad entre los dieciséis y los dieciocho años. Le fue legada una fortuna a los treinta. Tiene gran aversión a los gatos y a los radicales.

—¡Extraordinario! —exclamó sir Thomas—. Desde luego, tiene que leer la mano de mi esposa.

—Su segunda esposa —dijo mister Podgers tranquilamente, sin apartar aún la mano de sir Thomas entre las suyas—. Su segunda esposa. Lo haré encantado.

Pero lady Marvel, una mujer de aspecto melancólico, de pelo negro y ojos taciturnos, se negó en redondo a que se expusieran su pasado o su futuro; y nada de lo que lady Windermere dijo pudo obligar a monsieur de Koloff, el embajador ruso, a que se quitara los guantes. En resumen: mucha gente parecía temer a aquel hombrecillo de sonrisa estereotipada, con sus gafas de montura de oro y sus brillantes ojos; y cuando le dijo a la pobre lady Fermor, delante de todo el mundo, que la música le importaba un bledo, pero que, sin embargo, los músicos le gustaban mucho, hubo consenso en considerar que la quiromancia era una ciencia muy peligrosa, que no debía practicarse nada más que en un *tête-à-tête.*

Lord Arthur Savile, sin embargo, que no sabía nada de la infortunada historia de lady Fermor y que había estado observando a mister Podgers con mucho interés, sentía una inmensa curiosidad por que le leyesen la mano. Como no se atrevía a adelantarse, cruzó la habitación hacia donde estaba sentada lady Windermere y, con un gesto encantador, le preguntó si a mister Podgers no le importaría.

—Desde luego que no le importará —repuso lady Windermere—; para eso está aquí. Todos mis leones, lord Arthur, son leones formales y saltan por el aro cuando yo se lo pido. Pero yo debo estar delante para poder contárselo después todo a Sybil. Vendrá a comer conmigo mañana, para

charlar sobre sombreros, y si mister Podgers ve que tiene usted un mal temperamento, o una tendencia a la artritis, o una esposa en Bayswater, ciertamente, se lo haré saber todo mañana.

Lord Arthur sonrió y movió la cabeza.

—No tengo miedo —contestó—. Sybil me conoce tan bien como yo a ella.

—¡Ah! No crea que no me apena oírle decir eso. La piedra angular de todo matrimonio es la incomprensión mutua. No; no soy cínica; tan sólo tengo experiencia. No obstante, las dos cosas son lo mismo. Mister Podgers, lord Arthur Savile está deseando que le lea la mano. No nos diga que va a casarse con una de las muchachas más bellas de Londres, porque eso apareció en el *Morning Post* hace meses.

—Querida lady Windermere —exclamó la marquesa de Jedburgh—, deje que mister Podgers permanezca conmigo un poco más. Me acaba de decir que podría dedicarme al teatro, y estoy muy interesada.

—Si le ha dicho eso, lady Jedburgh, ciertamente tendré que separarlo de usted. Venga enseguida, mister Podgers, y léale la mano a lord Arthur.

—Bien —aceptó lady Jedburgh con una pequeña *moue*, y se dejó caer en el sofá—. Si no me dejan estar en el escenario, por lo menos formaré parte del auditorio.

—Desde luego; todos formaremos parte del auditorio —anunció lady Windermere—. Y ahora, mister Podgers, díganos algo interesante. Lord Arthur es uno de mis ojitos derechos.

Pero cuando mister Podgers vio la mano de lord Arthur se puso extrañamente pálido y no dijo nada. Se estremeció y sus ojos parpadearon de manera convulsa, como le ocurría cuando se sentía irritado o turbado.

Aparecieron grandes gotas de sudor en su frente amarillenta, como un rocío venenoso, y sus dedos regordetes se quedaron fríos.

Lord Arthur no se explicaba aquellos extraños signos de agitación y, por primera vez en su vida, se sintió asustado. A duras penas contuvo el impulso de salir corriendo de la habitación. Mejor saber lo peor que vivir presa de una terrible incertidumbre.

—Estoy esperando, mister Podgers —dijo.

—Todos estamos esperando —exclamó lady Windermere con gesto impaciente.

Pero el quiromante no contestó.

—Creo que Arthur va a dedicarse al teatro —dijo lady Jedburgh—, y que, después de tu reprimenda, no se atreve a decírnoslo.

De repente, mister Podgers le soltó la mano derecha a lord Arthur y cogió la izquierda. Se inclinó para examinarla, de forma que sus lentes casi tocaban la palma. Durante un instante, su cara fue una máscara blanca de horror, pero pronto recobró su *sang-froid* y, mirando a lady Windermere, dijo con una sonrisa forzada:

—Es la mano de un joven encantador.

—¡Por supuesto que lo es! —contestó lady Windermere—. Pero ¿será un esposo encantador? Eso es lo que quiero saber.

—Todos los jóvenes encantadores lo son —dictaminó mister Podgers.

—No creo que un esposo sea demasiado seductor —murmuró lady Jedburgh con gesto pensativo—. Es demasiado peligroso.

—Mi querida amiga, nunca serán demasiado seductores —exclamó lady Windermere—. Pero quiero detalles. Los detalles son las únicas cosas de interés. ¿Qué va a ocurrirle a lord Arthur?

—Pues bien, en los próximos meses hará un viaje...

—¡Oh, sí! Su viaje de novios, por supuesto.

—Y perderá un pariente.

—Espero que no sea su hermana, ¿verdad? —dijo lady Jedburgh con tono chillón.

—Lo cierto es que no —contestó mister Podgers con un manotazo al aire—. Un pariente lejano.

—Bueno, estoy terriblemente desilusionada —dijo lady Windermere—. No tendré absolutamente nada que decirle a Sybil mañana. Nadie se preocupa hoy en día de los parientes lejanos. Pasaron de moda hace años. Sin embargo, supongo que será mejor que ella se compre un vestido de seda negra; al menos, siempre le servirá para ir a la iglesia. Y ahora, vamos a cenar. Seguro que ya se lo han comido todo, pero puede que encontremos algo de sopa caliente. François suele hacer una sopa excelente, pero ahora

está muy agitado con la política. Me gustaría que el general Boulanger se estuviera quieto. Duquesa, ¿seguro que no está cansada?

—No, querida Gladys, muchas gracias —contestó la duquesa, mientras se dirigía a la puerta—. Me he divertido de lo lindo, y el manicuro, quiero decir el quiromante, es muy interesante. Flora, ¿dónde está mi abanico de concha? ¡Oh! Gracias, sir Thomas. ¿Y mi chal de encaje, Flora? ¡Oh! Muchas gracias, sir Thomas; muy amable.

Y la duquesa bajó por fin las escaleras. Sólo dejó caer su frasquito de sales dos veces.

Durante todo ese tiempo, lord Arthur Savile permaneció junto a la chimenea lleno de la misma sensación de terror, del mismo abrumador presentimiento de que lo acechaba alguna desgracia. Sonrió con tristeza a su hermana cuando pasó del brazo de lord Plymdale, muy bella con su vestido rosa bordado con perlas, y apenas oyó a lady Windermere cuando ésta lo llamó para que fuera con ella. Pensaba en Sybil Merton, y la idea de que algo pudiera interponerse entre los dos llenaba sus ojos de lágrimas.

Mirándolo se hubiera dicho que Némesis había robado el escudo de Palas y le había mostrado la cabeza de Gorgona. Parecía petrificado, y su rostro melancólico tenía un aspecto marmóreo. Había llevado una vida delicada y lujosa, como joven de gran alcurnia y fortuna que era, una vida exquisita y libre de toda preocupación, llena de juvenil ignorancia. Ahora, por primera vez, reparaba en los terribles misterios del destino, en el espantoso significado de la predestinación.

¡Qué loco y monstruoso le parecía todo! ¿Y si lo que estaba escrito en su mano con caracteres que él no podía leer, pero que otro descifraba, fuera el terrible secreto de un pecado, la señal sangrienta de un crimen? ¿No había forma de escapar? ¿No éramos más que piezas de ajedrez movidas por un poder invisible, vasijas que el alfarero fabrica a su capricho para el honor o la vergüenza? Su razón se rebelaba contra todo aquello y, sin embargo, notaba que alguna tragedia se cernía sobre él y que de repente tendría que soportar una intolerable carga. Los actores son muy afortunados. Pueden escoger entre trabajar en una tragedia o hacerlo en una comedia, entre sufrir o divertirse, entre reír o derramar lágrimas. Nada que ver con el mundo real. La mayoría de los hombres y mujeres se ven obligados a representar papeles que no les gustan. Nuestros Guildensterns actúan de Hamlets, y nuestros Hamlets hacen las bufonadas del príncipe Hal. El mundo es un escenario, pero la elección de los papeles que cada cual representará en la obra no es la más adecuada.

De repente, mister Podgers entró en la habitación. Cuando vio a lord Arthur se estremeció, y su cara regordeta se puso de un color amarillo verdoso. Los ojos de los dos hombres se encontraron, y por unos instantes sobrevino el silencio.

—La duquesa ha dejado uno de sus guantes aquí, lord Arthur, y me pidió que se lo llevara —expuso mister Podgers finalmente—. ¡Ah! Ya veo que está en el sofá. Buenas noches.

—Mister Podgers, quiero que me dé una respuesta satisfactoria a la pregunta que le voy a hacer.

—En otro momento, lord Arthur: la duquesa está esperando. Me temo que tenga que ir enseguida.

—No se irá usted. La duquesa no tiene prisa.

—Las damas nunca pueden esperar, lord Arthur —dijo mister Podgers con una sonrisa forzada—. El bello sexo es muy impaciente.

Los labios firmemente moldeados de lord Arthur se curvaron en una mueca de petulante desdén. La pobre duquesa le pareció casi irrelevante en ese momento. Se dirigió hacia mister Podgers y, alargándole la mano, le rogó:

—Dígame lo que vio aquí. Dígame la verdad. Debo saberlo. No soy un niño.

Los ojos de mister Podgers parpadearon tras sus gafas de montura de oro, y apoyó el cuerpo sobre una pierna y luego sobre la otra. Mientras tanto, sus dedos jugueteaban nerviosamente con la cadena reluciente de su reloj.

—¿Qué le hace pensar que vi en su mano algo más de lo que le dije, lord Arthur?

—Sé que lo vio, e insisto en que me lo diga. Le daré dinero. Le entregaré un cheque de cien libras.

Los ojos verdes brillaron un instante, y luego volvieron a quedarse apagados.

—¿Guineas? —dijo mister Podgers por fin en voz baja.

—Ciertamente. Le enviaré el cheque mañana. ¿Cuál es su club?

—No tengo club. Es decir, no lo tengo en el presente. Mis señas son...; pero permítame que le dé mi tarjeta.

Y sacando una cartulina con los bordes dorados del bolsillo de su chaqueta, mister Podgers se la alargó con una profunda reverencia a lord Arthur, quien leyó: «Mister Septimus R. Podgers, Quiromante Profesional, West Moon Street 1030».

—Mis horas de visita son de diez a cuatro —murmuró mister Podgers de manera mecánica—, y hago descuentos a las familias.

—Dese prisa —exclamó lord Arthur, quien adquirió una pálida intensidad mientras alargaba la mano.

Mister Podgers miró a su alrededor con gesto nervioso y corrió la pesada *poniere*[3] de la puerta.

—Nos llevará algún tiempo, lord Arthur. Será mejor que nos sentemos.

—Dese prisa, señor —exclamó lord Arthur otra vez, golpeando con el pie el reluciente suelo.

Mister Podgers sonrió, sacó del bolsillo una pequeña lupa y la limpió cuidadosamente con su pañuelo.

—Estoy dispuesto —dijo.

II

Diez minutos más tarde, con el rostro blanco de terror y los ojos espantados, lord Arthur Savile salía de Bentinck House a la carrera; se abría paso entre el grupo de lacayos vestidos con pieles que había bajo la marquesina y parecía no oír ni ver nada. La noche era terriblemente fría, y las luces de gas que había en la plaza parpadeaban a causa del viento. Pero sus manos

3 Cortina.

estaban febriles y su frente ardía como fuego. Se tambaleaba casi como un borracho. Un policía lo miró con curiosidad al pasar, y un mendigo que salió de debajo de una arcada para pedirle limosna se asustó de ver una miseria más grande que la suya. Se detuvo bajo un farol y se miró las manos. Creyó verlas manchadas de sangre, y un débil grito salió de sus temblorosos labios.

¡Un asesinato! Eso era lo que el quiromante había visto. ¡Un asesinato! La noche parecía saberlo, y el fuerte viento se lo aullaba al oído. Las oscuras esquinas de las calles lo repetían. Los tejados de las casas se lo gritaban con tono burlón.

Llegó al parque, y las sombras de los árboles parecieron fascinarlo. Se apoyó en la verja, y se refrescó la cabeza contra el húmedo metal mientras atendía al trémulo silencio de la espesura. ¡Un asesinato! ¡Un asesinato! Repetía la palabra, como si eso pudiera librarlo de su horror. El sonido de su propia voz lo hacía estremecerse. Sin embargo, deseaba que el eco la repitiera y despertase de su sueño a la ciudad dormida. Sentía el loco deseo de detener a un transeúnte cualquiera y contárselo todo.

Después caminó por Oxford Street y por sus estrechas y vergonzosas callejuelas. Dos mujeres de rostros pintados se mofaron de él al pasar. De un patio oscuro salió el ruido de golpes y juramentos, seguido de gritos agudos. Apretujados bajo el marco de una puerta, vio los hombros vencidos de los cuerpos agotados por la pobreza y el sufrimiento. Le invadió una extraña lástima. ¿Estarían aquellos hijos del pecado y la miseria predestinados a un final como el suyo? ¿Serían, como él, simples marionetas de un monstruoso guiñol?

Y, sin embargo, lo que más lo estremecía no era la miseria, sino la comedia del sufrimiento; su absoluta inutilidad, su grotesca carencia de significado. ¡Qué incoherente parecía todo! ¡Qué falto de toda armonía! Lo asombraba el desacuerdo existente entre el optimismo superficial de aquella época y los verdaderos hechos de la existencia. Era aún muy joven.

Al cabo de un rato se encontró frente a Marilebone Church. La silenciosa calle parecía una larga cinta de reluciente plata, salpicada aquí y allá por los oscuros arabescos de las sombras. A lo lejos se curvaba la línea de los faroles de gas, y junto a una pequeña casa rodeada por una cerca había un coche, cuyo conductor dormitaba dentro. Anduvo deprisa hacia Portland Place, mirando de cuando en cuando a su alrededor, como si temiera ser seguido. En la esquina de Rich Street vio a dos hombres que leían un pequeño cartel pegado en la pared. Una extraña curiosidad se apoderó de él, y cruzó la calle. Cuando se acercó, sus ojos se encontraron con la palabra «Asesino» pintada con letras negras. Se estremeció y un fuerte rubor cubrió sus mejillas. Era un anuncio ofreciendo una recompensa por cualquier información que ayudara a capturar a un hombre de estatura mediana, entre los treinta y los cuarenta años de edad, con sombrero hongo, chaqueta negra, pantalones a cuadros y una cicatriz en la mejilla derecha. Lo leyó una y otra vez y se preguntó si el hombre sería capturado y cómo se habría hecho aquella cicatriz. Quizás algún día su nombre estaría pegado en las paredes de Londres. Algún día quizá también su cabeza estaría a precio.

Este pensamiento lo hizo enfermar de terror. Giró sobre sus talones y salió corriendo en la oscuridad.

Apenas sabía hacia dónde iba. Recordó confusamente que anduvo por un laberinto de sórdidas casas, y empezaba a amanecer cuando llegó por fin a Picadilly Circus. Cuando se dirigía a su casa por Belgrave Square encontró en su camino grandes carros que iban hacia Covent Garden. Los carreteros, tostados por el sol y con el pelo rizado, azuzaban a las caballerías, haciendo restallar los látigos y gritándose unos a otros; sobre el caballo gris que iba en cabeza de la fila iba un muchacho regordete, con un ramo de velloritas en el raído sombrero, agarrándose con firmeza a las riendas con sus pequeñas manos y riendo; las grandes pilas de verduras parecían masas de jade verde contra el cielo de la mañana, que era como el rosado pétalo de una rosa maravillosa. Lord Arthur se sintió curiosamente conmovido sin saber por qué. Había algo en la delicada belleza del amanecer que le parecía inexplicablemente patético, y pensó en todos los días que empezaban con belleza y terminaban en tormenta. Aquellos seres rudos, con sus voces roncas, su buen humor, sus maneras indolentes... ¡Qué extraño Londres verían! ¡Un Londres libre del pecado de la noche y el humo del día, una pálida y fantasmal ciudad, una desolada ciudad de tumbas! Se preguntó qué pensarían de ella y si sabrían algo de su esplendor y su vergüenza, de sus salvajes alegrías, de su terrible hambre, de todo lo que se hace y se deshace del día a la noche. Probablemente, para ellos era sólo el lugar donde iban a vender sus frutos y donde permanecían unas pocas horas a lo sumo, abandonándolo cuando las calles estaban todavía silenciosas y las personas aún dormían. Sentía placer al observarlos andar. Por rudos que fueran, con sus zapatos claveteados y sus andares torpes, traían con ellos un poco de Arcadia. Se dio cuenta de que habían vivido con la naturaleza y de ella habían tomado la paz. Los envidió por todo lo que no sabían.

Cuando llegó a Belgrave Square el cielo tenía un color azul pálido y los pájaros estaban empezando a cantar en los jardines.

III

Lord Arthur despertó a las doce. El sol de mediodía se filtraba por las cortinas de seda marfileña de su habitación. Se levantó y miró por la ventana. Una ligera y bochornosa niebla invadía la gran ciudad, y los tejados de las casas eran como placas de plata empañadas. Unos niños jugaban sobre el césped de la plaza, como blancas mariposas, y las aceras estaban llenas de gente que se encaminaba al parque. Nunca le había parecido tan maravillosa la vida, ni jamás tan remoto el mal.

Entonces su criado le llevó una taza de chocolate sobre una bandeja. Cuando se la hubo bebido, echó a un lado una pesada *portière* de color albaricoque y entró en el cuarto de baño. La luz se filtraba por el techo, a través de finas láminas de ónice transparente, y el agua del baño de mármol brillaba apagadamente como una piedra lunar. Se introdujo en ella hasta que su frescor le llegó al cuello y a las raíces del pelo, y después sumergió la cabeza, como si quisiera limpiar la mancha de algún recuerdo vergonzoso. Cuando la volvió a sacar se sintió casi tranquilizado. Las exquisitas condiciones físicas del momento lo dominaron, como suele ocurrir en las naturalezas finamente formadas, porque los sentidos, como el fuego, pueden purificar, así como también destruir.

Después de desayunar se tumbó en un diván y encendió un cigarrillo. Sobre el estante de la chimenea, en un bello marco de brocado antiguo, había una gran fotografía de Sybil Merton, tal como la vio por primera vez en la fiesta de lady Noel.

La cabecita exquisitamente formada se inclinaba ligeramente hacia un lado, como si su delicado y fino cuello no fuera capaz de soportar tanta belleza. Los labios estaban un poco entreabiertos y parecían hechos para la música dulce. Toda la pureza de la juventud se reflejaba en sus ojos maravillosos y soñadores. Con su ajustado y suave vestido de *crêpe de chine* y su abanico en forma de hoja, parecía una de esas delicadas figurillas que los hombres encontraron en los olivares cercanos a Tanagra. Había una especie de gracia griega en su postura y en su gesto. Sin embargo, no era *petite*. Estaba perfectamente proporcionada, cosa rara en una época en que muchas mujeres o bien tienen una gran humanidad o bien son insignificantes.

Cuando lord Arthur la miraba se sentía poseído de la terrible compasión que nace del amor. Era consciente de que casarse con ella cerniéndose sobre su cabeza la sombra de un crimen sería una traición como la de Judas, un pecado peor que cualquiera de los que Borgia hubiera podido soñar. ¿Qué felicidad encontrarían si en cualquier momento podría cumplirse la terrible profecía escrita sobre su mano? ¿Qué vida sería la suya mientras el destino tuviera sobre la balanza esa espantosa predestinación? Había que posponer el matrimonio a toda costa. Estaba completamente decidido a esto. Aunque amara con ardor a aquella muchacha y el mero contacto de sus dedos hiciera estremecerse con exquisita alegría todas las fibras de su cuerpo, reconocía con la misma claridad cuál era su deber y se daba perfecta cuenta de que no tenía derecho a casarse hasta que no cometiera el crimen. Una vez llevado éste a cabo, podría ir al altar con Sybil Merton y poner la vida en sus manos sin miedo por estar obrando mal. Podría abrazarla sabiendo que jamás tendría que avergonzarse de él. Pero antes debía llevar aquello a cabo. Y, cuanto antes, mejor para los dos.

Muchos hombres en su caso habrían preferido el sendero rosado del olvido al difícil camino del deber; pero lord Arthur era demasiado consciente como para anteponer el placer a los principios. Había algo más que una mera pasión en su amor, y Sybil era para él un símbolo de todo lo bueno y noble. Por un momento sintió una natural repugnancia por lo que tenía que hacer, pero no tardó en pasársele. El corazón le decía que no era un pecado, sino un sacrificio; pero la razón le recordaba que no le quedaba más alternativa. Debía escoger entre vivir para sí mismo o vivir para los demás, y, por terrible que fuera la tarea, que indudablemente lo era, sabía, sin embargo, que no debía permitir que el egoísmo triunfara sobre el amor. Tarde o temprano, todos tenemos que decidirnos por un camino. A todos se nos hace la misma pregunta. Ese dilema se le planteó muy pronto a lord Arthur. Antes de que el cinismo calculador de la edad madura mancillara su naturaleza y el egoísmo superficial tan corriente en nuestros días le corrompiera el corazón. Por eso no vaciló en cumplir con su deber. Por suerte para él, no era un simple soñador ni un ocioso diletante. De haberlo sido, habría vacilado como Hamlet, y permitido que su indecisión echara a perder su propósito. Pero él era, ante todo, un hombre práctico. Para él, la vida tenía más de acción que de pensamiento. Tenía la más rara de todas las cosas: sentido común.

Los salvajes y turbios sentimientos de la noche anterior habían desaparecido por completo, y recordaba casi con vergüenza su loco vagar de calle en calle, su desesperada agonía. La gran sinceridad de sus sufrimientos hacía ahora que le pareciesen irreales. Se preguntaba cómo pudo ser tan loco como para querer rebelarse contra lo inevitable. La única pregunta que parecía turbarlo era quién sería la víctima, consciente como era de que el asesinato, al igual que los cultos paganos, requiere tanto una víctima como un sacerdote. No era un genio. Por tanto, carecía de enemigos. Además, creía que aquél no era momento para satisfacer odios ni desagrados personales, ya que la misión que tenía que cumplir era solemnemente grave. Decidió hacer una lista de sus amigos y parientes en una hoja de papel, y después de una cuidadosa valoración, se decidió por lady Clementine Beauchamp, una vieja dama que vivía en Curzon Street y que era prima segunda suya por parte de madre. Siempre había querido mucho a lady Clem, como todos la llamaban, y como él tenía una gran fortuna, pues había heredado todos los bienes de lord Rugby cuando llegó a la mayoría de edad, no había posibilidad de que su muerte le proporcionara un vulgar beneficio económico. En resumen, cuanto más pensaba en el asunto, más adecuada le parecía la persona. Consciente de que la menor dilación perjudicaría a Sybil, decidió arreglarlo todo de inmediato.

Desde luego, lo primero que debía hacer era pagar al quiromante. Así pues, se sentó en un pequeño escritorio de Sheraton que había cerca de la ventana y extendió un cheque por valor de ciento cinco libras, pagadero a mister Septimus Podgers. Lo ensobró y le dijo a su criado que lo llevara a West Moon Street. Después telefoneó a los establos para que le llevasen su coche y se vistió para salir. Al abandonar la habitación, miró al retrato de Sybil Merton y juró que, pasase lo que pasase, nunca le contaría lo que iba a hacer por ella y mantendría siempre el secreto de su sacrificio oculto en su corazón.

En su camino hacia Buckingham se detuvo en una floristería y le envió a Sybil una bella cesta de narcisos de maravillosos pétalos blancos y pistilos moteados. Al llegar al club fue derecho hacia la biblioteca, tocó el timbre y le ordenó al camarero que le llevara limón con soda y un libro de toxicología. Había decidido que el veneno era el mejor medio para llevar a cabo ese asunto. Era un firme detractor de la violencia personal y, además, quería asesinar a lady Clementine de forma que no atrajera la atención pública, pues odiaba la idea de ser una atracción en casa de lady Windermere o ver su nombre en las secciones de sociedad de los periódicos del populacho. También tenía que pensar en el padre y en la madre de Sybil, que eran personas algo chapadas a la antigua, y que tal vez se opusieran al matrimonio si se producía algún escándalo, aunque tenía la certeza de que, si les contaba el caso, apreciarían los motivos que lo habían obligado a obrar así. Por tanto, obraba como es debido al elegir el veneno. Era seguro y silencioso, y evitaba escenas penosas, por las cuales, como la mayoría de los ingleses, sentía una gran aversión.

De la ciencia de los venenos, sin embargo, no conocía absolutamente nada, y como el camarero parecía incapaz de encontrar algo en la biblioteca que no fuera la *Ruff 's Guide* y el *Bailey's Magazine,* examinó él mismo las estanterías, y por último encontró una edición bien encuadernada de la

Pharmacopeia y un ejemplar de la *Toxicología,* de Erskine, editado por sir Mathew Reid, presidente del Real Colegio de Médicos y uno de los miembros más antiguos del Buckingham, que había sido elegido al confundirlo con otra persona. Aquel *contretemps* indignó tanto al comité que, cuando se presentó el auténtico personaje, votaron en su contra por unanimidad. Lord Arthur se quedó asombrado por los tecnicismos de ambos libros, y empezó a lamentarse por no haber puesto más atención cuando estudiaba en Oxford. Pero en el segundo volumen de Erskine encontró una interesante y completa descripción de las propiedades de la aconitina, escrita en un inglés prístino. Le pareció que ése era exactamente el veneno que él quería. Era de efectos rápidos, casi instantáneos, no causaba dolores, y cuando se tomaba en forma de cápsula gelatinosa, modo que recomendaba sir Mathew, era por completo insípido. Decidió tomar nota en el puño de su camisa de la dosis necesaria para que su efecto fuera fatal. Devolvió el libro a su sitio y salió por Saint James Street hacia la farmacia de Pestle y Humbey. Mister A Pestle, que siempre atendía personalmente a la aristocracia, le sorprendió bastante aquel encargo y murmuró algo sobre la necesidad de un certificado médico. Sin embargo, cuando lord Arthur le explicó que era para un gran mastín de Noruega que se veía obligado a eliminar, pues mostraba señales de rabia y había mordido ya dos veces al cochero en una pierna, se quedó enteramente satisfecho, felicitó a lord Arthur por su maravilloso conocimiento de la toxicología y le entregó al momento la fórmula.

Lord Arthur metió la cápsula en el interior de una pequeña *bonbonnière*[4] de plata que vio en un escaparate de Bond Street, arrojó la horrible cajita de Pestle y Humbey y se dirigió rápidamente a casa de lady Clementine.

—Vaya, *monsieur le mauvais sujet*[5] —exclamó la vieja dama cuando lo vio entrar en la habitación—, ¿por qué no has venido a verme en todo este tiempo?

—Mi querida lady Clem, no tengo un momento libre —respondió lord Arthur con una sonrisa.

4 Bombonera.

5 Señor tunante, malo o travieso.

—Supongo que quieres decir que estás todo el día con miss Sybil Merton comprando *chiffons* y hablando de tonterías. No puedo comprender por qué la gente arma tanto jaleo para casarse. En mis tiempos nunca habríamos soñado en arrullarnos tanto en público, ni tampoco en privado.

—Le aseguro que llevo veinticuatro horas sin ver a Sybil, lady Clem. Que yo sepa, pertenece por entero a sus modistas.

—Desde luego. Ésa es la única razón por la que has venido a ver a una mujer vieja y fea como yo. Me extraña que los hombres no estéis escarmentados. *On a fait des folies por moi,*[6] y aquí estoy, hecha una pobre reumática, con dentadura postiza y mal carácter. Si no fuera por la querida lady Jansen, que me envía las peores novelas francesas que encuentra, creo que no podría resistirlo. Los médicos no tienen ninguna utilidad, excepto la de cobrar buenas facturas. Ni siquiera pueden curarme el dolor de estómago.

—He traído una medicina para eso, lady Clem —dijo lord Arthur con gravedad—. Es algo maravilloso. Lo ha inventado un americano.

—No creo en los inventos americanos, Arthur. Estoy segura de que no. Leí algunas novelas americanas últimamente, y son una idiotez.

—¡Oh, pero esto no es ninguna idiotez, lady Clem! Le aseguro que es una medicina perfecta. Prométame que la probará.

Y lord Arthur sacó la cajita del bolsillo y se la entregó.

—Bueno, la caja es encantadora, Arthur. ¿Es realmente un regalo? Es muy amable por tu parte. ¿Y ésta es la maravillosa medicina? Parece un *bonbon.* Me la tomaré ahora mismo.

—¡Cielos, lady Clem! —exclamó lord Arthur sujetándole la mano—. No debe hacer eso. Es un producto homeopático, y si lo tomara sin tener dolor le acarrearía graves consecuencias. Espere a tener un ataque y tómelo entonces. Se asombrará del resultado.

—Me gustaría tomarlo ahora —repuso lady Clementine, mirando al trasluz la pequeña cápsula transparente con su burbuja de aconitina líquida—. Estoy segura de que es deliciosa. El caso es que, aunque odio

6 Por mí se han hecho locuras.

a los médicos, adoro las medicinas. Sin embargo, me la tomaré en mi próximo ataque.

—¿Y cuándo será? —preguntó lord Arthur—. ¿Pronto?

—Espero que dentro de una semana. Estuve bastante mal ayer por la mañana. Pero nunca se sabe.

—Entonces, ¿está segura de tener uno antes de fin de mes, lady Clem?

—Me temo que sí. ¡Pero qué simpático estás hoy, Arthur! Sybil tiene mucha suerte. Y ahora debes irte, porque voy a cenar con gente muy aburrida, que no habla de escándalos, y sé que si no duermo ahora no seré capaz de mantenerme despierta durante la cena. Adiós, Arthur. Dale recuerdos a Sybil, y muchas gracias por la medicina americana.

—No debe olvidarse de tomarla, lady Clem, ¿eh? —dijo lord Arthur levantándose.

—Desde luego que no, tunantillo. Has sido muy amable al pensar en mí y te escribiré diciéndote si quiero más.

Lord Arthur dejó la casa muy animado y con una sensación de inmenso alivio.

Esa noche tuvo una entrevista con Sybil Merton. Le dijo que de manera repentina se había encontrado en una situación terriblemente difícil, ante la cual ni el honor ni el deber le permitían retroceder. Le dijo que había que posponer el matrimonio de momento, porque no sería un hombre libre mientras no se resolviese aquel asunto. Le imploró que confiara en él y que no tuviera dudas con respecto al futuro. Todo saldría bien, pero era necesario tener paciencia.

La escena tuvo lugar en el invernadero de la casa de mister Merton, en Park Lane, donde lord Arthur había cenado, como era su costumbre. Sybil nunca había parecido más feliz, y por un momento lord Arthur estuvo tentado de portarse con cobardía y escribirle a lady Clementine diciéndole todo lo referente a la cápsula y celebrar su matrimonio como si la persona de mister Podgers no existiera. Su buen criterio, sin embargo, pronto se impuso, y aunque Sybil se arrojó llorando en sus brazos se mantuvo firme en su decisión. La belleza que conmovía sus sentidos penetró también en su conciencia. Comprendió que destrozar una vida tan hermosa por la felicidad de unos meses de placer era una cosa totalmente equivocada.

Permaneció con Sybil hasta cerca de medianoche, consolándola y siendo a la vez consolado, y a la mañana siguiente, temprano, salió para Venecia, después de escribirle una carta muy resuelta a mister Merton en la que le hablaba de la necesidad de posponer la boda.

IV

En Venecia se encontró con su hermano, lord Surbiton, quien acababa de llegar de Corfú en su yate. Los dos jóvenes pasaron juntos una deliciosa quincena. Por la mañana cabalgaban por el Lido o paseaban por los verdes canales en su gran góndola negra; por las tardes acostumbraban recibir a sus amistades en el yate, y por la noche cenaban en Florian y fumaban innumerables cigarrillos en la Piazza. Sin embargo, lord Arthur no era feliz. Todos los días repasaba las necrológicas del *Times,* con la esperanza de ver la noticia de la muerte de lady Clementine, pero todos los días sufría una gran decepción. Empezó a temer que le hubiera ocurrido algún percance, y muchas veces lamentó haberle prohibido tomar la aconitina cuando tuvo tantas ganas de conocer sus efectos. Las cartas de Sybil, aunque llenas de amor, confianza y ternura, solían tener un tono triste, y algunas veces pensó que se habían separado para siempre.

A los quince días, lord Surbiton empezó a hartarse de Venecia y decidió dirigirse hacia la costa, a Rávena, cuando oyó hablar de la magnífica caza de gallos del Pinetum. Lord Arthur se negó por completo al principio, pero Surbiton, a quien quería mucho, lo convenció al fin de que si permanecía en Danielli terminaría por morirse de aburrimiento, y en la mañana del día 15 embarcaron, con un fuerte viento del nordeste y un mar bastante agitado. La caza fue excelente, y la vida al aire libre hizo que volviera el color a las mejillas de lord Arthur, pero el día 22 empezó a sentir ansiedad por saber noticias sobre lady Clementine y, a pesar de las protestas de Surbiton, regresó a Venecia en tren.

Cuando bajó de su góndola frente al hotel, el propietario salió a recibirlo con un fajo de telegramas. Lord Arthur se lo quitó de las manos y empezó a abrirlos. Todo había salido tal como había planeado. ¡Lady Clementine había muerto de repente el día 17!

Su primer pensamiento fue para Sybil, y le envió un telegrama anunciándole su inmediato regreso a Londres. Después le ordenó a su criado que preparara su equipaje para que pudiera salir en el correo de la noche, les pagó a sus gondoleros casi cinco veces más de lo estipulado y subió corriendo a su habitación con paso ligero y corazón alegre. Arriba encontró tres cartas para él. Una era de la propia Sybil, llena de simpatía y condolencia. Las otras eran de su madre y del notario de lady Clementine, respectivamente. Al parecer, la vieja dama había cenado aquella noche con la duquesa y había encantado a todos por su ingenio y su *esprit,* pero se había ido algo temprano, alegando una ligera indisposición; por la mañana la encontraron muerta en su cama, aparentemente sin haber sufrido ningún dolor. Llamaron a sir Mathew Reid de inmediato, pero, desde luego, no hubo nada que hacer, y se preparó el entierro para el día 22 en Beauchamp Chalcote. Pocos días antes de morir había hecho su testamento y le había dejado a lord Arthur su pequeña casa de Curzon Street y todos sus muebles, efectos personales y cuadros, con la salvedad de su colección de miniaturas, que le cedía a su hermana, lady Margaret Rufford, y su collar de amatistas, que pasaría a poder de Sybil Merton. Sus propiedades no eran de mucho valor, pero mister Mansfield, el notario, estaba extremadamente impaciente por que lord Arthur regresara enseguida si ello fuera posible, ya que había gran cantidad de facturas sin pagar ya que lady Clementine nunca había llevado bien sus cuentas.

A lord Arthur lo conmovía en exceso el cariñoso recuerdo de lady Clementine, y comprendió que mister Podgers tenía mucho que ver en aquel asunto. Sin embargo, su amor por Sybil dominó las demás emociones, y el convencimiento de que había cumplido con su deber lo hizo sentirse tranquilo y confortado. Cuando llegó a Charing Cross se sintió completamente feliz.

Los Merton lo recibieron con suma amabilidad.

Sybil le prometió que no volvería a permitir que algo se interpusiera entre ellos, y la boda se fijó para el día 7 de junio. La vida le volvió a parecer brillante y bella, y tornó a él su antigua alegría.

Un día, sin embargo, mientras se encontraba en la casa de Curzon Street, en compañía del notario de lady Clementine y de la propia Sybil, quemando paquetes de cartas viejas y vaciando cajones donde se fueron guardando cachivaches viejos y otras bagatelas, la muchacha lanzó de repente un grito de alegría.

—¿Qué has encontrado, Sybil? —dijo lord Arthur, levantando la vista y sonriendo.

—Esta bonita *bonbonnière* de plata, Arthur. Parece de estilo holandés. ¡Regálamela! Sé que las amatistas no me sentarán bien hasta que tenga ochenta años.

Era la caja que había contenido la aconitina.

Lord Arthur se estremeció, y un ligero rubor cubrió sus mejillas. Casi se había olvidado por completo de su acto, y le pareció una curiosa casualidad que fuese Sybil, por cuya causa había pasado tan terrible angustia, la primera en recordárselo.

—Por supuesto que puedes quedártela, Sybil. Yo mismo se la regalé a la pobre lady Clem.

—¡Oh! Gracias, Arthur. ¿Y también puedo quedarme con el *bonbon?* No sabía que a lady Clementine le gustaban los dulces. Creí que era demasiado intelectual para eso.

Lord Arthur se puso intensamente pálido, y una horrible idea cruzó por su mente.

—¿Un bombón, Sybil? ¿Qué quieres decir? —exclamó con voz ronca y grave.

—Hay uno en la cajita, eso es todo. Parece muy viejo y polvoriento, y no tengo la menor intención de comérmelo. ¿Qué te pasa, Arthur? ¡Qué blanco te has puesto!

Lord Arthur atravesó la habitación y examinó la caja. Dentro estaba la cápsula color ámbar, con su burbuja de veneno. ¡Lady Clementine había fallecido de muerte natural!

La impresión que le produjo aquel descubrimiento fue superior a él. Arrojó al suelo la cápsula y se derrumbó sobre el sofá con un gemido de desesperación.

V

A mister Merton empezó a preocuparle aquel segundo aplazamiento de la boda, y lady Julia, que ya había encargado el vestido de novia, se empeñó en que Sybil rompiera su compromiso. A pesar del cariño que Sybil sentía por su madre, ella había puesto su vida en manos de lord Arthur, y nada de lo que lady Julia le dijo pudo hacer que flaqueara su fe en él. En cuanto a lord Arthur, tardó varios días en sobreponerse a aquella terrible decepción, y durante algún tiempo sus nervios estuvieron completamente desquiciados. Sin embargo, su excelente sentido común no tardó en imponerse y su inteligencia práctica no le hizo dudar durante mucho tiempo con respecto a lo que debía hacer. Ya que el veneno había sido un completo fracaso, tenía que probar ahora con la dinamita o cualquier otro explosivo.

Decidió repasar de nuevo la lista de sus parientes y amigos y, después de una cuidadosa consideración, pensó en hacer desaparecer a su tío, el deán de Chichester. Al deán, que era un hombre de gran cultura e inteligencia, le gustaban mucho los relojes y tenía una maravillosa colección de ellos, desde los ejemplares del siglo XV hasta los de nuestros días, y a lord Arthur le pareció que esta manía del buen deán le ofrecía una gran oportunidad de llevar a cabo su plan. Desde luego, conseguir una máquina explosiva ya era otra cosa. El *London Directory* no le daba ninguna información sobre este punto, y pensó que no sería de gran utilidad dirigirse a Scotland Yard, pues allí nunca parecían saber nada de los movimientos de los dinamiteros hasta que no se había producido una explosión, y aun entonces tampoco se enteraban de mucho.

De repente pensó en su amigo Ruválov, un joven ruso de tendencias muy revolucionarias, a quien había conocido un invierno en casa de lady

Windermere. Se contaba que el conde Ruválov estaba escribiendo la biografía de Pedro el Grande y que había acudido a Inglaterra para estudiar documentos relativos a la estancia del zar en este país como armador; pero la gente sospechaba que era un agente nihilista, y no cabía duda de que a la embajada rusa no le hacía mucha gracia su presencia en Londres. Lord Arthur pensó que ése era el hombre que necesitaba, y una mañana se dirigió a su casa de Bloomsbury para pedirle consejo y ayuda.

—Entonces, ¿es que piensa tomarse en serio la política? —dijo el conde Ruválov cuando lord Arthur le contó el objeto de su visita.

Pero lord Arthur, que aborrecía todo tipo de fanfarronadas, se creyó en el deber de admitir que las cuestiones sociales no le interesaban lo más mínimo y que tan sólo quería una máquina explosiva para un mero asunto familiar, el cual sólo le concernía a él.

El conde Ruválov lo miró un instante con asombro, y después, al notar que hablaba completamente en serio, escribió unas señas en un trozo de papel, lo firmó con sus iniciales y se lo entregó por encima de la mesa.

—Scotland Yard daría mucho por saber estas señas, querido amigo.

—Pero no las tendrá —exclamó lord Arthur con una risotada.

Y después de estrecharle calurosamente la mano al joven ruso, bajó corriendo las escaleras, examinó el papel y le dijo al cochero que lo llevara a Soho Square.

Al llegar allí lo despidió y bajó por Greek Street hasta llegar a un lugar llamado Bayle's Court. Pasó por debajo de un arco y se encontró en un curioso *cul-de-sac*, que estaba aparentemente ocupado por una lavandería francesa, con una perfecta red de cuerdas cubiertas de ropa, que se extendían de una casa a otra y que el aire de la mañana balanceaba ligeramente. Se dirigió al fondo y llamó a la puerta de una casita verde. Después de alguna tardanza, durante la cual todas las ventanas se llenaron de rostros vigilantes, le abrió la puerta un hombre rudo con aspecto de extranjero, que le preguntó en mal inglés qué quería. Lord Arthur le tendió el papel que le dio el conde Ruválov. Cuando el hombre lo vio, hizo una inclinación e invitó a pasar a lord Arthur a una habitación destartalada del piso bajo, y casi de inmediato, herr Winckelkopf, como se le llamaba en Inglaterra, entró en el cuarto con una servilleta manchada de vino alrededor del cuello y un tenedor en la mano izquierda.

—El conde Ruválov me ha dado una carta de presentación para usted —expuso lord Arthur con una ligera reverencia— y estoy deseando que hablemos sobre un asunto en el que tengo mucho interés. Me llamo Smith, mister Robert Smith, y quiero que usted me proporcione un reloj explosivo.

—Encantado de conocerlo, lord Arthur —dijo el pequeño alemán riendo—. No se alarme; es mi deber conocer a todo el mundo, y recuerdo haberlo visto una noche en casa de lady Windermere. Espero que ella esté bien. ¿No le importa sentarse conmigo mientras termino de desayunar? Tengo un excelente *paté*, y mis amigos son muy amables al decirme que mi vino del Rin es mejor que el que hay en la embajada alemana.

Y antes que lord Arthur se sobrepusiera a la sorpresa por haber sido reconocido, se encontró sentado en una habitación del fondo de la casa, bebiendo un delicioso *marcobrünner* en un vaso amarillo pálido marcado con el emblema imperial y charlando de una forma de lo más amigable con el famoso conspirador.

—Los relojes explosivos —dijo herr Winckelkopf— no son muy buenos para exportarlos al extranjero, ya que, aunque logren pasar la aduana, el servicio de trenes es tan irregular que la mayoría de las veces estallan antes de llegar a su destino. Sin embargo, si desea uno para usarlo en el país puedo proporcionarle un excelente artículo, cuyos buenos resultados le garantizo. ¿Puedo preguntarle a quién va destinado? Si es para la policía o para alguien relacionado con Scotland Yard, temo no poder ayudarlo. Los detectives ingleses son realmente nuestros mejores amigos, y yo sé que confiando en su estupidez se puede hacer exactamente lo que queremos. No quisiera perjudicar a ninguno de ellos.

—Le aseguro —dijo lord Arthur— que no tiene nada que ver con la policía. En realidad, el reloj es para atentar contra el deán de Chichester.

—¡Hombre! No tenía idea de que usted estuviera tan interesado por la religión, lord Arthur. Pocos jóvenes lo están hoy en día.

—Temo decepcionarlo, herr Winckelkopf —dijo lord Arthur ruborizándose—. La verdad es que no sé nada de teología.

—Entonces, ¿es un asunto puramente privado?

—Puramente privado.

Herr Winckelkopf se encogió de hombros y abandonó la habitación. A los pocos minutos regresó con un cartucho redondo de dinamita, más o menos del tamaño de un penique y un bonito reloj francés rematado por una figura de bronce que representaba a la libertad aplastando a la hidra del despotismo.

El rostro de lord Arthur se iluminó al verlo.

—Esto es justamente lo que quiero —exclamó—. Ahora, dígame cómo funciona.

—¡Ah! Ése es mi secreto —contestó herr Winckelkopf, que contemplaba su invento con una justificada expresión de orgullo—. Dígame cuándo desea que estalle y lo pondré en marcha al momento.

—Bien; hoy es martes, y si pudiera enviarlo de inmediato...

—Eso es imposible; tengo mucho e importante trabajo que me han encargado unos amigos de Moscú. Sin embargo, puedo tenerlo mañana.

—¡Oh, es suficiente! —repuso lord Arthur con tono cortés—. Da lo mismo mañana por la noche que el jueves por la mañana. Pero el momento de la explosión tiene que ser el viernes a mediodía exactamente. El deán está siempre en casa a esa hora.

—El viernes a mediodía —repitió herr Winckelkopf.

Y tomó nota en un gran bloc que había sobre un escritorio cerca de la chimenea.

—Y ahora —dijo lord Arthur levantándose—, dígame cuánto le debo.

—Es tan poco, lord Arthur, que ni siquiera voy a ponerle sobrecargo. La dinamita vale siete chelines y seis peniques; el reloj, tres libras y diez chelines, y los portes, unos cinco chelines. Estoy encantado de poder serle útil a un amigo del conde Ruválov.

—Pero ¿y su trabajo, herr Winckelkopf?

—¡Oh, eso no es nada! Es un placer para mí. No trabajo por dinero; vivo enteramente para mi arte.

Lord Arthur dejó sobre la mesa cuatro libras, dos chelines y seis peniques y, después de darle las gracias al pequeño alemán por su amabilidad y declinar una invitación para tomar el té con unos anarquistas el sábado siguiente, abandonó la casa y se encaminó hacia el parque.

Durante los dos días siguientes estuvo en un estado de gran excitación, y el viernes a las doce se marchó al Buckingham a esperar las noticias. Durante toda la tarde el conserje estuvo repartiendo telegramas de distintas partes del país, dando los resultados de las carreras de caballos, los veredictos de los asuntos de divorcio, el estado del tiempo y cosas por el estilo, mientras la cinta telegráfica explicaba los aburridos detalles de la sesión nocturna de la Cámara de los Comunes y de un pequeño momento pánico que se había producido en la Bolsa. A las cuatro llegaron los periódicos de la tarde, y lord Arthur desapareció en la biblioteca llevándose el *Pall-Mall*, la *St. James*, el *Globe* y el *Echo*, ante la inmensa indignación del coronel Goodchild, que quería leer los reportajes sobre el discurso pronunciado aquella mañana en la Mansion House sobre las misiones sudafricanas y la conveniencia de tener obispos negros en todas las provincias. Por una u otra razón, estaba lleno de prejuicios contra el *Evening News*. Sin embargo, ninguno de los periódicos contenía ni la más ligera alusión a Chichester, y lord Arthur pensó que el atentado había sido un fracaso. Aquello era un terrible golpe para él, y durante algún tiempo permaneció completamente abatido. Herr Winckelkopf, a quien fue a ver al día siguiente, le dio toda clase de excusas y se ofreció a darle completamente gratis otro reloj o una caja de nitroglicerina a precio de coste. Pero él había perdido toda su fe en los explosivos, y el mismo herr Winckelkopf reconoció que hoy en día estaba todo tan adulterado que incluso era muy difícil conseguir dinamita pura. El pequeño alemán, sin embargo, aunque admitía que algo debía de haber ido mal en el mecanismo, no descartaba la posibilidad de que el reloj aún pudiera estallar, como ocurrió con un barómetro que le había enviado al gobernador militar de Odesa, el cual, aunque debía explotar a los diez días, lo hizo a los tres meses. Es cierto que cuando ello sucedió sólo quedó hecha pedazos una doncella, pues el gobernador había salido de la ciudad seis semanas antes, pero quedó demostrado que la dinamita como fuerza destructora era excelente, aunque poco puntual, cuando estaba bajo el control de una maquinaria. A lord Arthur lo consoló un poco esta reflexión, pero aun en esto estaba destinado a sufrir una nueva decepción, porque dos días más tarde, cuando subía las escaleras de su casa, la duquesa le llamó a su tocador y le enseñó una carta que acababa de recibir del deanato.

—Jane escribe unas cartas encantadoras —dijo la duquesa—. Debes leer esta última. Es tan buena como las novelas que nos envía Mudie.

Lord Arthur se la quitó de las manos. La carta decía lo siguiente:

Deanato de Chichester, 27 de mayo.

Queridísima tía:

Muchas gracias, por la franela para el asilo Dorcas y también por el tejido de algodón. Estoy completamente de acuerdo contigo en que es una tontería querer lucir cosas llamativas, pero todo el mundo es tan radical y tan irreligioso hoy en día que es muy difícil convencerlos de que no deben vestirse como las clases altas. Te aseguro que no sé adónde vamos a ir a parar. Como suele decir papá en sus sermones, vivimos en una época de incredulidad.

Nos hemos divertido mucho con un reloj que le envió a papá un desconocido admirador el jueves pasado. Llegó desde Londres en una caja de madera, con portes pagados. Papá cree que se lo habrá enviado alguno de los que oyeron su gran sermón «¿Es el libertinaje la libertad?», porque el reloj estaba rematado por una figura de mujer con un gorro frigio en la cabeza. No creo que esto sea muy correcto, pero papá dice que es histórico, y supongo que estará en lo cierto. Parker lo desempaquetó y papá lo puso sobre la repisa de la chimenea de la biblioteca. El viernes por la mañana, justamente cuando el reloj dio las doce, oímos un chirrido, salió un poco de humo del pedestal ¡y la figura de la libertad cayó, rompiéndose la nariz contra el bordillo de la repisa! Mary se alarmó mucho, pero la cosa fue tan ridícula que James y yo nos echamos a reír, e incluso papá se divirtió. Cuando lo examinamos vimos que era una especie de despertador, y que, si lo poníamos a una hora determinada y colocábamos un poco de pólvora bajo un pequeño martillo, se podía hacer estallar a voluntad. Papá dijo que no debía permanecer en la biblioteca a causa del ruido; así que Reggie lo llevó a la sala de estudio y ahora se pasa todo el día provocando pequeñas explosiones. ¿Crees que a Arthur le gustaría uno como regalo de boda? Supongo que estarán de moda en Londres. Papá dice que pueden hacer mucho bien, porque muestran que la libertad no dura mucho y que termina derrumbándose. Papá dice que la libertad fue inventada en tiempos de la Revolución Francesa. ¡Qué espantoso es eso!

Ahora tengo que ir al asilo de Dorcas, donde pienso leerles tu instructiva carta. ¡Qué cierta es, querida tía, tu idea de que ellos deberían usar lo que va de acuerdo con su clase de vida y su posición! Pienso que es absurda su preocupación por la ropa cuando hay tantas cosas más importantes en este mundo y en el otro. Me alegro de que tu popelín estampado haya resultado bueno y de que el encaje no se rompa. El miércoles llevaré a casa del obispo el vestido de raso amarillo que me regalaste, y creo que resultará muy bien. ¿Te peinas con lazos o no? Jennings dice que ahora se llevan los lazos y que se usan las enaguas con mucho adorno de encaje. Reggie acaba de producir otra explosión y papá ha ordenado que el reloj sea llevado a los establos. Me parece que a papá ya no le gusta tanto como antes, aunque se siente muy halagado por haber recibido una cosa tan bonita e ingeniosa. Esto demuestra que la gente lee sus sermones y saca provecho de ellos.

Papá te envía recuerdos, a los cuales se unen James, Reggie y Mary, que esperan que el tío Cecil esté mejor de su gota. Se despide de ti con mucho cariño tu sobrina

Jane Percy.

P. D. Dime lo de los lazos. Jennings insiste en que están de moda.

Lord Arthur se quedó tan serio y triste al leer la carta que la duquesa se echó a reír.

—¡Mi querido Arthur —exclamó—, nunca volveré a enseñarte la carta de una joven! Pero ¿qué dices de lo del reloj? Creo que es un gran invento, y me gustaría tener uno.

—No me gustan esas cosas —dijo lord Arthur con una sonrisa triste.

Y después de besar a su madre, salió de la habitación.

Cuando llegó arriba se dejó caer en un sofá y sus ojos se llenaron de lágrimas. Había puesto todo su interés en llevar a cabo el crimen, pero en ambas ocasiones había fallado, aunque no había sido culpa suya.

Había intentado cumplir con su deber, pero parecía como si el mismo destino lo hubiera traicionado. Lo oprimía la sensación de la esterilidad de sus buenas intenciones, de la inutilidad de sus intentos de comportarse como debía. Quizá fuera mejor romper definitivamente su compromiso matrimonial. Seguro que Sybil sufriría, pero el sufrimiento no echaría a perder un carácter tan noble como el suyo. En cuanto a él, ¿qué importaba? Siempre hay alguna guerra en la que un hombre puede morir, alguna causa por la que un hombre puede dar su vida, y ya que la vida no le reservaba ninguna alegría, no sentía horror por la muerte. Que el destino siguiera su curso. Él no haría nada por ayudarlo.

A las siete y media se vistió y se marchó al club. Surbiton estaba allí con un grupo de jóvenes y tuvo que cenar con ellos. Su conversación banal y sus bromas insolentes no le interesaban, y tan pronto como se sirvió el café los abandonó, inventando un pretexto. Cuando salió del club, el portero le dio una carta. Era de herr Winckelkopf, quien le rogaba que fuera a visitarlo la tarde siguiente para ver un paraguas explosivo que estallaba cuando lo abrían. Era el último invento que acababa de llegar de Ginebra. Rompió la carta en pedacitos. Había decidido no hacer nuevas tentativas. Empezó a vagar por los muelles del Támesis y permaneció varias horas sentado junto al río. La luna asomaba entre un grupo de nubes de color rojizo intenso, como si fuera el ojo de un león, e innumerables estrellas relampaguearon en la gran bóveda del cielo, como polvillo dorado extendido sobre una cúpula purpúrea. De cuando en cuando, una barca surcaba las aguas turbias, deslizándose con la corriente, mientras las señales del ferrocarril cambiaban del verde al rojo cuando los trenes pasaban sobre el puente. Al poco tiempo sonaron las doce en la alta torre de Westminster, y a cada campanada la noche pareció temblar. Después se apagaron las luces del ferrocarril, y quedó una lámpara solitaria, como un gran rubí, sobre un poste gigantesco. El murmullo de la ciudad fue acallándose.

A las dos se levantó, dirigiéndose hacia Blackfriars.

¡Qué irreal parecía todo! ¡Qué semejante a un extraño sueño! Las casas de la otra orilla del río parecían surgir de la oscuridad. Se hubiera podido decir que había un nuevo mundo, hecho de plata y de sombras. La gran cúpula de San Pablo era como una enorme burbuja dibujada en la oscura atmósfera.

Al acercarse al obelisco de Cleopatra vio a un hombre apoyado en la barandilla. Cuando se acercó, el hombre levantó la cabeza y la luz de un farol de gas dio de lleno en la cara.

¡Era mister Podgers, el quiromante! Eran inconfundibles su rostro regordete, sus gafas de montura de oro, su sonrisa enfermiza y su boca sensual.

Lord Arthur se detuvo, una idea brillante vino a su mente, y deslizándose con pasos cautos a su espalda, en un instante cogió a mister Podgers por las piernas y lo arrojó al Támesis. Se pudo escuchar un soez juramento y el ruido del chapotear en las aguas; después todo quedó en silencio. Lord Arthur miraba con ansia la superficie de las aguas, pero del quiromante no pudo ver nada, excepto su sombrero de copa, que hacía piruetas sobre un pequeño remolino de agua iluminado por la luna. Al cabo de un rato también el sombrero se hundió y no quedó ni rastro de mister Podgers. Por un momento su imaginación le hizo ver una silueta deforme que se agarraba a la escalera del puente, y una horrible sensación de fracaso se apoderó de él, pero resultó ser sólo un reflejo, que se borró cuando la nube ocultó a la luna. Por fin le pareció haber llevado a cabo el decreto del destino. Dio un profundo suspiro de alivio y el nombre de Sybil fue murmurado por sus labios.

—¿Se le ha caído algo, señor? —dijo una voz tras él, de repente.

Se volvió. Quien lo interpelaba era un policía con una gran linterna.

—Nada de importancia, sargento—contestó sonriendo.

Y llamó a un coche que pasaba, entró en él y le ordenó al cochero que lo llevara a Belgrave Square.

Durante los días siguientes, sus sentimientos unas veces eran de esperanza y otras de temor. Había momentos en que casi esperaba ver entrar a mister Podgers y, sin embargo, otras veces se decía que el destino no podía ser tan injusto con él. Por dos veces fue a casa del quiromante, en West Moon Street, pero no se atrevió a llamar al timbre. Deseaba la certeza, pero también la temía. Ésta llegó, finalmente. Estaba sentado en el salón de fumadores del club tomando el té y escuchando aburrido la última canción del Gaiety por boca de Surbiton, cuando el camarero entró con los periódicos de la noche. Cogió la *St. James* y empezó a pasar distraídamente sus páginas, cuando sus ojos dieron con este extraño titular:

«SUICIDIO DE UN QUIROMANTE».

Se puso pálido de excitación y empezó a leer. La noticia decía lo siguiente:

> Ayer por la mañana, a las siete, apareció en la playa de Greenwich, justo frente al Ship Hotel, el cuerpo de mister Podgers, el eminente quiromante. El infortunado caballero había desaparecido hace unos días, sintiéndose mucha preocupación por él en los círculos quirománticos. Se supone que se suicidó bajo la influencia de un trastorno mental momentáneo causado por el exceso de trabajo, y se dará esta tarde un veredicto conforme a este respecto. Mister Podgers acababa de terminar un gran tratado sobre el tema de *La mano humana,* que será publicado en breve y que sin duda atraerá mucha atención. El difunto tenía sesenta y cinco años y no parece que poseyera ningún pariente.

Lord Arthur salió corriendo del club con el periódico todavía en la mano, ante el inmenso asombro del portero, que intentó en vano detenerlo, y se dirigió velozmente a Park Lane. Sybil lo vio desde la ventana y algo le dijo que era portador de buenas noticias. Corrió a su encuentro y, cuando estuvo frente a él, supo que todo se había solucionado.

—Mi querida Sybil —exclamó lord Arthur—, ¡casémonos mañana!

—¡Oh, loco! ¡Aún no hemos encargado el pastel! —dijo Sybil riendo entre lágrimas.

VI

Cuando tuvo lugar la boda, unas tres semanas más tarde, la iglesia de San Pedro se llenó de gente elegante. La ceremonia fue oficiada solemnemente por el deán de Chichester y todos afirmaron que nunca habían visto una pareja tan bella como la que formaban los novios. Sin embargo, y más que nada, eran felices. Ni un solo instante lamentó lord Arthur todo lo que había tenido que pasar por amor a Sybil, y ella, por otra parte, le dio todo lo mejor que una mujer puede entregar a un hombre: adoración, ternura y amor. Para ellos, la realidad no mató la novela romántica. Siempre se sintieron jóvenes.

Unos años después, cuando habían nacido ya dos bellos niños de su matrimonio, lady Windermere fue a visitarlos a Alton Priory, un bello lugar que había sido el regalo de boda del duque a su hijo. Una tarde, mientras estaba sentada con Sybil bajo un tilo en el jardín, observando al niño y a la niña que jugaban por entre los rosales, como suaves rayos de sol, cogió de repente las manos de Sybil y dijo:

—¿Eres feliz, Sybil?

—Querida lady Windermere, por supuesto que soy feliz. ¿Usted no lo es?

—Yo no tengo tiempo de ser feliz, Sybil. Siempre me gusta la última persona que me presentan; pero siempre, tan pronto como conozco a la gente, me canso de ella.

—¿No le satisfacen sus leones, lady Windermere?

—¡Oh, no, querida! Mis leones sólo son buenos para una temporada. Tan pronto como se les corta la melena, se transforman en las criaturas más insoportables del mundo. ¿Recuerdas a aquel horrible mister Podgers? Era un impostor. Desde luego, no me preocupaba en absoluto. Aun cuando me pedía dinero prestado, lo perdonaba; pero no podía aguantar sus muestras de amor hacia mí. Realmente me hizo odiar la quiromancia. Ahora me gusta la telepatía. Es mucho más divertida.

—Aquí no debe decir nada contra la quiromancia, lady Windermere. Es la única cosa que Arthur no permite que se tome a broma. Le aseguro que para él es una cosa muy seria.

—¿No querrá decir que cree en ella, Sybil?

—Pregúntele a él, lady Windermere. Aquí está.

Y lord Arthur se acercó con un gran ramo de rosas amarillas en la mano y los dos niños saltando a su alrededor.

—¿Lord Arthur?

—Sí, lady Windermere.

—No irá a decirme que cree en la quiromancia, ¿verdad?

—Claro que sí —dijo el joven sonriendo.

—Pero, ¿por qué?

—Porque le debo toda la felicidad de mi vida —murmuró, sentándose en una silla de mimbre.

—Mi querido lord Arthur, ¿qué le debe?

—Sybil —contestó él, tendiéndole las rosas a su esposa y mirándose en sus ojos violeta.

—¡Qué tontería! —exclamó lady Windermere—. Nunca oí una tontería más grande en toda mi vida.

El fantasma de Canterville

Novela hilo-idealista

I

CUANDO mister Hiram B. Otis, el ministro estadounidense, compró Canterville Chase, todos le dijeron que cometía una gran tontería, pues no cabía duda de que aquel lugar estaba embrujado. En realidad, el mismo lord Canterville, que era un hombre de mucho honor, se creyó en el deber de mencionarle el hecho a mister Otis cuando se pusieron a discutir las condiciones.

—Ni siquiera nosotros queremos vivir aquí —dijo lord Canterville—, desde que mi tía abuela, la duquesa viuda de Bolton, se llevó un gran susto, del que nunca consiguió recobrarse, al sentir sobre sus hombros dos manos de esqueleto cuando se vestía para la cena. Y siento tener que decirle, mister Otis, que el fantasma ha sido visto por varios miembros de mi familia, así como por el párroco, el reverendo Augustus Dampier, que es profesor asociado del King's College de Cambridge. Después del infortunado accidente de la duquesa, ninguno de nuestros sirvientes quiso permanecer aquí, y lady Canterville no podía dormir por las noches a consecuencia de unos misteriosos ruidos que venían del pasillo y la biblioteca.

—Querido lord —contestó el ministro—, me quedaré con los muebles y el fantasma en lo que estén valorados. Procedo de un país moderno, donde el dinero puede comprarlo todo; y, con toda nuestra gente joven pintando de rojo el Viejo Mundo y llevándose a sus mejores actrices y *prima donnas*, estoy seguro de que si hubiera un fantasma en Europa ya estaría en uno de nuestros museos o como atracción en una caseta de feria.

—Temo que el fantasma exista —dijo lord Canterville sonriendo—, aunque se haya resistido a las tentadoras ofertas de sus empresarios. Se le conoce desde hace tres siglos; desde 1584, para ser más exactos, y siempre hace su aparición antes de la muerte de algún miembro de nuestra familia.

—Entonces es una especie de médico de la familia, lord Canterville. Pero los fantasmas no existen, señor, y no se van a cambiar las leyes de la naturaleza para satisfacer a la aristocracia británica.

—Ciertamente, son ustedes muy realistas en América —contestó lord Canterville, quien no había comprendido por completo la última observación de mister Otis—, y comprendo que juzguen imposible la presencia de un fantasma en esta casa. Tan sólo quiero que recuerde que se lo advertí.

Unas semanas después se arregló la venta, y al final de la temporada el ministro y su familia entraron en Canterville Chase. Mistress Otis, que con el nombre de miss Lucretia R. Tappan, de West Street 53, había sido una célebre belleza de Nueva York, era una maravillosa mujer de mediana edad, de ojos bellísimos y soberbio perfil. Muchas mujeres estadounidenses que se van de su país natal adoptan un aspecto de enfermas crónicas, convencidas de que ésta es una forma de refinamiento europeo; pero mistress Otis nunca incurrió en este error. Tenía una magnífica constitución y una maravillosa salud. Lo cierto es que en muchos aspectos era una verdadera inglesa, y constituía un excelente ejemplo del hecho de que tenemos muchas cosas en común con los Estados Unidos hoy día, excepto, desde luego, el idioma. Su hijo mayor, a quien sus padres bautizaron con el nombre de Washington en un arrebato de patriotismo, del que él nunca dejó de lamentarse, era un joven rubio de buena presencia, que se había calificado para la diplomacia estadounidense al erigirse en árbitro de los bailes del casino de Newport durante tres temporadas consecutivas; su fama de excelente bailarín había llegado hasta Londres. Las gardenias y los títulos eran sus únicas debilidades. Por otra parte, era extraordinariamente sensible. Miss Virginia E. Otis era una muchachita de quince años, esbelta y graciosa como una gacela, y con unos grandes ojos azules maravillosamente bellos. Era una magnífica amazona, y una vez le echó al viejo lord Bilton una carrera de dos vueltas al parque, y le ganó por un cuerpo y medio justo frente a la estatua de Aquiles, ante el enorme entusiasmo del joven duque de Cheshire. Éste se le declaró al instante, por lo que sus tutores lo enviaron de nuevo a Eton esa misma noche, y se fue hecho un mar de lágrimas. Después de Virginia venían los gemelos, a quienes solían llamar Barras y Estrellas, porque siempre estaban agitados y moviéndose. Eran dos muchachos deliciosos y, junto con el ministro, los únicos republicanos de la familia.

Como Canterville Chase está a siete millas de Ascot, la estación más cercana, mister Otis había telegrafiado para que fuera un coche a recogerlos; se acomodaron en él, exultantes. Era un bello atardecer de julio y en el aire flotaba el aroma de los pinos. De cuando en cuando oían el dulce canto de algún pichón o veían aparecer entre los árboles las magníficas plumas bruñidas de un faisán. Pequeñas ardillas corrían entre las ramas de los árboles a su paso, y los conejos saltaban entre los arbustos y las rocas musgosas con sus pequeñas y blancas colas al aire. Sin embargo, cuando entraron en el paseo de Canterville Chase el cielo se llenó de repente de nubes, una curiosa calma pareció adueñarse del ambiente y una bandada de cuervos pasó sobre sus cabezas. Antes de llegar a la casa empezaron a caer grandes goterones.

Salió a recibirlos una vieja mujer vestida con seda negra y tocada con una cofia y un delantal blancos. Era mistress Umney, el ama de llaves, a quien mistress Otis, a petición de lady Canterville, había permitido conservar el empleo. Les hizo una ligera inclinación cuando entraron y dijo con tono amanerado:

—Les doy la bienvenida a Canterville Chase.

Entraron tras ella, pasando por un bello vestíbulo de estilo Tudor con una biblioteca grande y de techo bajo con paneles de roble oscuro, al final de la cual había un gran ventanal. Allí encontraron el té servido y, después de quitarse los gabanes, se sentaron y empezaron a mirar a su alrededor, mientras mistress Umney los observaba.

De repente, mistress Otis vio una mancha sobre el piso junto a la chimenea y, completamente inconsciente de lo que aquello significaba en realidad, le dijo a mistress Umney:

—Allí está el suelo un poco manchado.

—Sí, señora —replicó la vieja ama de llaves en voz baja—; esa mancha es de sangre derramada.

—¡Qué horror! —exclamó mistress Otis—. No quiero manchas de sangre en ninguna habitación. Hay que limpiarla de inmediato.

La vieja mujer sonrió y contestó en el mismo tono bajo y misterioso:

—Es sangre de lady Eleanore Canterville, a quien su propio marido, sir Simon de Canterville, asesinó allí en 1575. Sir Simon vivió nueve años más, y después desapareció de repente en circunstancias muy misteriosas. Su cuerpo no se descubrió, pero su espíritu culpable aún habita en Canterville Chase. La mancha de sangre ha sido admirada por muchos turistas, y no se puede borrar.

—Todo eso es una tontería —exclamó Washington Otis—. El quitamanchas Campeón, de Pinkerton, y el detergente Paragon pueden limpiarla en un instante.

Y antes de que la aterrada ama de llaves pudiera detenerlo, se había arrodillado, y frotaba el suelo con una barrita oscura que parecía un cosmético. A los pocos segundos, la mancha de sangre había desaparecido.

—Sabía que el Pinkerton lo conseguiría —exclamó con gesto triunfal, mientras escudriñaba a su familia que estaba llena de admiración.

Pero nada más decir esto, un terrible relámpago iluminó la sombría habitación, y el estruendo de un potentísimo trueno los hizo ponerse en pie, mientras mistress Umney caía desmayada.

—¡Qué clima tan monstruoso! —dijo el ministro estadounidense sin perder los nervios y encendiendo un enorme puro—. Me parece que este viejo país está tan superpoblado que no hay buen tiempo suficiente para todos. Siempre he pensado que emigrar es la única solución para los ingleses.

—Mi querido Hiram —exclamó mistress Otis—, ¿qué se puede hacer con una mujer que se ha desmayado?

—Descontárselo del sueldo —contestó el ministro—; así no volverá a suceder.

Y, ciertamente, a los pocos segundos, mistress Umney volvió en sí. Sin embargo, no cabía duda de que estaba muy impresionada, y le aseguró a mister Otis que tenía el presentimiento de que iba a producirse alguna desgracia en la casa.

—Señor, he visto cosas con mis propios ojos —dijo— que harían poner los pelos de punta a cualquier cristiano, y muchas noches no he podido cerrar los ojos a causa de las terribles cosas que aquí ocurren.

Sin embargo, mister Otis y su esposa le aseguraron a la buena mujer que no temían a los fantasmas, y ella, después de invocar a la providencia para que se conjurase en favor de sus nuevos amos y éstos le concedieran un aumento de sueldo, se marchó a su habitación.

II

La tormenta rugió con fiereza toda esa noche, pero no ocurrió nada de particular. A la mañana siguiente, sin embargo, cuando bajaron a desayunar, se encontraron de nuevo en el suelo con la terrible mancha de sangre.

—No creo que se trate de un defecto del detergente Paragon —dijo Washington—, porque ya lo he probado todo. Debe de haber sido el fantasma.

Decidió borrar la mancha por segunda vez, pero ésta reapareció a la mañana siguiente. A la tercera mañana también estaba allí, aunque mister Otis cerró la biblioteca con llave, y se llevó ésta a su habitación. Toda la familia estaba ahora muy interesada. Mister Otis empezó a sospechar que había sido demasiado dogmático al negar la existencia de los fantasmas; mistress Otis manifestó su intención de formar parte de la Sociedad Psicológica, y Washington les escribió una larga carta a los señores Myers y Podmore sobre el tema de la «Permanencia de las manchas de sangre

cuando están relacionadas con un crimen». Esa noche, a nadie le cupo duda de que el fantasma existía.

El día había sido cálido y soleado, y con el frescor de la noche toda la familia salió a dar un paseo en coche. No volvieron hasta las nueve, hora en que se pusieron a comer una cena ligera. La conversación no versó en ningún momento sobre fantasmas, así que no se dieron ni siquiera esas condiciones primarias de expectación receptiva que con tanta frecuencia preceden a un fenómeno psicológico. Por lo que contó después mister Otis, la conversación versó sobre los asuntos habituales entre estadounidenses cultos de la clase alta, tales como la inmensa superioridad como actriz de miss Fanny Davenport sobre Sarah Bernhardt; la dificultad de conseguir maíz tierno, tortas de trigo negro y polenta, aun en las casas inglesas más distinguidas; la importancia de Boston en el desarrollo del alma del mundo; las ventajas del sistema de facturación de equipajes en los viajes por ferrocarril, y la dulzura del acento de Nueva York comparado con la terrible pronunciación de Londres. No se habló ni por asomo de hechos sobrenaturales ni se aludió en ningún momento a sir Simon de Canterville. A las once toda la familia se retiró a las habitaciones, y a la media hora todas las luces estaban apagadas. Algún tiempo después, el señor Otis se despertó a causa de un curioso ruido procedente del corredor. Era como un entrechocar de metal, y parecía acercarse a cada momento. Se levantó enseguida, encendió una cerilla y miró la hora. Era la una en punto. Se sentía completamente tranquilo y, tomándose el pulso, pudo comprobar que no estaba alterado en absoluto. El extraño ruido continuaba todavía, y a la vez se oía ruido de pasos. Se puso las zapatillas, cogió un pequeño frasco oblongo de la mesilla y abrió la puerta. Justo frente a él vio, a la pálida luz de la luna, a un viejo de terrible aspecto. Sus ojos eran de color rojo, como carbones encendidos; el largo pelo gris le caía enmarañado por los hombros; sus vestiduras, de corte antiguo, estaban manchadas y harapientas, y de sus muñecas y tobillos colgaban pesados grilletes sujetos por argollas oxidadas.

—Mi querido señor —dijo mister Otis—, realmente debo aconsejarle que engrase esas cadenas, y por eso le he traído este pequeño frasco de

Tammany Rising Sun Lubricator. Se dice que su eficacia es absoluta incluso con una sola aplicación, y en las instrucciones de uso encontrará varios testimonios a este respecto de nuestras más eminentes personalidades. Se lo dejaré aquí, junto a los candelabros, y me agradará mucho proporcionarle más si lo necesita.

Con estas palabras, el ministro de los Estados Unidos dejó el frasquito sobre una mesa de mármol, cerró la puerta y se retiró a descansar.

Por un instante, el fantasma de Canterville permaneció completamente inmóvil a causa de su natural indignación. Después, arrojando con violencia el frasco contra el brillante suelo, se marchó de prisa por el pasillo, lanzando gemidos cavernosos y despidiendo una tétrica luz verde. Sin embargo, justo en el instante en que llegó a lo alto de la gran escalera de roble, se abrió de repente una puerta y aparecieron dos pequeñas figuras vestidas de blanco, ¡que le arrojaron un gran almohadón, el cual pasó rozándole la cabeza! Era evidente que no tenía tiempo que perder; así que, adoptando la cuarta dimensión del espacio como único medio de escape, se desvaneció a través del muro, y la casa quedó completamente tranquila.

Cuando llegó a su cuartito secreto del ala izquierda, se apoyó en un rayo de luna para recobrar la respiración normal, dispuesto a intentar comprender su situación. Nunca, en su brillante carrera de trescientos años, lo habían insultado de manera tan grosera. Pensó en la duquesa viuda, quien, cubierta de diamantes y encaje, sufrió un ataque de pánico al verlo, mientras se miraba al espejo; en las cuatro doncellas que se volvieron histéricas después de verlo a través de las cortinas de un dormitorio deshabitado; en el párroco, cuya vela apagó de un soplo una noche cuando venía de la biblioteca y que desde entonces tuvo que estar bajo los cuidados de sir William Gull, absolutamente enfermo de los nervios; en la vieja madame de Tremouillac, quien al despertarse una mañana vio a un esqueleto sentado en un sillón junto a la chimenea leyendo su diario, por lo cual tuvo que guardar cama seis semanas, presa de un ictus cerebral, y al recobrarse se reconcilió con la Iglesia y cortó su relación con aquel famoso escéptico, monsieur de Voltaire. Recordó la terrible noche en que se encontró al anciano lord Canterville ahogándose en sus habitaciones, con la sota de diamantes atravesada en la garganta, confesando poco antes de morir que con aquella carta le había estafado cincuenta mil libras a Charles James Fox, en Crockford, y juró que el fantasma se la había hecho tragar. Acudieron a su memoria sus mejores tiempos, desde el mayordomo que se pegó un tiro en la despensa, porque vio una mano verde que golpeaba los cristales de la ventana, hasta la bella lady Stutfield, que se vio obligada a llevar siempre una cinta de terciopelo negro alrededor del cuello para ocultar las marcas de cinco dedos candentes que se posaron en su blanca piel, y que terminó arrojándose al estanque de las carpas, al final de King's Walk. Con el entusiasmo ególatra del verdadero artista, evocó sus más célebres personificaciones, y sonrió con amargura al recordar su última aparición como Rubén el Rojo, o el Niño Estrangulado, su *début* como el Anciano Gibeón, o el Vampiro de Bexley Moor y el *furore* y la gran excitación que causó una tranquila noche de junio por el mero hecho de jugar a las tabas con sus propios huesos en la pista de tenis. ¡Y después de todo eso llegaban unos miserables americanos modernos, le ofrecían el Rising Sun Lubricator y le arrojaban almohadones a la cabeza! Era de todo punto intolerable. Además, ningún fantasma en la historia había recibido aquel trato. Por tanto, decidió vengarse, y permaneció hasta el alba en actitud profundamente reflexiva.

III

A la mañana siguiente, cuando la familia Otis bajó a desayunar, se discutió largo y tendido el asunto del fantasma. El ministro de los Estados Unidos tenía un disgusto comprensible por el hecho de que no hubiese aceptado su regalo.

—No es mi deseo —dijo— ofender en modo alguno al fantasma, y debo decir que, si se tiene en cuenta la gran cantidad de tiempo que ha habitado en esta casa, me parece sumamente desconsiderado arrojarle almohadones.

Una observación muy apropiada, la cual, siento decirlo, hizo que los gemelos se rieran a carcajadas.

—Por otra parte —continuó—, si se niega a usar el Rising Sun Lubricator nos veremos obligados a quitarle las cadenas. Sería imposible dormir con ese ruido en los pasillos.

Durante el resto de la semana, sin embargo, no hubo ninguna molestia, y la única cosa que excitó la atención general fue la continua renovación de la mancha de sangre en el suelo de la biblioteca. Aquello era ciertamente muy extraño, ya que mister Otis cerraba la puerta con llave todas las noches, y además atrancaba las ventanas. El continuo cambio de color de la mancha también suscitó muchos comentarios. Unas mañanas era de un rojo oscuro, casi índigo; otras era bermellón; otras, de brillante púrpura, y en cierta ocasión, al bajar a hacer las oraciones familiares, según el rito de la Iglesia episcopal libre reformada de los Estados Unidos, vieron que era de un brillante verde esmeralda.

La segunda aparición del fantasma se produjo la noche del domingo. Poco después de irse a la cama los sobresaltó de repente un terrible estruendo que venía del vestíbulo. Bajaron las escaleras a toda prisa y vieron una gran armadura vieja que se había desprendido del pedestal y caído al suelo. Mientras tanto, el fantasma de Canterville, sentado en un gran sillón, se frotaba las rodillas con gesto de agudo dolor en el rostro. Los gemelos, que habían bajado sus tirachinas, le dispararon enseguida dos pelotillas con esa puntería que sólo puede adquirirse, a fuerza de una cuidadosa práctica, sobre el profesor de caligrafía, mientras el ministro de los Estados Unidos le apuntaba con su revólver y le ordenaba, de acuerdo con la etiqueta californiana, que levantara los brazos. El fantasma dio un salto con un alarido de rabia y pasó a través de ellos como si fuera niebla. Al cruzar, apagó la vela que sostenía Washington Otis y, por tanto, los dejó en la más completa oscuridad. Al llegar a lo alto de la escalera se serenó un poco y decidió lanzar su célebre carcajada demoníaca. Ésta había sido muy útil en más de una ocasión. Según se decía, había provocado que el pelo de lord Raker se pusiera gris en una sola noche, y ciertamente había hecho que las tres doncellas francesas de lady Canterville se despidieran antes de transcurrido un mes. Por eso lanzó su más horrible carcajada, que resonó en toda la casa, de habitación en habitación, pero apenas se hubo extinguido su eco se abrió una puerta y apareció mistress Otis vestida con un salto de cama azul.

—Temo que no se encuentre bien —dijo—, y le he traído este frasquito de jarabe del doctor Dobell. Si es algo de indigestión, encontrará en él un excelente remedio.

El fantasma la miró furioso y empezó enseguida a hacer preparativos para transformarse en un gran perro negro, lo cual le había hecho justamente famoso, aunque el médico de la familia atribuía a este gesto la permanente idiotez del tío de lord Canterville, el honorable Thomas Horton. Sin embargo, el ruido de pasos que se acercaban lo hizo desistir de su propósito, y hubo de contentarse con volverse ligeramente fosforescente y desvanecerse con un profundo gemido horripilante en el momento en que los gemelos se acercaban a él.

Al llegar a su habitación se derrumbó, destrozado por completo y presa de la más violenta agitación. La vulgaridad de los gemelos y el grosero materialismo de mistress Otis le causaron el comprensible enfado, pero lo que más le desquiciaba era no poder usar su cota de malla. Había abrigado la esperanza de que hasta los estadounidenses modernos se impresionaran ante la aparición de un espectro con armadura, aunque sólo fuera por la nada desdeñable razón del respeto que le debían a su poeta nacional Longfellow, cuya graciosa y bella poesía le había hecho pasar muchas horas agradables cuando los Canterville estaban en la ciudad. Además, era su propia armadura. Había ganado con ella un torneo en Kenilworth, y lo había felicitado nada menos que la propia Reina Virgen. Sin embargo, cuando se la puso se derrumbó bajo el peso del gran peto y del casco de acero, y cayó pesadamente como una piedra sobre el suelo. Se magulló las rodillas y se despellejó los nudillos de la mano derecha.

Durante varios días estuvo enfermo y apenas salió de su habitación, excepto para renovar debidamente la mancha de sangre. Sin embargo, gracias a los cuidados constantes logró recobrarse y decidió lanzarse a una tercera tentativa de asustar al ministro de los Estados Unidos y a su familia. Eligió un viernes, día 17 de agosto, para hacer su aparición, y pasó la mayor parte del día buscando en su guardarropa. Se decidió por un gran gorro con una pluma roja, un sudario con vueltas en los puños y el cuello, y una daga oxidada. Al atardecer se desató una violenta tormenta. El viento era tan fuerte que las puertas y ventanas de la vieja casa resonaban por doquier. En realidad, era el tiempo que le gustaba. Su plan de acción era el siguiente: entraría silenciosamente en la habitación de Washington Otis, le haría muecas desde los pies de la cama y se apuñalaría tres veces en el propio cuello al son de una música lenta. Le tenía una manía especial a Washington, debido a su costumbre de borrar la famosa mancha de sangre de Canterville con el detergente Paragon, de Pinkerton. Una vez reducido aquel osado y molesto joven a un estado de terror abyecto, pasaría a la habitación ocupada por el ministro de los Estados Unidos y su esposa y pondría una mano viscosa sobre la frente de mistress Otis, murmurando a la vez al oído de su tembloroso marido los horrorosos secretos del averno. Con respecto a la pequeña Virginia, aún no había decidido lo que haría. Ella nunca lo había insultado, y además era bonita y gentil. Creyó que bastaría con unos cuantos gemidos desde el armario y, si aquello no le hacía despertarse sobresaltada, tiraría de su colcha con dedos temblorosos. En cuanto a los gemelos, estaba completamente decidido a darles una buena lección. Lo primero que haría, desde luego, sería sentarse sobre sus pechos hasta producirles una sensación de agobiante pesadilla. Después, como sus camas estaban muy cerca la una de la otra, se alzaría entre ambas con la forma de un cadáver verde y frío, hasta que se quedaran paralizados de terror, y, por último, se quitaría el sudario y se arrastraría por la habitación enseñando sus blancos huesos y con una órbita vacía, en el papel de Daniel el Imbécil, o el Esqueleto Suicida, un *role* que había causado un gran efecto en más de una ocasión, y que él consideraba tan bueno como su personificación de Martin el Maniático, o el Misterioso Enmascarado.

A las diez y media oyó que la familia se iba a la cama. Durante algún tiempo le molestaron las salvajes carcajadas de los gemelos, que con la alegría y despreocupación de los escolares jugaban y se divertían antes de irse a descansar, pero a las once y cuarto todo estaba tranquilo, y cuando sonaron las campanadas de la medianoche salió a llevar a cabo sus propósitos. Una lechuza golpeó los cristales de la ventana, un cuervo lanzó sus graznidos desde un añoso tejado y el viento gimió alrededor de la casa como un alma en pena; pero la familia Otis dormía inconsciente de su destino, y entre el estruendo de la lluvia y la tormenta pudo oír los ronquidos del ministro de los Estados Unidos. El fantasma atravesó en silencio el muro con una sonrisa diabólica en su boca cruel y arrugada, y la luna se escondió tras una nube cuando él pasó junto al gran ventanal donde se alzaban el escudo de armas de su esposa y el suyo propio, enmarcados en oro y azur. En algún momento creyó oír un ruido y se detuvo; pero tan sólo era el aullido de algún perro desde Red Farm, por lo que siguió su camino murmurando extraños juramentos del siglo XVI y blandiendo la daga oxidada en la tenue oscuridad de la medianoche.

Por fin llegó a la esquina del pasillo ubicado cerca de la habitación del infortunado Washington. Durante un instante se detuvo allí, mientras el viento agitaba sus largos cabellos grises y contorsionaba en grotescas y fantásticas formas de horror sin nombre los pliegues de su sudario. En ese momento, el reloj dio el cuarto y sintió que había llegado la hora. Sonrió malignamente para sí mismo y entró en el pasillo; pero tan pronto como lo hubo hecho, de su garganta salió un alarido de terror, retrocedió y ocultó el blanquecino rostro con las esqueléticas manos. ¡Justo frente a él se erguía un horrible espectro, inmóvil como una imagen cavernosa y monstruoso como el sueño de un loco! Su cabeza era lisa y brillante, y su cara, blanca y redonda. Una espantosa sonrisa parecía torcerle los labios en un eterno rictus. De los ojos parecían salir rayos de luz escarlata. La boca era como un gran pozo de fuego, y un repugnante sudario parecido al suyo envolvía como silenciosa nieve sus formas de titán. Del cuello le colgaba una extraña leyenda escrita en caracteres antiguos; a buen seguro era un cartel infamante, una relación de espantosos pecados o alguna horrorosa lista de crímenes. En la mano derecha asía un gran machete de reluciente acero.

Ciertamente, nunca había visto un fantasma en su vida; por eso se asustó terriblemente y, después de lanzar una segunda mirada fugaz al espectro, retrocedió corriendo a su habitación, pisándose el sudario al pasar por el pasillo y dejando caer por fin la daga oxidada junto a las botas del ministro, donde el mayordomo la encontró a la mañana siguiente. Una vez en su cuarto secreto se dejó caer sobre una pequeña litera y escondió el rostro entre las vestiduras. Sin embargo, al cabo de un rato se impuso en él el viejo y bravo espíritu de los Canterville, y decidió ir a hablar con el otro fantasma tan pronto como se hiciera de día. Por eso, cuando la luz del alba tiñó de reflejos plateados las colinas, regresó al lugar donde había visto al espectro por primera vez, ya que, al fin y al cabo, dos fantasmas serían mejor que uno y con la ayuda de su nuevo amigo podría escarmentar a los gemelos. Sin embargo, al llegar allí se encontró con una cosa terrible. Era evidente que al espectro le había ocurrido algo, porque la luz había desaparecido por completo de sus ojos hundidos, el brillante alfanje se le había caído de la mano y el cuerpo se apoyaba contra la pared en una extraordinaria e incómoda postura. Se adelantó y lo cogió en sus brazos, viendo con horror que la cabeza se desprendía y rodaba por el suelo y que el cuerpo se doblaba, encontrándose con que tenía en los brazos una escoba envuelta en una blanca colcha y que a sus pies había un cuchillo de cocina y una calabaza vacía. Incapaz de entender esta curiosa transformación, cogió el letrero con manos febriles, y allí, a la luz grisácea de la mañana, leyó estas terribles palabras:

El fantasma Otis,
el único espectro verdadero y original.
Desconfíe de las imitaciones.
Todos los demás son falsos.

De repente se dio cuenta de la verdad. ¡Lo habían engañado, burlado, vencido! La vieja expresión de los Canterville apareció en sus ojos. Apretó las desdentadas mandíbulas y, levantando las huesudas manos por encima de la cabeza, juró, de acuerdo con la pintoresca fraseología de la vieja escuela, que cuando el gallo cantara por segunda vez ocurrirían hechos sangrientos y el crimen andaría por la casa con paso silencioso.

Apenas hubo terminado este horrible juramento cuando, desde el rojo tejado de una granja lejana, un gallo cantó. Lanzó una risa prolongada, grave y amarga, y esperó. Esperó hora tras hora, pero el gallo, por alguna extraña razón, no volvió a cantar. Al final, a las siete y media, la llegada de las doncellas lo obligó a desistir de su horrible espera, y tuvo que volver a su habitación, pensando en su malogrado propósito. Allí consultó varios libros de caballería, en los que vio que en todas las ocasiones en que se había usado este juramento el gallo siempre había cantado por segunda vez.

—¡Maldita sea esa asquerosa ave! —murmuró—. ¡En otro tiempo le habría ensartado el cuello con mi lanza, y habría cantado para mí hasta su muerte!

Después se retiró a un confortable ataúd de plomo, donde permaneció hasta la noche.

IV

Al día siguiente, el fantasma estaba muy débil y cansado. La terrible excitación de las cuatro últimas semanas había empezado a dejar sentir sus efectos. Sus nervios estaban completamente alterados y se sobresaltaba al oír el más ligero ruido. Durante cinco días permaneció en su habitación, y al final decidió no renovar más la mancha de sangre del suelo de la biblioteca. Si la familia Otis no la quería era porque no la merecía. Evidentemente eran unas personas materialistas e inferiores, incapaces por completo de apreciar el valor simbólico de los fenómenos sensitivos. La cuestión de las apariciones fantasmales y el desarrollo de los cuerpos astrales era, por supuesto, una cosa completamente diferente, y en realidad estaba fuera de su control. Era su solemne deber aparecer en el pasillo una vez por semana y gemir desde el gran ventanal los primeros y terceros miércoles de cada mes, y no veía la manera honrosa de escapar a estas obligaciones. Era completamente cierto que su vida había sido diabólica; pero, por otra parte, era muy concienzudo en todo lo referente a los asuntos sobrenaturales. Por eso los tres sábados siguientes atravesó el corredor, como era su costumbre, entre las doce y las tres de la madrugada, tomando todas las precauciones posibles para no ser visto ni oído. Se quitaba las botas y pisaba lo más suavemente posible sobre el viejo suelo de madera, envuelto en un gran manto de terciopelo negro y teniendo buen cuidado de usar el Rising Sun Lubricator para sus cadenas. Me veo en la obligación de decir que le costó mucho trabajo adoptar esta última medida, pero por fin se dio cuenta de que era un magnífico medio de protección. Y una noche, mientras la familia estaba cenando, se deslizó dentro del dormitorio de mister Otis y se llevó el frasquito. Al principio se sintió un poco humillado, pero después tuvo que reconocer que aquél era un gran invento y que, en cierto modo, servía a sus propósitos. A pesar de todo esto no dejaron de molestarlo. Continuamente se encontraba con cuerdas tendidas de una parte a otra del pasillo, en las cuales tropezaba y caía en la oscuridad; y en una ocasión, vestido de Isaac el Negro, o el Cazador del Bosque de Hogley, sufrió una fuerte caída al pisar un trecho resbaladizo que los gemelos habían preparado a la entrada del salón de tapices, en la parte alta de la escalera de roble. Este último insulto lo enfureció tanto que decidió hacer un último esfuerzo para imponer su dignidad y su posición social, y se hizo el propósito de visitar a los insolentes jóvenes a la noche siguiente en su célebre personificación de Ruperto el Temerario, o el Conde sin Cabeza.

No lucía este disfraz desde hacía más de setenta años; en resumen, desde que con él había asustado tanto a la bella lady Barbara Modish, que rompió por eso su compromiso con el abuelo del actual lord Canterville y se marchó a Gretna Green con el guapo Jack Castleton, declarando que nada en el mundo le induciría a formar parte de una familia que permitía a tan horrible espectro pasear por la terraza a la llegada del crepúsculo. El pobre Jack murió poco después en un duelo a pistola con lord Canterville en Wandsworth Common, y lady Barbara murió antes que acabara el año con el corazón destrozado por el dolor. Así pues, el disfraz tuvo un éxito completo. Era, sin embargo, un trabajo de *maquillaje* extremadamente difícil, si se me permite usar esta expresión teatral en conexión con uno de los más grandes misterios de lo sobrenatural, o, empleando unos términos más científicos, los misterios del más elevado mundo natural; el hecho era que los preparativos le llevaron más de tres horas. Por fin todo estuvo dispuesto, y él se quedó muy satisfecho de su aspecto. Las grandes botas de cuero que hacían juego con el traje le estaban un poco grandes, y sólo pudo encontrar una de las pistolas; pero, aun a pesar de esto, estaba completamente satisfecho, y a la una menos cuarto atravesó el muro, y se deslizó hacia el pasillo. Al llegar a la habitación ocupada por los gemelos, que ya debí decir antes que era llamada el dormitorio azul, a causa del color de sus cortinajes, vio que la puerta estaba ligeramente entreabierta. Pensando en hacer una entrada espectacular, la abrió de par en par, y en ese momento le cayó encima un cubo completamente lleno de agua, empapándolo por completo y no descoyuntándole el hombro por dos pulgadas. Al instante oyó risas ahogadas procedentes de las camas. Este golpe fue tan grande para su sistema nervioso que volvió a toda la velocidad que pudo a su habitación, y al día siguiente tuvo que permanecer en cama con un fuerte resfriado. La única cosa que lo consoló fue no haber llevado su cabeza consigo, porque de haberlo hecho las consecuencias hubieran sido muy serias.

A partir de entonces perdió toda esperanza de asustar a esta grosera familia americana, y se contentó con deslizarse por los pasillos en zapatillas de paño con una gruesa bufanda roja alrededor del cuello por temor a la corriente y un pequeño arcabuz para el caso de que fuera atacado por los gemelos. El 19 de septiembre recibió el golpe final. Había bajado las escaleras hacia el gran vestíbulo, se sentía seguro de que allí, por lo menos, no lo molestarían, y se empezó a entretener haciendo observaciones satíricas sobre las grandes fotografías de Saroni del ministro de los Estados Unidos y su esposa, las cuales habían sustituido a los retratos de la familia Canterville. Iba vestido vulgar, pero decentemente, con un largo sudario manchado de moho de cementerio; se había atado la mandíbula con una cinta de lino amarillo, y llevaba una pequeña linterna y una pala de sepulturero. En realidad iba vestido para el papel de Jonás el Insepulto, o el Ladrón de Cadáveres de Chertsey Barn, una de sus más célebres personificaciones, que los Canterville recordaban mucho porque fue el verdadero motivo de su pelea con su vecino lord Rufford. Eran más o menos las dos y cuarto de la madrugada y, por lo que pudo observar, no había nadie levantado. Sin embargo, cuando se dirigía a la biblioteca para ver si había algún resto de la mancha de sangre, de repente salieron de un rincón oscuro dos figuras, que levantando los brazos por encima de la cabeza le gritaron «¡Bu!» al oído.

Presa de un pánico que en aquellas circunstancias era más que natural, salió corriendo hacia la escalera, pero allí se encontró a Washington Otis esperándole con la gran manguera del jardín; cercado como estaba por el enemigo, no vio otro camino que desvanecerse por el gran fogón de hierro, que, por suerte para él, no estaba encendido. Tuvo que pasar a través de tubos y chimeneas, llegando a su habitación en un terrible estado de cansancio, suciedad, desorden y desesperación.

Después de esto no se le vio otra vez en ninguna expedición nocturna. Los gemelos lo esperaron en varias ocasiones y llenaron de cáscaras de nueces los corredores todas las noches, ante el disgusto de sus padres y los criados, pero todo fue en vano. Como consecuencia, mister Otis volvió a trabajar en su gran obra sobre la historia del partido demócrata, la cual había comenzado ya algunos años antes; mistress Otis organizó una maravillosa fiesta campestre que fue el asombro de la región; los muchachos se dedicaron a jugar al *lacrosse,* al *enchre,* al póquer y a otros juegos nacionales americanos; y Virginia cabalgó por la campiña acompañada del joven duque de Cheshire, que había ido a pasar la última semana de sus vacaciones a Canterville Chase. El pensamiento general era que el fantasma se había ido, y por eso mister Otis escribió una carta a lord Canterville diciéndoselo, y éste le contestó expresando su gran placer por esta noticia y enviando sus mejores saludos a la digna esposa del ministro.

Sin embargo, los Otis estaban equivocados, porque el fantasma aún estaba en la casa, y aunque ahora era casi un inválido no estaba dispuesto a dejar las cosas como estaban, y de manera especial cuando se enteró de que entre los invitados estaba el joven duque de Cheshire, cuyo tío abuelo, lord Francis Stilton, había apostado cierta vez cien libras con el coronel Carbury a que jugaría a los dados con el fantasma de Canterville; se lo encontraron a la mañana siguiente tendido en el suelo del salón de juego en tal estado de parálisis que, aunque vivió mucho tiempo, nunca fue capaz

de decir otra cosa que «seis doble». Se habló mucho en su tiempo de esta historia, aunque, desde luego, se respetaron los sentimientos de las dos familias, que intentaron por todos los medios sofocarla. Un completo relato de este suceso puede encontrarse en el tercer volumen de las *Memorias del príncipe regente y sus amigos* escritas por lord Tattle. El fantasma, por tanto, estaba ansioso por demostrar que no había perdido su influencia sobre los Stilton, con los cuales realmente tenía un parentesco lejano, pues una prima suya se casó *en secondes noces* con el señor de Bulkeley, del cual, como todo el mundo sabe, el duque de Cheshire desciende en línea directa. Decidió aparecerse al joven amante de Virginia en su célebre personificación del Monje Vampiro, o el Benedictino desangrado, un papel tan horrible que cuando la vieja lady Startus lo vio en aquella fatal nochevieja del año 1764, empezó a lanzar los más agudos chillidos, que culminaron en un violento ataque de apoplejía, muriendo tres días más tarde, después de desheredar a los Canterville, que eran sus parientes más cercanos, y dejando todo su dinero a su boticario de Londres. Sin embargo, en el último momento su terror por los mellizos le hizo quedarse en su habitación, y el joven duque pudo dormir en paz bajo el gran dosel coronado de plumas del dormitorio real y soñar con Virginia.

V

Unos días después, Virginia y su acompañante de pelo rizado salieron a caballo por los prados de Broockley, donde ella se rompió la chaquetilla al saltar un seto, de tal forma que al volver a casa entró por la escalera de atrás para que no la vieran. Al pasar corriendo junto al salón de tapices, como diera la casualidad de que la puerta estuviese abierta, le pareció ver a alguien en el interior. Como pensó que era la doncella de su madre, que a veces acostumbraba trabajar allí, entró con la idea de pedirle que le cosiera la chaquetilla. Sin embargo, para su inmensa sorpresa, vio que ¡era el fantasma de Canterville en persona! Estaba sentado junto a la ventana contemplando el oro marchito de los rugosos árboles agitados por el viento y las hojas cobrizas que danzaban frenéticamente avenida abajo en brazos del viento. Tenía la cabeza apoyada en una mano y su actitud era de completa depresión.

En verdad, su aspecto era tan abatido y decrépito que la pequeña Virginia, que al principio había sentido la necesidad de salir corriendo hacia su habitación, sintió lástima y decidió consolarlo. Tan suave era el paso de ella y tan profunda la melancolía de él que el fantasma no reparó en su presencia hasta que la niña le habló:

—Lo siento por usted —dijo—, pero mis hermanos van a volver de Eton mañana. Si usted se porta bien, nadie lo molestará.

—Es absurdo pedirme que sea bueno —contestó, mirando con asombro a la bella muchachita que se había aventurado a dirigirse a él—. Completamente absurdo. Debo arrastrar mis cadenas, gemir por las cerraduras y caminar toda la noche, si a eso te refieres. Es mi razón de existir.

—Ésa no es ninguna razón de existir, y usted ha sido muy malo. El día en que llegamos aquí, mistress Umney nos dijo que había matado a su esposa.

—Bueno, lo admito —respondió el fantasma con petulancia—, pero fue un asunto puramente familiar y que no interesa a nadie.

—Es malo matar —objetó Virginia, que a veces tenía una dulce gravedad puritana, heredada de algún antepasado de Nueva Inglaterra.

—¡Oh! ¡Odio la severidad barata de la ética abstracta! Mi esposa era muy fea, nunca almidonó bien puños y cuellos, y no sabía nada de cocina. Una vez cacé un ciervo en Hogley Woods, una pieza magnífica. ¿Sabes cómo lo sirvió en la mesa? Bueno, eso no importa ahora; ya ha pasado. Pero no creo que estuviera bien que sus hermanos me dejaran morir de hambre por el hecho de haberla matado.

—¿Murió de hambre? Oh, señor fantasma, quiero decir sir Simon, ¿tiene apetito? He traído un bocadillo. ¿Le gustaría comérselo?

—No, gracias: ya no como nunca; pero, de todas formas, es muy amable por tu parte ofrecérmelo. Eres mucho mejor que el resto de tu horrible, ruda, vulgar y deshonesta familia.

—¡Alto! —exclamó Virginia, dando un pisotón en el suelo—. Usted sí que es rudo, horrible y vulgar. Y si hablamos de personas deshonestas, usted robó las pinturas de mi caja de acuarelas para renovar esa ridícula mancha de sangre de la biblioteca. Primero cogió todos mis rojos, incluido el bermellón, y no pude pintar puestas de sol; después cogió el verde esmeralda y el amarillo, y, por último, sólo me dejó el índigo y el blanco de China y sólo pude pintar claros de luna, que siempre son deprimentes y nada fáciles de pintar. Nunca lo dije, aunque estaba muy enfadada y aquello era ridículo. ¿Ha visto alguna vez sangre verde esmeralda?

—Bueno, a decir verdad —adujo el fantasma con algo de humildad—, ¿qué otra cosa podía hacer? Es muy difícil conseguir sangre verdadera hoy en día, y como tu hermano empezó con su detergente Paragon, lo cierto es que no vi razón para no coger tus pinturas. En cuanto al color, todo es cuestión de gustos. Los Canterville tienen sangre azul, por ejemplo, la más azul de Inglaterra; pero ya sé que los americanos no dais importancia a estas cosas.

—Usted no sabe nada de nosotros, y lo mejor que puede hacer es emigrar para enterarse. Mi padre le proporcionaría con mucho gusto un pasaje gratis. Aunque los derechos de aduana correspondientes a los espíritus, sean de la clase que sean, son muy elevados, no tendría usted grandes dificultades para pasar, pues todos los empleados son del partido demócrata. Una vez en Nueva York, seguro que tendría un gran éxito. Sé que mucha gente daría cien mil dólares por tener un abuelo, y mucho más por tener un fantasma en la familia.

—No creo que me gustara América.

—Puede que se deba a que allí no tenemos ni ruinas ni antigüedades —ironizó Virginia.

—¡Ni ruinas ni antigüedades! —contestó el fantasma—. Tienen su marina y sus modales.

—Buenas noches. Le pediré a papá una semana de vacaciones extra para los gemelos.

—Por favor, no te vayas, Virginia —suplicó él—. Estoy tan solo y soy tan desgraciado que, a decir verdad, no sé qué hacer. Quiero dormir y no puedo.

—¡Eso es del todo absurdo! No tiene más que irse a la cama y apagar la vela. Lo verdaderamente difícil a veces es estar despierto, sobre todo en la iglesia, pero dormir no entraña dificultad alguna. Hasta los niños saben hacerlo, y no son muy inteligentes.

—Yo no duermo desde hace trescientos años —repuso con tristeza, y los bellos ojos azules de Virginia se abrieron asombrados—. Hace trescientos años que no duermo, y estoy tan cansado...

Virginia se puso seria y sus pequeños labios temblaron como pétalos de rosa. Se acercó a él y, arrodillándose a su lado, contempló su viejo y arrugado rostro.

—Pobre..., pobre fantasma —murmuró—. ¿Y no tiene dónde dormir?

—Allá lejos, tras los pinos —contestó él con voz baja y soñadora—, hay un pequeño jardín. Allí crece la hierba alta y tupida y nacen las grandes estrellas blancas de la flor de la cicuta, y el ruiseñor canta toda la larga noche. Canta toda la larga noche y la luna fría y cristalina se mece en el aire, mientras el tejo extiende sus gigantescos brazos sobre los durmientes.

Los ojos de Virginia se llenaron de lágrimas y escondió el rostro entre sus manos.

—Se refiere al Jardín de la Muerte —susurró.

—Sí, de la Muerte. ¡Qué bella debe de ser la Muerte! ¡Yacer bajo la húmeda y oscura tierra, con las hierbas meciéndose sobre nuestra cabeza y escuchando el silencio! No tener ayer ni mañana. Olvidar el tiempo, perdonar la vida, estar en paz. Tú puedes ayudarme. Tú puedes abrir para mí las puertas de la Casa de la Muerte, porque el Amor está siempre contigo, y el Amor es más fuerte que la Muerte.

Virginia tembló, un frío estremecimiento recorrió su cuerpo y, por unos instantes, permaneció en silencio. Le pareció que aquello era una terrible pesadilla.

Entonces el fantasma habló de nuevo y su voz sonó como el gemido del viento.

—¿Has leído alguna vez la vieja profecía que hay sobre el ventanal de la biblioteca?

—¡Oh, con frecuencia! —exclamó la muchachita mientras alzaba la vista—. Me la sé de memoria. Está escrita con curiosas letras negras y es difícil de leer. Consta de sólo seis líneas:

Cuando una muchacha rubia pueda conseguir
que salga una oración de los labios del pecado,
cuando el almendro estéril florezca,
y una pequeña niña derrame sus lágrimas,
entonces la casa se quedará tranquila
y volverá la paz a Canterville.

»Pero no sé lo que quieren decir.

—Quieren decir —exclamó con tristeza— que debes llorar por mí y por mis pecados, porque yo no tengo lágrimas, y rezar conmigo por mi alma, porque yo no tengo fe, y entonces, si siempre has sido dulce, buena y gentil, el ángel de la muerte se apiadará de mí. Verás horribles espectros en la oscuridad y voces malignas murmurarán en tu oído, pero no podrán hacerte nada, porque contra la pureza de una niña los poderes del infierno son inútiles.

Virginia no contestó, y el fantasma se retorció las manos con desesperación, mirando la inclinada cabecita rubia. De repente ella se levantó, muy pálida y con una extraña luz en los ojos.

—No tengo miedo —dijo con tono firme—, y le pediré al ángel que se apiade de usted.

Él se levantó dando un leve grito de alegría, y cogiéndole la mano, se la besó con la gracia de antaño. Sus dedos estaban fríos como el hielo y sus labios ardían como fuego, pero Virginia no titubeó cuando la condujo a través del sombrío cuarto. Los tapices de color verde pálido estaban bordados con pequeños cazadores, que tocaron sus trompetas de caza invitándola a retroceder. «¡Vuelve atrás, pequeña Virginia! —gritaban—. ¡Vuelve atrás!» Pero él le cogió la mano con más firmeza, y ella cerró los ojos. Unos horribles animales con cola de lagarto y ojos saltones la miraban desde las tallas de la chimenea y murmuraban: «¡Cuidado, pequeña Virginia! ¡Cuidado! No volveremos a verte más». Pero el fantasma aceleró el paso y Virginia no los escuchó. Cuando llegaron al fondo de la habitación, él se detuvo y murmuró algunas palabras que ella no pudo entender. Abrió los ojos y vio que el muro se desvanecía como si fuera niebla y un gran túnel oscuro aparecía ante ella. Una corriente fría los rodeó y ella sintió que le tiraban del vestido.

—¡Rápido, rápido! —exclamó el fantasma—, o será demasiado tarde.

Y al instante la pared se cerró tras ellos y el salón de tapices quedó vacío.

VI

Unos diez minutos más tarde sonaba el timbre para el té, y como Virginia no había bajado, mistress Otis envió un criado para avisarla. Al poco tiempo volvió éste y dijo que no había podido encontrar a miss Virginia en ningún sitio. Como ella tenía costumbre de salir al jardín todas las tardes y coger flores para la cena, mistress Otis no se alarmó al principio, pero cuando el reloj dio las seis y Virginia seguía sin aparecer, empezó a sentirse realmente preocupada y envió a los muchachos a buscarla, mientras ella misma y mister Otis registraban todas las habitaciones de la casa.

A las seis y media volvieron los muchachos diciendo que no habían encontrado ni rastro de su hermana. Ahora todos estaban excitadísimos y no sabían qué hacer, cuando el señor Otis recordó de repente que, unos días antes, le había dado permiso a una caravana de gitanos para acampar en el parque. Decidió ir de inmediato a Blackfell Hollow, donde sabía que estaban, acompañado de su hijo mayor y de dos criados de la granja. El pequeño duque de Cheshire, que estaba alarmadísimo, pidió permiso para ir, pero mister Otis no se lo concedió, porque temía que hubiera alguna escaramuza.

Al llegar al lugar en cuestión, vieron que los gitanos se habían ido, y era evidente que su partida había sido bastante rápida, pues aún ardía un poco de fuego y algunos platos quedaron abandonados sobre la hierba. Después de enviar a Washington y a los dos hombres a recorrer la zona, regresó a casa y envió telegramas a todos los inspectores de policía de la comarca, diciéndoles que buscasen a una pequeña muchacha a quien habían raptado los gitanos. Ordenó que le llevaran su caballo y salió hacia Ascot Road con un palafrenero, después de insistir en que su esposa y sus hijos se sentaran a cenar. Sin embargo, apenas había cabalgado un par de millas cuando oyó un galope detrás de él, y al volver la cabeza vio al pequeño duque que acudía en su caballo con el rostro congestionado y sin sombrero.

—Lo siento mucho, mister Otis —se disculpó el muchacho entre jadeos—, pero no podía cenar pensando en que Virginia está perdida. Por favor, no se enfade conmigo: si nos hubiera dejado prometernos el año pasado, esto no habría sucedido. No me hará regresar, ¿verdad? ¡No quiero volver! ¡No puedo volver!

El ministro no pudo por menos que sonreír al joven, conmovido por la devoción que éste sentía por Virginia. Le dio un golpecito en el hombro y dijo:

—Bien, Cecil. Si no quieres regresar, supongo que tendrás que venir conmigo. Pero debo comprarte un sombrero en Ascot.

—¡Oh, al diablo el sombrero! ¡Yo quiero a Virginia! —exclamó el joven duque con una risotada y empezaron a galopar hacia la estación de ferrocarril.

Una vez allí, mister Otis le preguntó al jefe de estación si había visto a alguien que se ajustase a la descripción de Virginia, pero no averiguó nada sobre ella. Sin embargo, el jefe de estación les aseguró que guardaría una estrecha vigilancia. En seguida, después de comprar un sombrero para el duque en una tienda que estaba a punto de cerrar, mister Otis cabalgó hacia Bexley, un pueblo que estaba a más de cuatro millas de distancia, y en el que se sabía que acampaban muchos gitanos, pues tenía un gran prado muy cerca. Allí le preguntaron al policía rural, pero no pudieron conseguir de él ninguna información y, después de recorrer la región, volvieron grupas, llegando a Canterville Chase a eso de las once, muertos de cansancio y con el corazón destrozado.

Washington y los gemelos les esperaban en la puerta con linternas, pues el paseo estaba muy oscuro. Habían alcanzado a los gitanos a las afueras de Broxley, pero la niña no estaba con ellos. Explicaron que su repentina partida se había debido a un error en la fecha de la feria de Chorton, de ahí que salieran de manera precipitada por temor a llegar tarde a ella. En realidad, se sintieron muy apenados por la desaparición de Virginia, pues le estaban muy agradecidos a mister Otis por haberles permitido acampar en su parque, y cuatro de ellos se quedaron para ayudar a la búsqueda.

Se ordenó vaciar el estanque de las carpas y se buscó de arriba abajo por todo el parque, sin el menor resultado. Era evidente que, al menos por esa noche, Virginia estaba perdida para su familia. Sumidos en un profundo estado de depresión, mister Otis y los muchachos se dirigieron a la casa. Los seguía el palafrenero, que llevaba los dos caballos y el poni. En el vestíbulo se encontraron con un grupo de sirvientes asustados. Tumbada en un sofá de la habitación, mistress Otis se agitaba presa de terror y agonía, mientras la vieja ama de llaves le refrescaba la frente con agua de colonia.

En seguida, Mister Otis insistió en que había que comer algo y ordenó que se sirviera la comida para todos. Fue una cena melancólica, en la que apenas se despegaron los labios. Hasta los gemelos estaban muy serios y acongojados, pues querían entrañablemente a su hermana. Cuando hubieron terminado, mister Otis, a pesar de los ruegos del duque, ordenó a todo el mundo que se fuera a la cama, ya que no podía hacerse nada más por esa noche. Añadió que a la mañana siguiente telegrafiaría a Scotland Yard para que pusieran inmediatamente varios detectives a su disposición.

Pero, justo en el momento en que salían del comedor, el reloj de la torre empezó a dar las doce. Cuando la última campanada hubo sonado, se oyó de pronto un chasquido y, a continuación, un grito agudísimo. Un horroroso trueno hizo temblar la casa, una música irreal flotó en el aire, un panel del muro en lo alto de la escalera se abrió con gran ruido y por él apareció Virginia, muy pálida y llevando un cofrecillo en las manos. En un instante todos estuvieron junto a ella. Mistress Otis la estrujó entre sus brazos, el duque la llenó de violentos besos y los gemelos ejecutaron una danza india de guerra alrededor del grupo.

—¡Cielo santo! Hija, ¿dónde te habías metido? —dijo mister Otis un poco enfadado, pues creía que ella les había gastado una broma pesada—.

Cecil y yo hemos recorrido toda la comarca buscándote, y tu madre se ha llevado un susto de muerte. No vuelvas a gastar bromas de esta clase.

—¡Excepto al fantasma! ¡Excepto al fantasma! —gritaron los gemelos dando saltos.

—Hija querida, gracias a Dios que te hemos encontrado. No vuelvas a dejarnos de este modo —murmuró mistress Otis mientras besaba a la temblorosa criatura y le acariciaba el pelo dorado.

—Papá —dijo Virginia con toda tranquilidad—, he estado con el fantasma. Está muerto, y debes venir a verlo. Había sido muy malo, pero se arrepintió de verdad de todo lo que había hecho, y me dio este cofre con bellas joyas antes de morir.

Toda la familia la miró muy asombrada, pero ella tenía un gesto serio y grave. Se dio la vuelta y los condujo a través del hueco del muro por un estrecho pasillo. Washington los seguía con una vela encendida que había cogido de la mesa. Por último, llegaron ante una gran puerta de roble remachada con viejos clavos.

Cuando Virginia la tocó, la puerta giró sobre sus goznes y se encontraron en una habitación de techo bajo y abovedado con una pequeña ventana enrejada. Empotrada en el muro había una gruesa argolla de hierro, y encadenado a ella, un descarnado esqueleto, que estaba tumbado cuan largo era sobre el suelo de piedra y que parecía intentar alcanzar con sus blancos dedos una vieja escudilla y una jarra situadas fuera de su alcance por apenas unas pulgadas. Era evidente que la jarra había estado llena de agua, pues su interior estaba cubierto de moho verdoso. En la escudilla sólo había una capa de polvo. Virginia se arrodilló junto al esqueleto y, juntando sus manitas, empezó a rezar en voz baja, mientras que los demás contemplaban con asombro la horrible tragedia que acababan de descubrir.

—¡Bravo! —exclamó de repente uno de los gemelos, que había estado mirando por la ventana para intentar descubrir en qué parte de la casa se encontraba la habitación—. ¡Bravo! El viejo y reseco almendro ha florecido. Puedo ver las flores claramente a la luz de la luna.

—Dios lo ha perdonado —dijo Virginia en tono grave.

Y mientras se levantaba, una bella luz pareció iluminar su rostro.

—¡Eres un ángel! —exclamó el joven duque echándole los brazos al cuello y besándola.

VII

Cuatro días después de estos curiosos incidentes, un cortejo funerario salía de Canterville Chase a eso de las once de la noche. La carroza iba tirada por ocho caballos negros, cada uno de los cuales llevaba en la cabeza un gran penacho de plumas de avestruz, y el ataúd de plomo estaba cubierto por un rico palio purpúreo, en el cual iban bordadas en oro las armas de los Canterville. Junto a la carroza y a los demás coches iban andando los criados, que portaban antorchas encendidas. El cortejo era impresionante. Lord Canterville presidía el duelo, pues había acudido con esa intención expresamente desde Gales, e iba sentado en el primer coche, junto a la pequeña Virginia. Después iban el ministro de los Estados Unidos y su esposa; a continuación, Washington y los tres muchachos y, en el último coche, mistress Umney. Hubo consenso el afirmar que, como el fantasma la había asustado durante más de cincuenta años, ella tenía derecho a presenciar su desaparición definitiva. Se había cavado una profunda fosa en un rincón del cementerio, precisamente bajo el viejo tejo, y el reverendo Augustus Dampier leyó los oficios de la forma más impresionante. Cuando terminó la ceremonia, los criados, según una vieja costumbre observada en la familia Canterville, apagaron sus antorchas, y al introducir el ataúd en la fosa, Virginia se adelantó y colocó una cruz confeccionada con flores blancas y rosadas de almendro. Al hacer esto, la luna salió de detrás de una nube e inundó con su reflejo plateado todo el cementerio al tiempo que se oyó el canto lejano de un ruiseñor. Ella pensó en la descripción que el fantasma le había hecho del Jardín de la Muerte y sus ojos se llenaron de lágrimas. Apenas habló de vuelta a casa.

A la mañana siguiente, antes de que lord Canterville volviera a la ciudad, mister Otis se entrevistó con él para tratar del asunto de las joyas que el fantasma le había dado a Virginia. Eran magníficas, en especial un collar de rubíes de viejo estilo veneciano, que realmente era un soberbio ejemplar del siglo XVI, y su valor era tan grande que mister Otis sintió muchos escrúpulos por permitir a su hija que se quedase con ellas.

—Milord —dijo—, sé que en este país se aplica la ley de la «mano muerta» tanto a pequeños objetos como a tierras, y comprendo que esas joyas son, o deberían ser, propiedad de su familia. Por eso debo pedirle que se las lleve a Londres y se limite a considerarlas como una parte de sus pertenencias que le llegaron a usted en unas condiciones ciertamente extrañas. En cuanto a mi hija, es sólo una niña, y además, y me agrada decirlo, apenas muestra interés por los objetos de lujo. Mi esposa, que es una entendida en arte, pues tuvo el privilegio de pasar varios inviernos en Boston cuando aún era una muchacha, me ha informado de que esas gemas tienen un gran valor monetario, y si se vendieran se obtendría por ellas un alto precio. Por este motivo, lord Canterville, estoy seguro de que comprenderá que me resulte imposible permitir que permanezcan en posesión de algún miembro de mi familia. Además, estos adornos superfluos, que pueden ser buenos y hasta necesarios para la dignidad de la aristocracia británica, están completamente fuera de lugar entre los que nos hemos educado entre los severos, y yo creo que inmortales, principios de la simplicidad republicana. Sin embargo, debo decirle que Virginia quisiera quedarse con el cofre como recuerdo de su infortunado antepasado. Como está muy viejo y deteriorado, he pensado que quizá no le importaría a usted acceder a su deseo. Por mi parte, confieso que me llevé una gran sorpresa al ver que una hija mía le profesa simpatía a cualquier asunto relacionado con la Edad Media, y sólo puedo explicármelo por el hecho de que Virginia nació en uno de los barrios periféricos de Londres poco tiempo después que mistress Otis volviera de un viaje a Atenas.

Lord Canterville escuchó muy serio el elocuente discurso del ministro. Se atusaba el bigote de cuando en cuando para ocultar una involuntaria sonrisa. Cuando el señor Otis terminó, le estrechó cordialmente la mano y le dijo:

—Mi querido amigo: su encantadora hijita le hizo un gran favor a sir Simon, mi infortunado antecesor, y mi familia y yo estamos en deuda con ella por su maravillosa muestra de valor y decisión. Las joyas son suyas sin discusión y, además, creo que, si tuviéramos la desvergüenza de arrebatárselas, mi viejo antepasado saldría de su tumba y me perseguiría durante toda la vida. En cuanto a que sean una herencia nuestra, no se puede heredar nada que no esté mencionado en un testamento legal, y yo ignoraba por completo la existencia de esas joyas. Le aseguro que yo no tengo más derecho a ellas que su mismo mayordomo, y cuando miss Virginia sea mayor seguramente le gustará lucir cosas bonitas. Además, mister Otis, se olvida usted de que compró todos los muebles y objetos de la casa, incluido el fantasma, y por tanto todo lo que le pertenecía a éste pasó a poder de usted, pues, a pesar de las andanzas nocturnas de sir Simon por los pasillos, él estaba legalmente muerto, y la compra le hacía dueño a usted de sus propiedades.

A mister Otis lo contrarió mucho la negativa de lord Canterville, y le pidió que reconsiderara su decisión, pero el buen par se mantuvo firme y al final convenció al ministro para que permitiera a su hija quedarse con lo que el fantasma le había dado. Cuando, en la primavera de 1890, la joven duquesa de Cheshire fue presentada a la reina con ocasión de su matrimonio, sus joyas fueron motivo general de admiración. Porque Virginia recibió la corona ducal, que es la recompensa para todas las buenas muchachas americanas, y se casó con su enamorado tan pronto como éste hubo alcanzado la mayoría de edad. Ambos eran tan encantadores y se amaban tanto que todos se alegraron de su enlace, excepto la vieja marquesa de Dumbleton, que había intentado cazar al duque para una de sus siete hijas solteras, y había dado nada menos que tres costosas fiestas con este propósito. Y por raro que parezca, el propio mister Otis tampoco se alegró mucho, pues, aunque le agradaba en extremo la personalidad del joven duque, teóricamente se oponía a los títulos, y, según sus propias palabras, «temía que entre las enervantes influencias de la vida placentera de la aristocracia se olvidaran los verdaderos principios de la simplicidad republicana». Sus objeciones, sin embargo, no tardaron en olvidarse, y creo que cuando entró cogido del brazo de su hija en la iglesia de San Jorge, en Hannover Square, no había un hombre que se sintiera más orgulloso en toda Inglaterra.

El duque y la duquesa, cuando terminaron su luna de miel, fueron a Canterville Chase, y al día siguiente de su llegada entraron en el solitario cementerio que había más allá de los pinos.

Al principio les costó bastante elegir la inscripción que había que poner en la tumba de sir Simon, pero al final se decidió grabar simplemente las iniciales del viejo caballero y los versos que había sobre el ventanal de la biblioteca. La duquesa llevó unas bellas rosas, que colocó sobre la tumba. Después de permanecer allí algún tiempo, emprendieron un paseo por las ruinas de la vieja abadía. La duquesa se sentó sobre una columna caída, mientras su esposo, recostado a sus pies, fumaba un cigarrillo y contemplaba sus maravillosos ojos. De repente arrojó el cigarrillo, cogió la mano de su esposa y dijo:

—Virginia, una mujer no debe tener secretos para su marido.

—¡Querido Cecil! Yo no los tengo para ti.

—Sí, los tienes —contestó él con una sonrisa—. Nunca me has dicho lo que ocurrió mientras estuviste con el fantasma.

—Nunca se lo he dicho a nadie —replicó Virginia en tono serio.

—Ya lo sé; pero a mí deberías decírmelo.

—Por favor, no me pidas eso, Cecil; no puedo. ¡Pobre sir Simon! Le debo mucho. Sí, no te rías, Cecil; es cierto. Me hizo ver lo que es la vida y lo que significa la muerte, y por qué el amor es más fuerte que ambos.

El duque se levantó y besó cariñosamente a su esposa.

—Pues guarda tu secreto todo el tiempo que quieras, mientras tu corazón me pertenezca —murmuró.

—Siempre fue tuyo, Cecil.

—Pero algún día se lo contarás a nuestros hijos, ¿verdad?

Virginia se ruborizó.

LA ESFINGE SIN SECRETO

UN BOCETO

UNA TARDE estaba yo sentado en la terraza del Café de la Paix, contemplando el esplendor y la miseria de la vida parisiense, y sorprendiéndome, mientras saboreaba un vermut, del extraño panorama de orgullo y pobreza que desfilaba ante mí, cuando oí que alguien me llamaba por mi nombre. Volví la cabeza y vi a lord Murchison. No nos veíamos desde que fuimos juntos al colegio, hacía ya unos diez años; por eso me alegró mucho encontrarme con él otra vez, y nos estrechamos las manos calurosamente. En Oxford habíamos sido grandes amigos. Lo había querido mucho por su bondad, su buen carácter y su elevado sentido del honor. Acostumbrábamos a decir de él que habría sido el mejor de los camaradas si no hubiera tenido siempre la costumbre de decir la verdad, pero creo que precisamente lo admirábamos por su franqueza. Lo encontré muy cambiado. Tenía un aspecto ansioso y preocupado, y parecía tener algún problema. Yo sabía que eso no podía ser causa del escepticismo moderno, porque Murchison era el más convencido conservador y creía en el Pentateuco con tanta firmeza como en la Cámara de los Pares; por eso llegué a la conclusión de que todo se debía a una mujer, y le pregunté si se había casado.

—No entiendo lo suficientemente bien a las mujeres —me contestó.

—Querido Gerald —dije—, las mujeres están hechas para ser amadas, no para ser entendidas.

—No puedo amar a quien no comprendo —replicó.

—Creo que hay un misterio en tu vida, Gerald —exclamé—. Háblame de él.

—Vamos a dar un paseo en coche —contestó—. Hay demasiada gente aquí. No, en aquel carruaje amarillo, no; en uno de cualquier otro color; en ese verde oscuro, por ejemplo.

Y al instante bajábamos por el *boulevard* en dirección a la Madeleine.

—¿Adónde vamos? —pregunté.

—¡Oh, adonde tú quieras! —contestó él—. Al restaurante del Bois; cenaremos allí y podrás hablarme de tu vida.

—Primero quiero que me hables de la tuya —repuse—. Quiero saber tu misterio.

Sacó de su bolsillo un portarretratos marroquí con cierre de plata y me lo tendió. Lo abrí. Dentro vi la fotografía de una mujer. Era alta y esbelta, y tenía un extraño aspecto pintoresco con sus grandes ojos de mirada vaga y su pelo suelto. Parecía una *clairvoyante,* y estaba tocada con ricas pieles.

—¿Qué piensas de ese rostro? —me preguntó—. ¿Es sincero?

Lo examiné cuidadosamente. Me pareció la cara de alguien que tenía un secreto, pero no podía decir si ese secreto era bueno o malo. Su belleza estaba moldeada con muchos misterios —la belleza, en realidad, es más bien psicológica que plástica—, y la ligera sonrisa que jugueteaba en sus labios era demasiado sutil como para ser verdaderamente dulce.

—Y bien... —exclamó él con impaciencia—. ¿Qué me dices de ella?

—Es la Gioconda con pieles —contesté—. Háblame de ella.

—Ahora no —me dijo—. Después de cenar.

Y empezamos a hablar de otras cosas.

Cuando el camarero nos llevó el café y los cigarrillos, le recordé a Gerald su promesa. Se levantó de su asiento, dio dos o tres paseos por la habitación y, dejándose caer en un sillón, me contó la siguiente historia:

—Una noche —dijo—, yo bajaba por Bond Street a eso de las cinco. Había un terrible ruido de carruajes y el tráfico estaba casi parado. Junto a la acera vi un pequeño coche amarillo, el cual, por una u otra razón, atrajo mi interés. Cuando pasé junto a él, vi asomada a la ventanilla a la mujer que antes te enseñé. Me fascinó instantáneamente. Toda esa noche y todo el día siguiente estuve pensando en ella. Estuve paseando arriba y abajo por aquella calle, inspeccionando todos los carruajes y esperando ver el coche amarillo; pero no pude encontrar a *ma belle inconnue,* y empecé a pensar que todo había sido tan sólo un sueño. Una semana más tarde fui a cenar con madame de Rostail. La cena era a las ocho en punto; pero a las ocho y media aún estábamos esperando en el salón. Por fin, un criado abrió la puerta y anunció a lady Abroy. Entró caminando lentamente, y parecía un rayo de luna con su vestido de encaje gris. Con gran alegría por mi parte, fui designado para llevarla del brazo hasta el comedor. Después de sentarnos, dije inocentemente:

»—Creo haberla visto hace algún tiempo por Bond Street, lady Abroy.

»Ella se puso muy pálida y me dijo en voz baja:

»—Le ruego que no hable tan alto; podría oírlo alguien.

»Me sentí entristecido por empezar con tan mal pie, y me puse a hablar sin darme cuenta sobre el teatro francés. Ella habló muy poco, y siempre en el mismo tono bajo y musical. ¡Parecía temer que alguien la escuchara! Me sentí apasionado y estúpidamente enamorado, y la indefinible atmósfera de misterio que envolvía a esta mujer excitaba ardientemente mi curiosidad. Cuando se marchó, lo cual hizo nada más cenar, le pregunté si podría verla de nuevo. Ella dudó un instante, miró a su alrededor para ver si había alguien cerca de nosotros, y después respondió: «Sí; mañana a las cinco menos cuarto». Le pedí a madame de Rostail que me hablara de ella; pero todo lo que pude saber fue que era viuda y que tenía una magnífica casa en Park Lane, y como un científico empezó a dar una disertación sobre las viudas y sobre la supervivencia de los más aptos para el matrimonio, me levanté y me fui. Al día siguiente llegué puntual a Park Lane, pero el mayordomo me dijo que lady Abroy acababa de salir. Me fui al club triste y sorprendido y, después de larga consideración, le escribí una carta pidiéndole que me permitiese intentar verla otra tarde. Hasta varios días después no obtuve contestación, pero por fin recibí una nota en la que me decía que el domingo a las cuatro estaría en casa, y que llevaba esta extraordinaria posdata: «Por favor, no vuelva a escribirme aquí

otra vez; le explicaré el porqué cuando lo vea». El domingo me recibió, y estuvo perfectamente encantadora; pero cuando iba a marcharme me rogó que si le volvía a escribir dirigiera mi carta a mistress Knox, Librería Whittaker, Green Street. «Hay ciertas razones —me dijo— para que yo no pueda recibir cartas en mi propia casa.» Durante toda la temporada la vi muchas veces, y nunca dejó de rodearse de aquel halo de misterio. A veces pensé que estaba en poder de algún hombre, pero me parecía tan inaccesible que pronto abandoné esa idea. A decir verdad, me resultaba muy difícil llegar a conclusión alguna, porque ella era como uno de esos extraños cristales que se ven en los museos, que en un instante están claros y al otro empañados. Por fin decidí pedirle que se convirtiera en mi esposa; estaba enfermo y cansado del incesante secreto que ella imponía a todas mis visitas y a las pocas cartas que le enviaba. Le escribí a la librería pidiéndole una cita para el lunes siguiente a las seis. Me contestó que sí, y a mí me pareció estar ya en el séptimo cielo. Estaba muy enamorado de ella, a pesar del misterio, como pensé entonces, o a consecuencia de él, como veo ahora. No; no era precisamente la mujer lo que yo amaba. El misterio me turbaba y me enloquecía. ¿Por qué la suerte me puso sobre la pista?

—Entonces, ¿lo descubriste? —exclamé.

—Me temo que sí —me contestó—. Puedes juzgar por ti mismo. Cuando llegó el lunes, fui a comer con mi tío, y a eso de las cuatro pasaba por Marylebone Road. Mi tío, como sabes, vive en Regent's Park. Yo quería ir a Piccadilly y tomé el camino más corto, para lo cual atravesé pequeñas y estrechas callejas. De repente, vi frente a mí a lady Abroy, tapada con un velo oscuro y caminando muy de prisa. Al llegar a la última casa de la calle subió las escaleras, sacó una llave, la introdujo en la cerradura y entró. «Aquí está el misterio», me dije; y corrí a examinar detenidamente la casa. Parecía una especie de pensión. Junto a la puerta vi el pañuelo de ella, que seguramente había dejado caer. Lo recogí y me lo guardé en un bolsillo. Después empecé a pensar en lo que debería hacer. Llegué a la conclusión de que no tenía derecho a espiarla y me marché al club. A las seis fui a verla. Estaba sentada en un sofá con su vestido de tisú plateado adornado con esas extrañas piedras lunares que siempre acostumbraba a llevar. Tenía un aspecto maravilloso. «Me alegro de verlo —me dijo—; no he salido en todo el día.» La miré con asombro y saqué el pañuelo de mi bolsillo, tendiéndoselo. «Lo dejó caer en Cumnor Street esta tarde, lady Abroy», dije con calma. Ella me miró aterrorizada, pero no hizo ademán de coger el pañuelo. «¿Qué estaba haciendo allí?», le pregunté. «¿Qué derecho tiene a preguntármelo?», fue su contestación. «El derecho de un hombre que la ama —repliqué—. He venido para pedirle que sea mi esposa.» Escondió la cara entre sus manos y comenzó a llorar. «Debe darme una respuesta», continué. Ella se levantó y, mirándome fijamente, dijo: «Lord Murchison, no tengo nada que decirle». «Ha ido a reunirse con algún hombre —exclamé—; ése es el misterio.» Se puso muy blanca y dijo: «No he ido a reunirme con nadie». «¿No puede decirme la verdad?», exclamé. «Ya se la he dicho», me replicó. Yo estaba loco, frenético; no sé lo que dije, pero debieron de ser cosas terribles. Por fin me marché corriendo de la casa. Ella me escribió una carta al día siguiente; se la devolví sin abrirla, y me marché a Noruega con Alan Colville. Regresé al cabo de un mes y vi en el *Morning Post* la noticia de la muerte de lady Abroy. Había cogido un resfriado en la ópera, y fallecido a los pocos días de congestión pulmonar. Me encerré para no ver a nadie. La había amado mucho, la había amado locamente. ¡Dios mío! ¡Cómo había amado a esa mujer!

—¿Volviste a aquella calle, a aquella casa?

—Sí —contestó—. Un día fui a Cumnor Street. No pude evitarlo. Me torturaba la duda. Llamé a la puerta y me abrió una mujer de aspecto respetable. Le pregunté si tenía habitaciones para alquilar. «Sí, señor —replicó—. Tengo una. Se la tenía alquilada a una señora, pero como hace tres meses que no la veo y ya ha pasado el tiempo que corresponde a la cantidad que me dejó, puede usted disponer de ella.» «¿Es ésta la dama?», pregunté mientras le mostraba la fotografía. «Seguro que sí; ésa es —exclamó—. ¿Y cuándo va a volver, señor?» «Ha muerto», repliqué. «¡Oh señor, no lo sabía! —dijo la mujer—. Era mi mejor clienta. Me pagaba tres guineas a la semana tan sólo por venir a sentarse en la habitación de cuando en cuando.» «¿Se reunía con alguien aquí?», pregunté. La mujer me aseguró que no, que siempre venía sola y nunca veía a nadie. «Entonces, ¿qué hacía aquí?», exclamé. «Tan sólo se sentaba en su habitación, señor, leía libros y a veces tomaba el té», contestó la mujer. Yo no sabía qué decir; así que le entregué un soberano y me marché. Y ahora, ¿qué piensas tú de todo esto? ¿Crees que la mujer dijo la verdad?

—Sí; lo creo.

—Entonces, ¿por qué iba lady Abroy allí?

—Mi querido Gerald —contesté—, lady Abroy era simplemente una mujer con la manía del misterio. Alquiló esa habitación por el placer de ir allí tapada con un velo, imaginándose ser una heroína. Tenía pasión por el secreto, pero sólo era una esfinge sin secreto.

—¿Realmente crees eso?

—Estoy seguro de ello —repliqué.

Él sacó el portarretratos, lo abrió y miró la fotografía.

—No sé... —dijo por fin.

EL MODELO MILLONARIO

UN SIGNO DE ADMIRACIÓN

SI NO se tiene fortuna es inútil ser encantador. El romanticismo es el privilegio del rico, no la profesión de los desocupados.

El pobre tiene que ser práctico y prosaico. Es mejor tener una renta permanente que ser fascinador. Éstas son las grandes verdades de la vida moderna que Hughie Erskine nunca comprendió. ¡Pobre Hughie! Debemos admitir que, desde un punto de vista intelectual, no tenía mucha importancia. En la vida había dicho una cosa brillante o irónica. Sin embargo, era maravillosamente guapo, de pelo moreno y rizado, perfil finamente moldeado y ojos grises. Era tan popular entre los hombres como entre las mujeres, y tenía muchas cualidades, pero no la de hacer dinero. Su padre le había legado su espada de caballero y una *Historia de la guerra peninsular* en quince volúmenes. Hughie guardó la primera en una vitrina y la segunda en un estante entre la *Ruff's Guide* y el *Bailey's Magazine,* y empezó a vivir con una renta de doscientas libras anuales que una vieja tía suya le había legado. Lo había intentado todo. Había ido a la bolsa durante seis meses; pero ¿qué podía hacer una mariposa entre toros y osos? Fue después comerciante en té, ocupación que le duró algo más, pero pronto se cansó de *pekoe* y de *souchong.* A continuación se dedicó a vender jerez seco, pero también fracasó en el empeño, pues el jerez era demasiado seco. Y por fin comenzó a no hacer nada, y se limitó a ser un delicioso y desocupado joven con un perfil perfecto y sin ninguna profesión.

Además, para terminar de empeorarlo todo, estaba enamorado. El nombre de la muchacha a quien amaba era Laura Merton, hija de un coronel retirado que había echado a perder su carácter y su sistema digestivo en la India, y nunca los había recuperado. Laura lo adoraba, y él habría sido capaz de besar la tierra que ella pisaba. Formaban la parejita más linda de Londres, y entre ellos no había discusiones. El coronel estimaba mucho a Hughie, pero no quería oír hablar de compromiso matrimonial.

—Muchacho, háblame de eso cuando tengas diez mil libras, y entonces veremos —solía decir.

Y Hughie se sentía entonces muy triste, y tenía que ir a ver a Laura para consolarse.

Una mañana, cuando iba hacia Holland Park, lugar donde vivían los Merton, se le ocurrió ir a visitar a un gran amigo suyo: Alan Trevor. Trevor era pintor. En realidad, hoy en día poca gente escapa a eso. Pero él era, además, artista, y los artistas son bastante raros. Era extrañamente rudo y tenía un rostro rojizo y una barba muy poblada. Sin embargo, cuando cogía un pincel era un verdadero maestro, y sus cuadros estaban muy cotizados. Le había atraído mucho la persona de Hughie, pero debo decir que esta atracción se debía sólo a su encanto personal.

—Las únicas personas que debía tratar un pintor —acostumbraba decir— son las *bêtes*[7] y las bellas, personas a las que causa placer mirar y con las que se siente alivio intelectual al hablar con ellas. Los hombres guapos y elegantes y las mujeres bonitas rigen el mundo, o al menos debieran regirlo.

Sin embargo, cuanto más conocía a Hughie, más lo quería también por su inteligencia, su buen humor y su generosidad, y eso le permitió entrar siempre que quisiera a su estudio. Cuando Hughie entró, se encontró a Trevor dando los toques finales a un cuadro maravilloso que representaba la figura de un mendigo de tamaño natural. El mendigo en persona posaba sobre una tarima situada en un rincón del estudio. Era un viejo arrugado y con una expresión sumamente lastimera en el rostro. Sobre los

7 Estúpidas.

hombros llevaba un áspero paño oscuro, lleno de manchas y desgarrones. Sus gruesas botas de clavos estaban sucias y llenas de parches, y con una mano sostenía un rudimentario bastón, mientras que la otra estaba extendida y sujetaba un maltrecho sombrero en ademán de pedir limosna.

—¡Qué soberbio modelo! —murmuró Hughie, mientras estrechaba la mano de su amigo.

—¿Es un modelo soberbio? —repitió Trevor en voz alta—. ¡Lo mismo creo yo! Mendigos como éste no se encuentran todos los días. *Una trouvaille, mon cher;*[8] un Velázquez en carne y hueso. ¡Cielos! ¡Qué grabado al aguafuerte habría hecho Rembrandt con él!

—¡Pobre viejo! —se compadeció Hughie—. ¡Qué apariencia tan miserable tiene! Pero supongo que, para vosotros los pintores, un rostro como ése significa una fortuna.

—Ciertamente —replicó Trevor—. No querrás que un mendigo parezca feliz, ¿verdad?

—¿Cuánto gana un modelo cada vez que posa? —preguntó Hughie, sentándose en un confortable diván.

—Un chelín por hora.

—¿Y cuánto cobras tú por el cuadro, Alan?

—¡Oh, por éste, unas dos mil!

—¿Libras?

—Guineas. Los pintores, los poetas y los médicos siempre cobran en guineas.

—Bien; yo creo que el modelo debería llevarse un porcentaje—exclamó Hughie, riendo—. Él trabaja tanto como tú.

—¡Tonterías, tonterías! ¡No tienes en cuenta la molestia de estar todo el día de pie frente al caballete con los pinceles en la mano! Todo eso que dices está muy bien, Hughie, pero te aseguro que hay momentos en los que el arte casi llega a alcanzar la dignidad de un trabajo manual. Pero deja de charlar; estoy verdaderamente ocupado. Fuma un cigarrillo y quédate callado.

8 Un descubrimiento, querido amigo.

Al cabo de un rato entró un criado y le dijo a Trevor que el marquista quería hablar con él.

—No te vayas, Hughie —dijo al salir—; regresaré enseguida.

El viejo mendigo se aprovechó de la ausencia de Trevor para descansar un momento sobre una banqueta de madera que había tras él. Tenía un aspecto tan cansado y lastimoso que Hughie se compadeció de él, y buscó en los bolsillos para ver el dinero que tenía. Todo lo que pudo encontrar fue un soberano y alguna calderilla.

«Pobre viejo —pensó—; él lo necesita más que yo, pero tendré que ir a pie quince días.»

Y atravesó el estudio deslizando el soberano en la mano del mendigo.

El viejo se estremeció, y una ligera sonrisa curvó sus labios.

—Gracias, señor —dijo—. Muchas gracias.

Al momento llegó Trevor, y Hughie abandonó la casa, ruborizándose un poco por lo que había hecho. Pasó todo el día con Laura y sufrió una encantadora regañina por su acto. Después volvió a su casa.

Esa noche entró en el club Palette a eso de las once, y se encontró a Trevor sentado en el salón de fumadores, ante un vaso de vino del Rin con agua de Seltz.

—¿Terminaste ya el cuadro, Alan? —preguntó, mientras encendía un cigarrillo.

—¡Está terminado y enmarcado, amigo! —contestó Trevor—. Y debo decirte que has hecho una conquista. El viejo modelo que viste se ha convertido en un devoto tuyo. Tuve que contarle todo lo referente a ti: quién eras, dónde vivías, cuál era tu renta, qué proyectos tenías...

—Querido Alan —exclamó Hughie—, probablemente lo encontraré esperándome cuando vaya a casa. Pero, por supuesto, estás de broma. ¡Pobre viejo! Cómo me gustaría hacer algo por él. Pienso que debe de ser terrible llegar a tener una existencia tan miserable. Tengo un montón de ropa vieja en casa. ¿Crees que le servirá de algo? Su traje era verdaderamente harapiento.

—Pero estaba espléndido con él —repuso Trevor—. Por nada del mundo lo pintaría con frac. Lo que tú llamas harapos, yo lo llamo romanticismo.

Lo que para ti es pobreza, para mí es pintoresquismo. Sin embargo, le comunicaré tu ofrecimiento.

—Alan —dijo Hughie en tono serio—, los pintores no tenéis corazón.

—Para un artista, el corazón es la cabeza—replicó Trevor—; y además, nuestro oficio es representar el mundo que vemos, no reformarlo a nuestro antojo. *A chacun son métier.*[9] Y ahora, háblame de Laura. El viejo modelo estaba muy interesado por ella.

—¡No querrás decir que le hablaste de ella! —exclamó Hughie.

—Claro que lo hice. Sabe todo lo referente al inflexible coronel, a la bella Laura y a las diez mil libras.

—¿Le contaste al viejo mendigo todos mis asuntos privados? —inquirió Hughie con tono enfadado y poniéndose rojo.

—Mi querido amigo —respondió Trevor sonriendo—, ese viejo mendigo, como tú lo llamas, es uno de los hombres más ricos de Europa. Podría comprar todo Londres mañana sin agotar su cuenta corriente. Tiene una casa en cada ciudad, come en platos de oro y podría detener la guerra de Rusia si quisiera.

—¡Cielos! ¿Qué quieres decir? —gritó Hughie.

—Quiero decir —replicó Trevor— que el viejo a quien viste hoy en el estudio era el barón Hausberg. Es un gran amigo mío, compra todos mis cuadros y me ofreció una buena suma por pintarlo como mendigo. *Que voulez-vous? La fantaisie d'un millonnaire!*[10] Y debo decirte que tiene una figura magnífica vestido con sus harapos; o, mejor dicho, con los míos. Ése era un viejo traje que compré en España.

—¡El barón Hausberg! —exclamó Hughie—. ¡Cielo santo! ¡Y le di un soberano! —dijo, dejándose caer, desolado, en un sillón.

—¿Le diste un soberano? —exclamó Trevor, y empezó a reírse a carcajadas—. Querido amigo, no volverás a verlo. *Son affaire c'est l'argent des autres.*[11]

---

9 Cada uno a lo suyo.
10 ¿Qué quiere usted? La fantasía de un millonario.
11 Su negocio es el dinero de los demás.

—Debiste habérmelo dicho, Alan —protestó Hughie—, y no haberme permitido cometer semejante tontería.

—Pero Hughie —repuso Trevor—, ni se me ocurrió que te dedicaras a distribuir limosnas de esa forma. Puedo comprender que beses a una modelo bonita, pero que le des un soberano a un viejo... ¡Por Dios que no! Además, el hecho es que yo hoy no estaba en casa para nadie, y cuando tú entraste yo no sabía si a Hausberg le habría gustado que se mencionara su nombre. Ya sabes que no estaba muy bien vestido que digamos.

—¡Debe de haberse creído que soy un idiota! —se quejó Hughie.

—Eso, no. Estaba de muy buen humor cuando te marchaste; murmuraba en voz baja y se frotaba las manos. No pude comprender el motivo de tanto interés por todo lo referente a ti, pero ahora lo veo claro. Invertirá tu soberano y te pagará su interés cada seis meses, y además tendrá una curiosa historia que contar en la sobremesa.

—Soy un desgraciado —se lamentó Hughie—. Lo mejor que puedo hacer es irme a la cama. Querido Alan, no se lo cuentes a nadie. No podría volver a mostrarme en público.

—¡Qué tontería! Eso refleja y acredita tu espíritu filantrópico, Hughie. Y no te vayas aún. Fuma otro cigarrillo y háblame cuanto gustes de Laura.

Sin embargo, Hughie no se quedó, sino que regresó a su casa sintiéndose muy triste. Dejó a Alan Trevor riéndose a carcajadas.

A la mañana siguiente, mientras desayunaba, su criado le llevó una tarjeta en la que decía: «Monsieur Gustave Naudin, *de la part de Monsieur le baron* Hausberg».

«Supongo que vendrá a pedirme una explicación», pensó Hughie, y le dijo al criado que hiciera pasar al visitante.

Y entró un viejo caballero con gafas de montura de oro y pelo gris, que dijo con un acento ligeramente francés:

—¿Tengo el honor de hablar con mister Erskine? Vengo de parte del barón Hausberg. El barón...

Hughie hizo una inclinación.

—Le ruego, señor, que le transmita mis más sinceras disculpas —tartamudeó Hughie.

—El barón —dijo el anciano caballero con una sonrisa— me ha encargado que le entregue esta carta.

Y le extendió un sobre cerrado.

En la parte de fuera se leía: «Un regalo de boda para Hugh Erskine y Laura Merton de un viejo mendigo». Y dentro había un cheque por valor de diez mil libras.

Cuando se casaron, Alan Trevor fue el padrino y el barón pronunció un discurso en el banquete nupcial.

—Los modelos millonarios —señaló Alan— son bastante raros; pero, desde luego, los millonarios modelos son más raros todavía.

EL RETRATO DE MISTER W. H.

("BLACKWOOD'S EDINBURGH MAGAZINE", 1889)
POSTERIORMENTE SE INCLUYÓ EN LA EDICIÓN DE 1900
DE "EL CRIMEN DE LORD ARTHUR SAVILE"

I

HABÍA estado cenando con Erskine en su preciosa casita de Birdcage Walk y estábamos sentados en la biblioteca tomando café y fumando cuando surgió la cuestión de las falsificaciones literarias. Ahora mismo soy incapaz de recordar cómo fuimos a parar a un tema tan curioso como lo es éste en el presente. Lo que sí sé es que entablamos una larga discusión acerca de MacPherson, Ireland y Chatterton. Con respecto al último, insistí en que sus presuntos plagios eran el mero resultado de un deseo artístico por una perfecta representación; que no tenemos derecho a escatimarle a un artista las condiciones sobre las que él elige presentar su obra, y que en todo arte, siendo hasta cierto punto una especie de juego, una tentativa para realizar su propia personalidad con arreglo a un plan imaginario fuera del alcance de los accidentes y límites de la vida real, censurar a un

artista por una superchería era confundir un problema ético con un problema estético.

Erskine, que era bastante mayor que yo y me había escuchado con la divertida deferencia de un hombre entrado ya en la cuarentena, me puso de repente la mano sobre el hombro y me dijo:

—¿Qué dirías de un joven que tuviera una teoría extraña sobre una obra de arte, que creyese su teoría y que perpetrase una superchería para demostrarlo?

—¡Ah, eso ya es otro asunto completamente diferente! —contesté. Erskine permaneció unos minutos en silencio y miró el fino ovillo de humo gris que ascendía de su cigarrillo.

—Sí —convino después de una pausa—; completamente diferente.

Había algo en el tono de su voz, un ligero toque de amargura quizá, que excitó mi curiosidad.

—¿Ha conocido a alguien que hiciera eso? —inquirí.

—Sí —contestó, tirando su cigarrillo al fuego—. Un gran amigo mío, Cyril Graham. Era fascinador, muy estúpido y carente de energía. Sin embargo, me dejó el único legado que he recibido en mi vida.

—¿Qué era? —exclamé.

Erskine se levantó de su asiento, fue hacia un escritorio alto de taracea colocado entre las dos ventanas, lo abrió y regresó al sitio en que estaba sentado, sujetando en la mano un pequeño cuadro con un marco viejo y deslucido de la época isabelina.

Era un retrato de cuerpo entero de un hombre joven vestido con ropas de fines del siglo XVI, en pie al lado de una mesa, con la mano derecha descansando sobre un libro abierto. Aparentaba unos diecisiete años y era de una belleza realmente extraordinaria, aunque resultaba evidente que algo afeminada. De no haber sido por el traje y el cabello corto, se habría dicho, desde luego, que el rostro, con sus ojos soñadores y sus delicados labios rojos, era el de una niña. A juzgar por el estilo, y de manera especial por la forma en que estaban tratadas las manos, el cuadro recordaba las últimas obras de François Clouet. El jubón negro de terciopelo adornado con caprichosos encajes de oro y el fondo azul pavo real en el que se destacaba tan agradablemente, y que le confería un colorido luminoso de tanto valor, eran por completo el estilo de Clouet; y las dos máscaras de la tragedia y la comedia que colgaban de una forma un poco solemne del pedestal de mármol poseían esa severidad tan distinguida de la gracia fácil de los italianos que ni aun en la corte francesa perdió del todo el gran maestro flamenco y que en sí misma ha sido siempre la característica del temperamento nórdico.

—¡Es encantador! —grité—. Pero ¿quién es este maravilloso joven cuya belleza el arte ha preservado felizmente para nosotros?

—Es el retrato de mister «W. H.» —respondió Erskine con una sonrisa triste.

Pudo haber sido un efecto de luz, pero me pareció que sus ojos estaban anegados en lágrimas.

—¡Mister «W. H.»! —exclamé—. ¿Quién es mister «W. H.»?

—¿No lo recuerdas? —me contestó—. Mira el libro sobre el que posa la mano.

—Veo que hay algo escrito ahí, pero no puedo descifrarlo —objeté.

—Toma esta lupa e inténtalo —dijo Erskine con la misma sonrisa triste jugueteando en su boca.

Tomé la lupa y moví la lámpara para situarla más cerca y comencé a deletrear la enrevesada escritura del siglo XVII.

—«Al único engendrador de los sonetos que van a continuación...» ¡Dios mío! —grité—. ¿Es éste el mister «W. H.» de Shakespeare?

—Cyril Graham lo decía así —susurró Erskine.

—Pero no tiene el menor parecido con lord Pembroke —contesté—. Conozco muy bien los retratos de Penhurst. Estuve allí hace unas pocas semanas.

—¿Crees que estos sonetos están realmente dedicados a lord Pembroke? —preguntó.

—Estoy seguro —respondí—. Pembroke, Shakespeare y mistress Mary Fitton son los tres personajes de los sonetos, no me cabe duda.

—Bueno, estoy de acuerdo —convino Erskine—, pero no he pensado siempre así. Hubo un momento en que creí en Cyril Graham y en su teoría.

—¿Y qué teoría era ésa? —pregunté mirando el maravilloso retrato, que comenzaba a ejercer una maravillosa fascinación sobre mí.

—Es una larga historia —respondió Erskine, quitándome la pintura; con demasiada brusquedad, según me pareció—. Una historia muy larga; pero, si no te importa oírla, te la contaré.

—Me encantan las historias acerca de los sonetos —clamé—, aunque dudo que pueda cambiar mi opinión por una nueva teoría. Esa cuestión ha dejado de ser un misterio para todo el mundo. Incluso me pregunto si alguna vez llegó a ser un misterio.

—Como yo no creo en esa teoría, no haré el menor esfuerzo por hacerte proselitismo de ella —rio Erskine—; pero puede interesarte.

—Cuéntemela, entonces —contesté—. Si sólo es la mitad de deliciosa que la pintura, me quedaré más que satisfecho.

—Bien —dijo Erskine mientras encendía un cigarrillo—. Puedo comenzar hablándote del mismo Cyril Graham. Él y yo vivíamos en la misma casa en Eton. Yo era uno o dos años mayor que él, pero manteníamos una inmensa amistad y trabajábamos o nos divertíamos siempre juntos. Por supuesto, nos divertíamos bastante más de lo que trabajábamos, pero no puedo decir que lo lamente. Siempre es una ventaja no haber recibido una educación de carácter comercial, y lo que aprendí en los campos de deporte de Eton me ha sido tan útil como lo que me enseñaron en Cambridge. Me olvidé de decirte que el padre y la madre de Cyril habían muerto, ahogados, en un terrible accidente de yate cerca de la isla de Wight. El padre de Cyril era diplomático y se había casado con la hija, la única hija del viejo lord Crediton, a quien nombraron tutor de Cyril a la muerte de sus padres. No creo que lord Crediton se preocupara mucho de Cyril. Nunca le había perdonado a su hija por haberse casado con un hombre que no tenía título. Era un viejo aristócrata extraordinario que juraba como un carretero y tenía los modales de un granjero. Recuerdo haberlo visto una vez en el día de apertura de la Cámara. Me soltó unos gruñidos, me dio un soberano y me advirtió de que no me convirtiera en «un condenado radical» como mi padre. Cyril sentía un gran cariño por él y se alegraba lo indecible de venir a pasar sus vacaciones con nosotros en Escocia. La verdad es que nunca se llevaron bien. Cyril lo consideraba un oso, y él encontraba a Cyril afeminado. Supongo que lo era en algunos aspectos, si bien se trataba de un excelente jinete y un tirador de primera. Hasta el punto de ganar el premio de florete en Eton. Pero era muy lánguido en su forma de ser, le enorgullecía su físico y sentía una fuerte aversión por el fútbol. Las dos cosas que más placer le proporcionaban eran la poesía y el arte dramático. En Eton estaba siempre disfrazándose y recitando a Shakespeare, y cuando fuimos al Trinity se inscribió de inmediato en el Club de Actores, durante el primer trimestre. Recuerdo que le envidiaba siempre su técnica interpretativa. Le profesaba una admiración absurda, supongo que por nuestras muchas e innegables diferencias. Yo entonces era tímido, débil, con unos pies enormes y con el cutis lleno de pecas. A decir verdad, las pecas son una plaga en las familias escocesas, como lo es la gota en las inglesas. Cyril acostumbraba decir que de las dos prefería la gota, pero en realidad concedía una importancia absurda al aspecto externo y una vez leyó en nuestro círculo de debate una ponencia para demostrar que ser hermoso era más importante que ser bueno. Lo cierto es que él era extraordinariamente hermoso. La gente que no lo quería, los filisteos, algunos profesores del colegio y los jóvenes que se preparaban para la carrera eclesiástica solían decir que tan sólo era agraciado, pero en su cara había bastante más belleza que eso. Creo que era la más espléndida criatura que yo haya visto, y no existía nada que superase la gracia de sus movimientos y el encanto de sus modales. Fascinaba a todos los que merecían sucumbir a la fascinación, y a mucha gente que no lo merecía. A veces era voluntarioso y petulante, y con frecuencia pensé que era terriblemente poco sincero. Creo que ello se debía sobre todo a su desorbitado deseo de agradar. ¡Pobre Cyril! En cierta ocasión le dije que se contentaba con triunfos muy baratos, pero se limitó a reírse. Estaba terriblemente mimado. Creo que lo están todas las personas encantadoras. Es el secreto de su atracción. Sin embargo, voy a hablarte de la afición de Cyril al teatro. Como sabes, a las actrices no se les permite actuar en los clubs de actores. Por lo menos, no las dejaban en mi tiempo. No sé lo que pasará ahora. Como es natural, a Cyril siempre lo elegían para hacer los papeles de chica. Y cuando se representó *Como gustéis*, interpretó el papel de Rosalinda. Fue una representación maravillosa. De hecho, Cyril es la única Rosalinda perfecta que he visto en mi vida. Me resulta imposible describir la belleza, la delicadeza y el refinamiento de su interpretación. Causó una sensación enorme, y el horrible teatrucho que entonces era estaba atestado todas las noches. Aun ahora, cuando leo la obra, no puedo evitar el pensar en Cyril. Debía de estar escrita para él. Al trimestre siguiente se graduó y vino a Londres a prepararse para ser diplomático. Pero no trabajó nada. Se pasaba los días leyendo los sonetos de Shakespeare y las noches en el teatro. Por supuesto, estaba ansioso por actuar en un escenario. Todo lo que lord Crediton y yo pudimos hacer fue prevenirlo. Quizá si se hubiese dedicado a las tablas estaría vivo ahora. Siempre es una tontería dar consejos, pero dar buenos consejos es absolutamente fatal. Espero que nunca caigas en tal error. Si lo haces, te arrepentirás de ello. Pues bien, llegamos al nudo de la historia. Un día recibí una carta de Cyril en la que me pedía que fuese a sus habitaciones aquella noche. Tenía un apartamento encantador en Piccadilly, con vistas a Green Park. Yo solía ir a verlo todos los días y estaba realmente sorprendido de que se tomase la molestia de escribirme. Por supuesto que fui, y cuando llegué lo encontré en un estado de gran excitación. Me dijo que por fin había descubierto el verdadero secreto de los sonetos de Shakespeare; que todos los eruditos y críticos se equivocaban por completo; y que él era el primero que, movido tan sólo por una íntima convicción, había puesto en claro quién era en realidad mister «W. H.». Estaba loco de alegría y durante un buen rato no quiso contarme su teoría. Al fin, me enseñó un montón de notas, cogió su copia de los sonetos de encima de la chimenea, se sentó y me dio una conferencia. Empezó por señalarme que el joven a quien Shakespeare le había dedicado esos poemas extrañamente pasionales debería haber sido alguien que fuese realmente un factor vital en el desarrollo de su arte dramático y que no podría tratarse ni de lord Pembroke ni de lord Southampton. En primer lugar, fuera quien fuese, no podía ser nadie de elevada cuna, como quedaba probado claramente en el soneto XXV, en el que Shakespeare lo contrastaba con aquéllos que son «favoritos de los grandes príncipes». Dice con toda franqueza:

> Que los que gozan del favor con sus estrellas,
> se adornen de públicos honores y orgullosos títulos,
> mientras yo, a quien la fortuna privó de tales triunfos,
> gozo inadvertido de una dicha que es para mí el honor supremo.

Y termina el soneto felicitándose de la condición humilde de aquél a quien tanto adoraba:

> Feliz yo que amo y soy amado
> sin poder deponer ni ser depuesto.

»Cyril declaró que este soneto sería completamente ininteligible si imaginamos que estaba dedicado o bien al conde de Pembroke o bien al conde de Southampton, ya que ambos gozaban de la más alta posición en Inglaterra y tenían pleno derecho a ser llamados «grandes príncipes», y para corroborarme su punto de vista me leyó los sonetos CXXIV y CXXV, en los cuales Shakespeare nos dice que su amor no es «hijo de la realeza», ni «sufre por la pompa sonriente», sino que ha sido «edificado lejos de lo accidental». Yo escuchaba con gran interés, porque no creo que esta declaración se hubiese hecho nunca antes. Pero lo que siguió era todavía más curioso y me pareció que solucionaba por completo lo referente a la hipótesis Pembroke. Sabemos por Meres que los sonetos habían sido escritos antes de 1598, y el soneto CIV nos muestra que la amistad de Shakespeare por mister «W. H.» existía ya desde hacía tres años. Ahora bien: lord Pembroke, que había nacido en 1580, no llegó a Londres hasta la edad de dieciocho años, es decir, hasta 1598, y la amistad de Shakespeare con mister «W. H.» debió de empezar en 1594 o, como muy tarde, en 1595. En consecuencia, Shakespeare no pudo haber conocido a lord Pembroke hasta después de haber escrito los referidos sonetos. Cyril también señaló que el padre de Pembroke no murió hasta 1601, cuando para quien lea este verso:

> Tú tenías un padre, deja que tu hijo diga lo mismo,

es evidente que el padre de mister «W. H.» había muerto en 1598. Además, era absurdo imaginar que cualquier editor de aquella época, y el prefacio es obra del editor, se hubiese aventurado a dirigirse a William Herbert, conde de Pembroke, como mister W. H. El caso de lord Buckhurst, señalado como mister Sackville, era realmente distinto, porque lord Buckhurst no era sino el hijo menor de un par, con un título de cortesía y el pasaje del *Parnaso de Inglaterra* en que se le designa así, no es una dedicatoria completa y solemne, sino una simple alusión fortuita. Todo esto en lo referente a lord Pembroke, cuyas presuntas pretensiones Cyril echaba por tierra con tanta facilidad mientras yo lo escuchaba arrobado. En cuanto a lord Southampton, a Cyril le resultaba ciertamente menos complicado. Southampton se convirtió en amante de Elizabeth Vernon a una edad muy temprana, de modo que no necesitaba que lo forzasen a contraer matrimonio. No era hermoso, ni tampoco se parecía a su madre, como le pasaba a mister W. H.

> Eres el espejo de tu madre, y ella en ti
> vuelve a hallar el amable abril de su primavera;

y, sobre todo, su nombre de pila era Henry, en tanto que los sonetos CXXXV y CXLIII muestran que el nombre de pila del amigo de Shakespeare era el mismo que el suyo. Will. Ello se deduce del juego de palabras. En cuanto a las demás sugerencias de los desafortunados comentaristas, que si mister W. H. era una errata que sustituía a mister W. S., es decir, mister William Shakespeare; que si mister W. H. debería significar mister W. Hall; que si mister W. H. es mister William Hathaway; y que el punto final debe colocarse después de «desea», lo que haría de mister W. H. el escritor y no el tema de la dedicatoria, Cyril se deshizo de ellas en poco tiempo. No merece la pena mencionar sus razonamientos, aunque recuerdo que me hizo estallar de risa leyendo, me alegro de decir que no fue el original, a un tratadista alemán llamado Barnstorff que insistía que mister W. H. no era otro que «mister William Himself». Ni quiso admitir por un momento que los sonetos fueran meras sátiras de la obra de Drayton y John Davies de Hereford. Para él, como también para mí, eran poemas de importancia seria y dramática, manifestaciones del corazón amargado de Shakespeare y endulzada por la miel de sus labios. Todavía admitía menos que eran meras alegorías filosóficas y que en ellos Shakespeare se dirigiera al yo ideal, a la humanidad ideal o al espíritu de belleza o a la razón, o al logos divino o a la Iglesia Católica. Para él, como creo que es para todos, los sonetos estaban dirigidos a un joven en particular cuya personalidad, por alguna razón, parece haber llenado el alma de Shakespeare de una alegría y una terrible desesperación. Una vez allanado así el camino, Cyril me pidió que alejase de mi mente toda idea preconcebida sobre el tema y que prestase oído atento y benévolo a su propia teoría. El problema que señaló era éste: ¿quién era aquel joven de la época de Shakespeare que, sin ser de noble cuna y ni siquiera de noble naturaleza, se había dirigido a él en términos de tan apasionada adoración que todavía nos maravilla ese extraño culto y casi nos espanta girar la llave que cierra el misterio del corazón del poeta? ¿Quién era aquél cuya belleza física era tal que se convirtió en la misma piedra angular del arte de Shakespeare; que llegó a ser la verdadera fuente de su inspiración; realmente la suprema encarnación de los sueños de Shakespeare? Considerarle simplemente el objeto de ciertos versos amorosos es perder de vista todo el significado de los poemas; porque el arte del que habla Shakespeare no es el arte de los sonetos mismos, que indudablemente fueron para él cosas ligeras y secretas: es el arte del dramaturgo al que está continuamente aludiendo, y del que dijo Shakespeare:

> Tú eres todo mi arte y haces progresar
> tanto como la sabiduría mi ruda ignorancia.

Aquél a quien promete la inmortalidad,

> Allí donde el aliento más potencia posee
> aun en los labios de los hombres,

seguramente no era otro que el joven actor para quien él creó Viola e Imógena, Julieta y Rosalinda, Porcia y Desdémona y Cleopatra misma. Ésta era la teoría de Cyril Graham, que dedujo, como ves, tan sólo a partir de los sonetos, y cuya aceptación dependía no tanto de una prueba demostrable y evidencia formal como de una especie de sentido espiritual y artístico, por medio del cual sólo, según él, podía discernirse el verdadero sentido de los poemas. Recuerdo que me leyó este bonito soneto:

> ¿Cómo mi Musa podría carecer de asunto
> mientras viertas tú en mi verso
> tu propio dulce argumento, demasiado exquisito
> para que un vulgar papel lo reproduzca?
>
> ¡Oh, date a ti mismo las gracias si algo mío
> encuentras digno de lectura bajo tus ojos!
> ¿Pues quién sería tan mudo que no pudiera escribirte
> cuando tú mismo iluminas tu invención?
>
> Sé tú la décima Musa, diez veces más valiosa
> que las nueve de antaño invocadas por los rimadores;
> y a aquél que te invoque concédele el producir
> ritmos eternos que sobrevivan largo tiempo.

Y señaló hasta qué punto venía esto a corroborar su teoría. Por supuesto, ojeamos todos los sonetos con atención y demostró o imaginó que demostraba que, de acuerdo con esta nueva explicación de su significado, las cosas que parecían oscuras o malas o exageradas se convierten en claras y racionales y de una importancia artística elevada, e ilustran el concepto que Shakespeare tenía de las relaciones verdaderas entre el arte del actor y el arte del dramaturgo.

»Está fuera de toda duda que en la compañía de Shakespeare debió de haber algún maravilloso actor joven de gran belleza a quien le encomendara la representación de sus nobles heroínas; porque Shakespeare era un empresario teatral muy práctico, tanto como un poeta imaginativo, y Cyril Graham ha descubierto el auténtico nombre del joven actor. Era Will, o como él prefería llamarlo, Willie Hughes. El nombre de pila, por supuesto, lo encontró en los juegos de palabras de los sonetos CXXXV y CXLIII. El apellido, según él, estaba escondido en el octavo verso del soneto XX, donde se describe a mister W. H. como

> Un hombre en el matiz que maneja todos los *matices.*[12]

En la edición original de los sonetos, matices *(hews)* está impreso con mayúsculas y en cursiva, y esto, según él, demostraba a las claras que se trataba de un juego de palabras. Corroboraron firmemente su punto de vista los dos sonetos en los que se hacían tan curiosos juegos de palabras con las voces *uso* y *usura.* Por supuesto, me convencí inmediatamente, y Willie Hughes se convirtió para mí en una persona tan real como el mismo Shakespeare. Mi única objeción a su teoría era que el nombre de Willie Hughes no aparece en la lista de actores de la compañía de Shakespeare impresa en el primer folio. Cyril, sin embargo, señaló que la ausencia del nombre de Willie Hughes de esta lista corroboraba la teoría de manera fehaciente, como se ponía de manifiesto en el soneto LXXXVI, en el que Willie Hughes abandona la compañía de Shakespeare para actuar en un teatro rival, acaso en alguna de las obras de Chapman. Refiriéndose a esto, Shakespeare dice a Willie Hughes en su gran soneto sobre Chapman:

> Pero en cuanto vuestra apostura hizo henchir sus versos
> los míos carecieron de sustancia y desfallecieron.

La expresión «en cuanto vuestra apostura hizo henchir sus versos» se refiere indudablemente a la belleza del actor que les daba vida y realidad, y añadía encanto a los versos de Chapman, idea que estaba ya prefigurada en el soneto LXXIX:

---

12 El juego de palabras consiste en la pronunciación parecida de Hews y Hughes. Hews significa «matices, tintes, formas».

> Mientras sólo yo solicité tu ayuda
> sólo mi verso poseyó tu gentil gracia;
> pero ahora mis versos graciosos decaen
> y mi Musa enfermiza ha de ceder el sitio a otro.

Y en el soneto anterior, donde Shakespeare dice:

> Todas las demás plumas han imitado mi manera
> y esparcen su poesía bajo tu protección,

el juego de palabras es muy claro (*use,* aquí traducido como «manera», suena igual a Hughes) y por supuesto la frase «esparcen su poesía bajo tu protección» significaría «con tu ayuda como actor presentan sus obras al público». Fue una velada maravillosa. Nos quedamos allí sentados, leyendo y releyendo los sonetos, casi hasta que amaneció. Sin embargo, poco después comencé a darme cuenta de que antes de lanzar aquella teoría a los cuatro vientos sin que ésta mostrase fisuras, era necesario aportar alguna prueba de la existencia de aquel joven fuera de los sonetos. Una vez hecho esto, no cabría la menor duda de su identidad como mister W. H. De otro modo, la teoría se vendría abajo por sí sola. Así se lo hice notar a Cyril con toda insistencia. Pareció molestarle lo que llamaba mi tendencia filistea, e incluso se mostró algo mordaz al respecto. Sin embargo, le hice prometer que por su propio interés no publicaría su descubrimiento hasta haber aclarado toda la cuestión sin dejar sombra alguna de duda. Se pasó semanas y semanas buscando por los registros de las iglesias de la ciudad, en manuscritos Alleyn MSS, en Dulwich; en los archivos administrativos, en los del lord chambelán... en una palabra, todo cuanto pensamos que pudiera contener alusiones a Willie Hughes. Por supuesto, no descubrimos nada, y la existencia de Willie Hughes cada vez me parecía más problemática. Cyril se encontraba en un espantoso estado de ánimo y solíamos debatir la cuestión el día entero mientras él trataba de convencerme, pero yo había visto el punto flaco de la teoría y me negaba a aceptar que la existencia real de Willie Hughes, el actor de la época isabelina, estaba probada sin duda alguna.

»Un día, Cyril abandonó la ciudad para ir a pasar una temporada con su abuelo. Así lo creí entonces, pero más tarde supe por lord Crediton que no fue así. Aproximadamente quince días después recibí un telegrama suyo, expedido en Warwick, con el ruego de que no dejara de ir a cenar con él aquella noche a las ocho.

»Cuando llegué me dijo:

»—¡El único apóstol que no merecía prueba alguna era santo Tomás, pero fue el único que la obtuvo!

»Le pregunté qué quería decir. Me contestó que no sólo había conseguido probar la existencia en el siglo XVI de un actor llamado Willie Hughes, sino que también podía demostrar sin el menor asomo de duda que él era el mister W. H. de los sonetos. No me diría nada más por el momento, pero después de la cena exhibió con solemnidad el retrato que te he enseñado. Me explicó que lo había encontrado por una extraordinaria casualidad, clavado en uno de los costados de un viejo arcón que había comprado en una granja en Warwickshire. Llevó también el arcón, que era una muestra excelente del arte isabelino y que tenía en medio del tablero interior las iniciales «W. H.» talladas en la madera. Este monograma era justo lo que había atraído su atención y me dijo que no se le había ocurrido examinar minuciosamente el interior del arcón hasta varios días más tarde de que el arcón obrara en su poder. Sin embargo, una mañana observó que uno de los lados del arcón era más grueso que los otros y, al observarlo con más detenimiento, descubrió una tabla pintada y enmarcada clavada allí. El cuadro estaba muy sucio y cubierto de moho; pero lo desclavó para limpiarlo y descubrió con alegría que por casualidad había llegado hasta la cosa que había estado buscando. Allí estaba el retrato auténtico de mister W. H. con la mano descansando sobre la página de la dedicatoria de los sonetos, y en el marco podía leerse el nombre del joven escrito con letras negras sobre un fondo de oro apagado: Mister Will Hews.

»¿Qué podría decirte? Ni por un solo instante creí que Cyril Graham me estuviera tomando el pelo o que tratara de demostrar su teoría por medio de una superchería.

—Pero ¿se trata de una falsificación? —pregunté.

—Por supuesto —asintió Erskine—. Es una falsificación muy buena, pero no por eso deja de serlo. Por el momento no dudé de la buena fe de Cyril, pero recuerdo que él más de una vez dijo que para él sobraban todas las pruebas, ya que estaba seguro de su teoría aun sin ellas. Me reí y le advertí de que sin esa prueba toda la teoría se vendría abajo, por lo que lo felicité efusivamente por su fabuloso descubrimiento. En vista de lo cual, decidimos que el retrato sería grabado o reproducido al aguafuerte y colocado al frente de la edición de los sonetos que Cyril tenía proyectada, y durante tres meses no hicimos otra cosa que revisar los poemas, verso por verso, hasta resolver todas las dificultades del texto o su significado. Pero un aciago día, estando yo en una tienda de grabados de Holborn, vi sobre el mostrador varios dibujos extraordinariamente bellos. Me atrajeron tanto que los compré, y el propietario, un hombre llamado Rawlings, me comentó que los había hecho un joven pintor llamado Edward Merton, muy inteligente, pero más pobre que una rata de iglesia. Fui a ver a Merton unos días más tarde a la dirección que me había proporcionado el encargado de la tienda de grabados y encontré a un joven pálido e interesante con su esposa de aspecto vulgar, que era su modelo, como supe más tarde. Le dije lo mucho que admiraba sus dibujos, lo cual pareció agradarle, y le pregunté si podía enseñarme otros trabajos suyos. Cuando estábamos observando una carpeta llena de cosas realmente encantadoras, porque saltaba a la vista que Merton tenía un temperamento delicado en extremo, vi un boceto del retrato de mister W. H. No cabía la menor duda. Era casi un facsímil; la única diferencia que se podía apreciar era que las dos máscaras de la tragedia y la comedia no estaban colgadas de la mesa de mármol como estaban en el cuadro, sino que estaban en el suelo a los pies del joven. «¿De dónde diablos ha sacado usted esto?», le pregunté. Él se quedó muy confundido y respondió: «Oh, no es nada. No sabía que estuviera en esta carpeta. Realmente no tiene ningún valor». «Es lo que hiciste para mister Cyril Graham —indicó su mujer—, y, si este caballero desea comprarlo, se lo puedes vender.» «¿Para mister Cyril Graham? —repetí—. ¿Pintó usted el cuadro de mister W. H.?» «No entiendo a qué se refiere usted», respondió, y se puso muy colorado. El descubrimiento era verdaderamente horrible. La esposa me lo reveló todo. Cuando me marché le di cinco libras. Ahora no me atrevo a pensar en aquello; pero desde luego estaba furioso. Fui de inmediato a casa de Cyril, esperé durante tres horas a que regresara, tres horas con aquella espantosa mentira golpeándome la cara. Cuando llegó, le dije que había descubierto su superchería. Se puso muy pálido y dijo: «Lo he hecho únicamente por ti. No había otra manera de convencerte. Este hecho no afecta para nada a la verdad que se esconde detrás de la teoría». «¡La verdad que se esconde detrás de la teoría! —exclamé—. Cuanto menos hables de ella, mejor. Ni siquiera tú has creído nunca en ella, porque, en tal caso, no habrías recurrido a una falsificación para comprobar su veracidad.» Intercambiamos palabras fuertes y mantuvimos una terrible discusión. Reconozco que fui injusto. A la mañana siguiente, él estaba muerto.

—¡Muerto! —grité.

—Sí, se pegó un tiro con un revólver. La sangre salpicó el marco del retrato justo en el sitio donde estaba pintado el nombre. Cuando llegué..., su criado me fue a buscar de inmediato..., la policía ya estaba allí. Había dejado una carta para mí, indudablemente escrita en medio de la mayor agitación y de un evidente desconsuelo.

—¿Y qué había en la carta? —pregunté.

—Oh, que él creía con todas sus fuerzas en Willie Hughes; que la falsificación del cuadro la había hecho como una mera concesión para mí y no afectaba en absoluto a la veracidad de su teoría; y que para mostrarme qué firme e inquebrantable era su fe al respecto a ello, iba a ofrecer su vida como un sacrificio al secreto de los sonetos. Era una carta estúpida e insensata. Recuerdo que terminaba diciendo que me confiaba la teoría de Willie Hughes y que me correspondía presentarla al mundo y revelar el secreto del corazón de Shakespeare.

—Es una historia trágica —exclamé—; pero ¿por qué no ha llevado a cabo sus deseos?

Erskine se encogió de hombros.

—Porque es una teoría absolutamente errónea de principio a fin —contestó.

—Mi querido Erskine —dije levantándome de mi asiento—, se equivoca usted de medio a medio. Es la única llave perfecta que se ha hecho hasta hoy para explicar los sonetos de Shakespeare. Es completa en todos sus detalles. Yo creo en Willie Hughes.

—No digas eso —replicó Erskine con gravedad—. Estoy convencido de que hay algo fatal en esa idea, y desde el punto de vista intelectual no se puede decir nada. He examinado la materia en profundidad y te aseguro que la teoría es completamente falaz. Es plausible hasta cierto punto. Pero eso es todo. Por el amor de Dios, mi querido muchacho, no te lances sobre el tema de Willie Hughes. Te romperías el corazón.

—Erskine —contesté—, está usted en la obligación de darle a conocer al mundo esta teoría. Si no lo hace usted, lo haré yo. Si se la guardase ofendería la memoria de Cyril Graham, el más joven y espléndido de todos los mártires de la literatura. Le suplico que le haga justicia. Murió por esa teoría. No deje que su muerte sea en vano.

Erskine me miró sorprendido.

—Te has dejado llevar por la emoción de la historia —observó—. No olvides que una cosa no es necesariamente verdadera por el hecho de que un hombre muera por ella. Yo sentía gran afecto por Cyril Graham. Su muerte ha supuesto un terrible golpe para mí. Tardaré años en recobrarme. De hecho, creo que no me recobraré nunca. Pero ¿qué tiene que ver todo eso con Willie Hughes? La idea de Willie Hughes es falsa. Tal personaje no ha existido nunca. En cuanto a revelarle al mundo la teoría, el mundo cree que Cyril Graham murió por accidente. La única prueba de su suicidio está en la carta que me escribió, y la gente no ha oído nada de esta carta. Hoy mismo, lord Crediton cree que todo fue tan sólo un mero accidente.

—Cyril Graham sacrificó su vida en aras de una gran idea —contesté—. Si usted no quiere contar su martirio, por lo menos cuente su fe.

—Su fe —repuso Erskine— estaba basada en una cosa que era falsa, en una cosa que era mentira, en una cosa que un escoliasta de Shakespeare no podría aceptar en ningún momento. Se reirían de la teoría. No te pongas en ridículo y no sigas una pista que no conduce a ninguna parte. En esa teoría se empieza por afirmar la existencia misma de la persona cuya vida se trata de probar. Además, todo el mundo sabe que los sonetos estaban dirigidos a lord Pembroke. La cuestión ha quedado resuelta definitivamente.

—¡La cuestión no está resuelta! —exclamé—. Difundiré la teoría donde Cyril Graham la dejó, y le demostraré al mundo que estaba en lo cierto.

—¡Pobre tonto! —dijo Erskine—. Vete a casa, son más de las dos, y no vuelvas a pensar en Willie Hughes. Siento haberte contado nada de esto, y todavía siento más el haberte convencido de una cosa en la que yo realmente no creo.

—Usted me ha dado la clave del misterio más grande de la literatura moderna —contesté—, y no descansaré hasta que le haya hecho reconocer, hasta que le haya hecho reconocer a todo el mundo, que Cyril Graham era el más sagaz crítico de Shakespeare de nuestro tiempo.

Cuando iba a casa a través de Saint James Park, el alba nacía sobre Londres. Los cisnes blancos dormían en el tranquilo lago y el bloque del palacio parecía purpúreo sobre el cielo verde pálido. Pensé en Cyril Graham y mis ojos se llenaron de lágrimas.

II

Eran las doce y media cuando me desperté, y el sol penetraba a través de las cortinas de mi habitación en largos rayos oblicuos de polvoriento oro. Le dije al criado que no estaría en casa para nadie. Me tomé una taza de chocolate y un panecillo, cogí de la librería mi ejemplar de los sonetos de Shakespeare y me dediqué a leerlos con toda atención. Me parecía que cada poema corroboraba las teorías de Cyril Graham. Sentía como si tuviese mi mano sobre el corazón de Shakespeare y como si pudiese contar uno a uno los latidos y las pulsaciones de su pasión. Pensé en el maravilloso actor y vi su rostro en cada verso.

Recuerdo que dos sonetos me llamaron la atención: el LIII y el LXVII. En el primero Shakespeare colma de elogios a Willie Hughes por la flexibilidad de su interpretación, en su amplia variedad de papeles, un campo que se extendía desde Rosalinda a Julieta y desde Beatriz a Ofelia; y le dice:

> ¿Cuál es vuestra sustancia, de qué estáis hecho,
> qué millones de sombras extrañas en vos se reúnen?
> Nosotros todos, siendo un solo ser, sólo una sombra tenemos,
> mientras que vos, no siendo también más que uno solo,
> podéis contener todas las sombras.

Versos que resultarían ininteligibles si no estuviesen dirigidos a un actor, porque la palabra «sombra» tenía en la época de Shakespeare un significado técnico relacionado con la escena. «Los mejores de este género no son sino sombras», dice Teseo de los actores en *El sueño de una noche de verano,* y hay muchas alusiones similares en la literatura de aquella época. Es evidente que estos sonetos pertenecen a la serie en la que Shakespeare trata sobre la naturaleza del arte del actor y del temperamento extraño y raro que es esencial encontrar en el perfecto intérprete. «¿Cómo es posible —le pregunta Shakespeare a Willie Hughes— que tengáis tantas personalidades?» Y sigue entonces señalando que su belleza es tal que parece encarnar cada una de las formas y de las fases de la fantasía, que parece encarnar todos los sueños de la imaginación creadora, una idea que Shakespeare desarrolla más adelante en el soneto siguiente, donde comienza con el admirable pensamiento:

> ¡Oh! Cuánto más bella parece la belleza
> con esos dulces ornamentos que le da la *verdad.*

Shakespeare nos invita a observar cómo la verdad escénica, la verdad de la representación visible en el escenario añade belleza a la poesía, dando vida a su encanto y auténtica realidad a su forma ideal. Y, sin embargo, en el soneto LXVII, Shakespeare ruega a Willie Hughes que renuncie a la artificialidad del escenario, a su vida falsa de rostro pintado y de traje irreal, sus influencias y sugestiones inmorales, su alejamiento del verdadero mundo de la acción noble y del lenguaje sincero.

> ¡Ah! ¿Por qué habría él de convivir con la corrupción,
> honrando la impiedad con su prestigio,
> de modo que el pecado obtuviera por él una ventaja,
> embelleciéndose con su compañía?
>
> ¿Por qué habría de imitar con los afeites su mejilla
> copiando con una apariencia inanimada su vivo color?
> ¿Por qué la infeliz belleza habría de buscar indirectamente
> los reflejos de rosas teniendo la rosa verdadera?

Puede parecer extraño que un dramaturgo tan grande como Shakespeare, que realizó su propia perfección como un artista y su humanidad como hombre en el plano ideal de la literatura escénica, haya escrito del teatro en esos términos; pero debemos recordar que en los sonetos CX y CXI Shakespeare nos muestra que él también estaba cansado del mundo de las marionetas y lleno de vergüenza por haber sido un «payaso a los ojos de todos». El soneto CXI es especialmente amargo:

> ¡Oh! Reñid por amor mío con la Fortuna,
> diosa culpable de todos mis errores,
> que no me ha dejado más medios de existencia
> que un remedio público, y que modales bastos engendra.
>
> Eso hace que mi nombre lleve un estigma
> y que mi naturaleza esté casi
> marcada por el oficio, como la mano del tintorero.
> Compadéceme, pues, y haz votos por que me regenere.

Y por todas partes hay más indicios de este sentimiento mismo, huellas familiares a todos los investigadores de Shakespeare.

Un punto que me desconcertó inmensamente mientras leía los sonetos, y ello algunos días antes que encontrara la verdadera interpretación de éstos que el propio Cyril Graham parecía no haber encontrado. No podía entender por qué Shakespeare le concedía tan gran importancia al hecho de que su joven amigo se casara. Él mismo se había casado joven, el resultado había sido aciago y no era normal que le pidiera a Willie Hughes que cometiera el mismo error. El joven actor que interpretara el papel de Rosalinda no tenía nada que ganar con el matrimonio ni con las pasiones de la vida real. Los primeros sonetos, con sus extrañas invocaciones a la paternidad, me parecían una nota discordante. La explicación del misterio me surgió súbitamente y la encontré en la curiosa dedicatoria, que dice como sigue:

Al único engendrador
de estos sonetos que siguen
Mr. W. H. toda felicidad
y esa eternidad
prometida
por
nuestro poeta inmortal
desea
el que deseándolo bien
se aventura
a lanzar
esta publicación,

T. T.

Algunos comentaristas han supuesto que la palabra *begetter* («engendrador, progenitor») en esta dedicatoria significa simplemente quien ha proporcionado los sonetos a su editor Thomas Torpe; pero este punto de vista ha sido desechado en la actualidad, y las más altas autoridades están de acuerdo en que está tomada en su sentido de inspirador, ya que la metáfora conduce a la analogía de la vida física. Entonces comprendí que la misma metáfora era usada por Shakespeare a lo largo de todos los sonetos y me puso en la verdadera pista. Por último hice mi verdadero gran descubrimiento. El matrimonio que Shakespeare propone a Willie Hughes es «el matrimonio con su Musa», expresión que aparece precisamente empleada en el soneto LXXXII, donde en medio de la amargura de su corazón por la defección del joven actor, para quien había escrito sus mejores papeles, realmente inspirados en su belleza, inicia sus quejas diciendo:

> Convengo que no estabas desposado con mi Musa.

Los niños que le suplicaba que engendrase no son criaturas de carne y hueso, sino otros de gloria inmortal. Todo el ciclo de los primeros sonetos es simplemente una invitación de Shakespeare a Willie Hughes para que aparezca en escena y sea actor. Cuán estéril y vana, le dice, es tu belleza si no la usas:

> Cuando cuarenta inviernos asalten tu frente
> y caven profundas trincheras en el campo de tu belleza,
> la altiva librea de tu juventud, tan admirada ahora,
> será un simple harapo insignificante:
>
> entonces si te preguntas dónde está tu belleza toda,
> dónde todo el tesoro de tus días lozanos,
> y respondieses que sólo en lo profundo de tus ojos hundidos,
> sería una vergüenza devoradora y un elogio estéril.

Tienes que crear algo en arte: mis versos «tuyos son y nacidos de ti», escúchame tan sólo y «engendraré versos inmortales que vivirán una eternidad»; y tú poblarás con las formas de tu imaginación el mundo imaginario de la escena. Estos hijos que engendrarás, continúa, no parecerán como seres mortales, sino que vivirás en ellos y en mis obras.

Crea otro tú por amor a mí,
que tu belleza pueda vivir en los tuyos o en ti.

Recogí todos los pasajes que parecían corroborar este punto de vista y me produjeron una profunda impresión al mostrarme cuán completa era la teoría de Cyril Graham. Vi también que era realmente fácil separar los versos en los cuales habla de los propios sonetos de aquéllos en los que habla de su gran obra dramática. Éste era un punto en el que no se habían fijado en absoluto los críticos anteriores a Cyril Graham. Y, sin embargo, se trataba de uno de los puntos verdaderamente más importantes en la serie completa de los poemas. Shakespeare era más o menos indiferente hacia sus sonetos; no tenía como ambición que su fama se basara en ellos. Para él eran su «Musa ligera», como él los llamaba, e intentó, como nos cuenta Meres, que sólo circulasen en privado y entre un grupo reducido, muy reducido, de amigos. Por otra parte, tenía plena conciencia del enorme valor artístico de sus obras de teatro y demuestra una noble confianza en sí mismo en relación con su genio de dramaturgo. Cuando le dice a Willie Hughes:

Pero tu eterno estío no se marchitará,
ni será desposeído de esa belleza tuya;
ni la Muerte se alabará de verte errar entre sus tinieblas,
cuando en *versos eternos* vayas creciendo con el tiempo;

pues, mientras los hombres alienten y los ojos puedan ver
aquéllos vivirán y te darán vida.

La expresión «versos eternos» alude a una de sus obras que le enviaba al mismo tiempo, así como la última estrofa señala su confianza en la probabilidad de que sus obras serán representadas siempre. En su advocación a la Musa Dramática (sonetos C y CI) encontramos el mismo sentimiento:

¿Dónde estás, Musa, que olvidas tanto tiempo
el hablar de lo que te da todo tu vigor?

¿Malgastas tu fuerza en algún canto indigno,
oscureciendo tu poder para dar luz a temas viles?

Exclama y después les reprocha a las Musas de la Comedia y de la Tragedia su «desprecio a la verdad en la belleza coloreada», y dice:

¿Porque él no necesite elogio vas a seguir mudo?
No disculpes así tu silencio; pues en ti está
el hacerlo sobrevivir a la tumba dorada
y el que lo alaben los siglos futuros.

Cumple, pues, tu oficio, Musa; yo te enseñaré cómo
hacer que lo vean en el porvenir tal como es ahora.

Sin embargo, quizá sea en el soneto LV en el que Shakespeare expresa su idea en su plenitud. Imaginar que «el ritmo poderoso» del segundo verso se refiere al propio soneto es equivocar por completo la intención de Shakespeare. Me pareció a mí, por el carácter particular del soneto, que se trataba de una obra determinada y que esta obra no era otra que *Romeo y Julieta*.

Ni el mármol ni los dorados mausoleos
de los príncipes sobrevivirán a este ritmo poderoso;
mas tú brillarás en ellos más refulgente
que la piedra abandonada a los ultrajes del tiempo.

Cuando las guerras devastadoras derriben las estatuas
y arranquen los cimientos de albañilería,
ni la espada de Marte ni el fuego ardiente de la guerra consumirán
la viva crónica de tu memoria.

A despecho de la muerte y de la amistad olvidadiza
avanzarás en el futuro; tu gloria encontrará sitio

aun a los ojos de todas las generaciones
que se vayan sucediendo en este mundo hasta el juicio final.

Así, hasta ese día en que tú mismo resucites,
vivirás aquí y en los ojos de los amantes.

Era también sugestivo en extremo observar cómo aquí y en todas partes Shakespeare le prometía a Willie Hughes la inmortalidad en una forma que le recordase a los ojos de los hombres, es decir, en una forma escénica, en una obra dramática hecha para ser contemplada.

Trabajé intensamente con los sonetos durante dos semanas; apenas salía, y rechazaba todas las invitaciones. Todos los días me parecía descubrir algo nuevo, y Willie Hughes se convirtió en una especie de compañero espiritual, una personalidad dominadora. Casi podía imaginarme que lo veía de pie en las sombras de mi habitación de la misma manera en que Shakespeare lo había dibujado, con su cabello dorado, su tierna gracia de flor, sus suaves ojos soñadores y profundos, sus miembros esbeltos y delicados y sus manos de blanco lila. Sólo su nombre ya me fascinaba. ¡Willie Hughes! ¡Willie Hughes! ¡Qué música tenía su sonido! Sí, ¿quién sino él podía ser el señor-señora de la pasión de Shakespeare,[13] el señor de su amor de quien dependía en vasallaje,[14] el delicado favorito del placer,[15] la rosa de todo el mundo,[16] el heraldo de la primavera[17] revestido de la soberbia librea de la juventud,[18] el adorable muchacho cuya voz es como la música[19] y cuya belleza es el ropaje mismo del corazón de Shakespeare,[20] lo mismo que la piedra angular de su fuerza dramática? ¡Cuán amarga me parecía ahora la tragedia de su deserción y de su vergüenza! Vergüenza que él hacía dulce y amable[21] por la sola magia de su personalidad, pero que no

13 Soneto XX, 2.
14 Soneto XXVI.
15 Soneto CXXVI, 9.
16 Soneto CIX, 14.
17 Soneto I, 10.
18 Soneto II, 3.
19 Soneto VIII, 1.
20 Soneto XXII, 6.
21 Soneto XCV, 1.

por eso disminuía la vergüenza. Sin embargo, puesto que Shakespeare lo ha perdonado, ¿no lo vamos a perdonar también nosotros? No me preocupé de intentar descubrir el secreto de su pecado.

Su abandono del teatro de Shakespeare era un asunto diferente, que investigué en profundidad. Por último, llegué a la conclusión de que Cyril Graham se había equivocado al ver a Chapman como el dramaturgo rival a quien se alude en el soneto LXXX. Estaba claro que a quien se aludía era a Marlowe. En la época en que se escribieron los sonetos, una expresión como «la orgullosa y amplia vela de su gran verso» no podía aplicarse a la obra de Chapman, aunque hubiera podido aplicarse al estilo de sus últimas obras de tiempos del rey Jacobo. No, Marlowe era indudablemente el dramaturgo rival de quien Shakespeare hablaba en aquellos términos laudatorios; y aquél

> Afable y familiar espectro
> que por la noche le engaña con noticias

era el Mefistófeles de su *Doctor Fausto.* Sin ninguna duda, Christopher Marlowe se sintió absolutamente fascinado por la belleza y la gracia del joven actor y se lo llevó del teatro Blackfriars para hacerlo interpretar el Gaveston de su *Eduardo II.* Que Shakespeare tenía derecho legal a retener a Willie Hughes en su compañía queda patente en el soneto LXXXVII, donde dice:

> ¡Adiós! Eres demasiado hermoso para ser mío
> y conoces demasiado lo que vales:
> el *privilegio de tu valía* te da libertad;
> mis *derechos* sobre ti todos han terminado.
>
> ¿Cómo te poseería yo sino por tu asentimiento?
> Para tales riquezas, ¿dónde están mis títulos?
> Nada en mí puede justificar ese don espléndido,
> *y así mi concepción me ha sido retirada.*

Te entregaste a mí ignorando que yo era entonces tu valía,
o equivocándote y creyendo que yo era otra cosa;
así este gran don tuyo hecho por error,
pensándolo mejor decides retirarlo.

Así pues, te poseí como un sueño halagüeño,
un rey en sueños, pero al despertar ya nada.

No obstante, a quien no pudo retener por amor tampoco quiso retener por la fuerza. Durante una temporada, Willie Hughes formó parte de la compañía teatral de lord Pembroke, y es muy probable que representara en el patio de la Red Bull Tavern el papel del afeminado y delicado favorito del rey Eduardo. A la muerte de Marlowe, parece ser que volvió con Shakespeare, quien, pensaran lo que pensaran sobre el asunto sus compañeros de teatro, perdonó su obstinación y su traición. ¡De qué manera tan maravillosa había trazado Shakespeare el temperamento del actor! Hughes era uno de aquellos artistas

Que no hacen lo que más parecen hacer,
que, conmoviendo a los demás, permanecen ellos mismos como la piedra.

Podía representar el amor, pero no podía sentirlo; podía fingir la mímica de la pasión sin experimentarla.

En muchas miradas la historia de un corazón falso
está escrita en gestos, ceños y muecas extrañas,

pero con Willie Hughes no era así. «El cielo», dice Shakespeare en un soneto de loca idolatría:

El cielo al crearte ha decretado
que un dulce amor viviría siempre en tu rostro;
cualesquiera que sean tus pensamientos o los impulsos de tu corazón,
tus miradas no podrían expresar nunca más que dulzura.

En su «espíritu inconstante» y su «falso corazón» era fácil reconocer la falta de sinceridad y la traición que parecen ser, en cierto modo, inseparables de la naturaleza artística, así como en su amor a las alabanzas ese deseo de una recompensa inmediata que caracteriza a todos los actores. Y más afortunado en esto aún que otros actores, Willie Hughes debía conocer algo de la inmortalidad. Unido de manera inseparable con las obras de Shakespeare, había de vivir en ellas.

> Tu nombre tendrá en lo sucesivo vida inmortal,
> aunque yo, una vez desaparecido, deba morir para el mundo entero:
> la tierra puede darme tan sólo una fosa vulgar,
> mientras tú quedarás sepultado a la vista de la humanidad.
>
> Tendrás por mausoleo mis dulces versos,
> que los ojos por venir leerán,
> y las lenguas futuras hablarán de tu persona
> cuando todos los que hoy alientan en este mundo hayan muerto.

Había también innumerables alusiones al poder de influencia de Willie Hughes sobre su auditorio, los «mirones», como Shakespeare los llama; pero quizá la descripción más perfecta del maravilloso misterio del arte dramático está en *Lamentos de un amante,* donde Shakespeare dice de él:

> En él una plenitud de materia sutil,
> aplicada a la ficción, toda clase de formas extrañas adopta,
> rubores inflamados o torrentes de lágrimas,
> o palideces desmayadas; y escoge,
> según las circunstancias, lo que mejor engañe:
> ruborizarse ante palabras groseras, llorar con dolores ajenos
> o palidecer y desvanecerse contemplando escenas trágicas [...]
>
> En la punta de su lengua dominante
> toda clase de argumentos y de hondas cuestiones,

toda réplica pronta y toda razón fuerte,
dormían y se despertaban sin cesar a su servicio
para hacer reír al triste y llorar al alegre;
poseía un lenguaje adecuado y las diferentes celadas,
dominando todas las pasiones con el artificio de su capricho.

Un día creí que había encontrado realmente a Willie Hughes en la literatura isabelina. En un relato magnífico y extraordinario de los últimos días del gran conde de Essex, su capellán, Thomas Knell, nos cuenta que en la noche anterior a su muerte «llamó a William Hewes, que era su músico, para que tocase en el clavicordio y cantase. "Toca —le dijo— mi canción, Will Hewes, y yo mismo la cantaré". Y así lo hizo alegremente, no como el cisne quejumbroso que aún en vida llora su muerte, sino como una dulce alondra que, levantando sus manos y fijando sus ojos en Dios, subió a los cielos cristalinos y alcanza con su voz inagotable la cima del altivo firmamento». Seguramente, el muchacho que tocaba en el clavicordio para el padre agonizante de Stella Sidney no era otro que Will Hews, a quien Shakespeare dedicó dos sonetos y del que nos dice que era dulce «como la música que se oye». Sin embargo, lord Essex murió en 1576, cuando el propio Shakespeare no tenía más de doce años. Era imposible que su músico hubiera sido el mister W. H. de los sonetos. El joven amigo de Shakespeare no era el intérprete de clavicordio. Por lo menos, el descubrimiento de que Will Hews era un nombre isabelino ya era algo. Desde luego, parecía haber una estrecha relación entre el nombre de Hews y la música y las tablas. La primera actriz inglesa fue la encantadora Margaret Hews, de la que se enamoró locamente el príncipe Ruperto. Nada más probable que entre ella y el músico de lord Essex hubiese que colocar al actor de las obras de Shakespeare. Pero las pruebas, los testigos, ¿dónde están? ¡Ay! No pude encontrarlos. Me parecía estar siempre al borde de la comprobación absoluta, pero no pude nunca llegar a ella realmente.

De la vida de Willie Hughes pasé muy pronto a pensar en su muerte. Y me acostumbré a pensar cuál habría sido su fin.

Quizás había sido uno de esos actores ingleses que en 1604 fueron por mar a Alemania y actuaron delante del gran duque Enrique Julio de Brunswick, dramaturgo él mismo de valía, y en la corte de aquel extraño elector de Brandemburgo, que estaba tan enamorado de la belleza que se cuenta que compró por su peso en ámbar al hijo más joven de un mercader ambulante griego haciendo desfiles en honor de su esclavo durante todo aquel terrible año de hambruna de 1606-1607, cuando la gente moría de hambre en las mismas calles de la ciudad y donde no había caído agua por espacio de siete meses. En todo caso, sabemos que *Romeo y Julieta* se representó en Dresde en 1613, junto con *Hamlet* y *El rey Lear,* y seguramente fue a Willie Hughes a quien en 1615[22] le entregaron la mascarilla de Shakespeare muerto, llevado por la mano de alguien del séquito del embajador inglés, triste recuerdo del gran poeta que con tanta ternura lo amara. En verdad debió de haber algo peculiar en la idea de que aquel joven actor, cuya belleza había sido un elemento tan vital en el realismo y el romanticismo del arte de Shakespeare, debería haber sido el primero en llevar a Alemania la semilla de la nueva cultura, y a su modo fue el precursor de aquella *Aufklärung* o iluminación del siglo XVIII, aquel espléndido movimiento que, aunque empezado por Lessing y Herder, y llevado a su pleno desarrollo por Goethe, fue en no pequeña parte ayudado por otro actor, Friedrich Schroeder, quien despertó la conciencia popular, y por medio de métodos mímicos y pasiones fingidas en el escenario mostró la conexión vital e íntima entre la vida y la literatura. Si esto fuese así —y nada prueba en realidad lo contrario—, no era improbable que Willie Hughes fuese uno de esos comediantes ingleses (*mimae quidam ex Britannia,*[23] como los llaman las viejas crónicas), que fueron degollados en Núremberg en un repentino alzamiento del populacho y secretamente enterrados en un viñedo en las afueras de la ciudad por algunos jóvenes «que encontraban placer en sus representaciones y algunos de los cuales habían buscado ser iniciados en los secretos del nuevo arte». Y lo cierto es que no podía haber lugar más adecuado para aquél a quien Shakespeare

22 Así en el original, aunque Shakespeare falleció en 1616 (nota del editor).
23 Ciertos mimos británicos.

dijo: «Tú eres todo mi arte» que un pequeño viñedo en las afueras de la ciudad. Porque, ¿acaso no nació la tragedia de los infortunios de Dionisos? ¿No se había oído por vez primera brotar de labios de los vendimiadores sicilianos la risa ligera de la comedia, con su alegría despreocupada y sus rápidas réplicas? Y es más, ¿no fue la roja mancha del vino espumoso sobre rostros y miembros la primera en sugerir el encanto y el placer del disfraz, el deseo de la ocultación de la persona, el sentido del valor de la objetividad y, de este modo, mostrarnos los rudos comienzos del arte? De cualquier forma, dondequiera que esté enterrado —ya sea en el pequeño viñedo a las puertas de la ciudad gótica o en algún triste cementerio de Londres en medio del tumulto y el estruendo de nuestra gran ciudad—, ningún monumento grandioso señalaba el lugar de su descanso eterno. Su verdadera tumba, como la vio Shakespeare, eran los versos del poeta; su verdadero mausoleo, la permanencia en el drama. Lo mismo había sucedido con otros cuya belleza había dado un nuevo impulso creador a su época. El cuerpo marfileño del esclavo de Bitinia se pudre en el légamo verde del Nilo, y el polvo del joven ateniense está esparcido por las amarillas colinas del Cerámico; pero Antinoo vive en la escultura y Carmides en la filosofía.

III

Al cabo de tres semanas decidí hacer una llamada apremiante a Erskine para que le hiciera justicia a la memoria de Cyril Graham y para que le diese al mundo su maravillosa interpretación de los sonetos de Shakespeare, la única interpretación que explica íntegramente el problema. No tengo ninguna copia de mi carta, siento tener que decirlo, y no he podido recuperar el original; pero recuerdo que repasé el tema de manera minuciosa y rellené cuartillas enteras con apasionadas reiteraciones de los argumentos y pruebas que me había sugerido mi estudio. Me parecía que no sólo restituía a Cyril Graham el puesto que le correspondía en la historia literaria, sino que además rescataba el propio honor de Shakespeare del odioso recuerdo de una intriga vulgar. Puse todo mi entusiasmo en aquella carta. Puse toda mi fe en ella.

Pero tan pronto la envié me sobrevino una curiosa reacción. Me parecía que había enajenado mi capacidad de crédito en la teoría de Willie Hughes de los sonetos, que se había apagado, y que era yo ahora completamente indiferente a toda la cuestión. ¿Qué había pasado? Es difícil decirlo. Quizá buscando una perfecta expresión para la pasión la había agotado. Las fuerzas emocionales, como todas las fuerzas físicas, tienen sus límites definidos. Quizás el mero esfuerzo de convertir a cualquiera en una teoría implica alguna forma de renuncia de la facultad de creencia. Quizá yo estaba simplemente cansado del problema y, al haberse consumido mi entusiasmo, mi razón volvía a su propio criterio desapasionado. Cualquiera que fuese la causa, y no pretendo explicarla, no cabía duda de que Willie Hughes se convirtió de repente para mí en un puro mito, un sueño ocioso, la fantasía infantil de un joven, que, como la mayoría de los espíritus ardientes, estaba más ansioso de convencer a los demás que de convencerse a sí mismo.

Como en mi carta le había dicho cosas injustas y amargas a Erskine, decidí ir a verlo enseguida y excusarme ante él por mi comportamiento. De acuerdo con esto, a la mañana siguiente me dirigí a Birdcage Walk y encontré a Erskine sentado en su biblioteca con el retrato apócrifo de Willie Hughes ante él.

—¡Mi querido Erskine! —exclamé—. He venido a excusarme ante usted.

—¿A excusarte? —dijo—. ¿Por qué?

—Por mi carta —contesté.

—No tienes nada de qué arrepentirte —repuso—. Por el contrario, me has hecho el mayor servicio que podías hacerme. Me has demostrado que la teoría de Cyril Graham es de una solidez perfecta.

—¿No querrá decirme que cree en Willie Hughes? —exclamé.

—¿Por qué no? —replicó—. Tú me lo has probado. ¿Crees que no sé apreciar el valor de la evidencia?

—Pero ahí no hay la menor evidencia —gemí, hundiéndome en una silla—. Cuando le escribí la carta estaba realmente bajo la influencia de un entusiasmo perfectamente estúpido. Me había impresionado la historia de la muerte de Cyril Graham; estaba fascinado por su romántica teoría y conquistado por el elemento maravilloso de su idea. Ahora veo que su teoría se basa en un engaño. La única prueba de la existencia de Willie Hughes es ese retrato que tiene ante sí, y ese retrato es una falsificación. No se deje arrastrar por el sentimiento tan sólo en esta cuestión. Diga lo que quiera la literatura novelesca en defensa de la teoría de Willie Hughes, la razón se ha pronunciado en contra de ella.

—No te entiendo —dijo Erskine, mirándome estupefacto—. Tú mismo me has convencido en tu carta de que Willie Hughes era una realidad absoluta. ¿Por qué has cambiado de idea? ¿O acaso todo cuanto me has dicho era una simple broma?

—No puedo explicárselo —repuse—, pero ahora me doy cuenta de que no hay nada que decir en favor de la interpretación de Cyril Graham. Los sonetos están dirigidos a lord Pembroke. Por Dios, no pierda el tiempo en un estúpido intento de descubrir un joven actor de la época isabelina que nunca existió, y no haga que un muñeco fantasmal ocupe el centro del gran ciclo de los sonetos de Shakespeare.

—Veo que no has comprendido la teoría —replicó Erskine.

—Mi querido Erskine —exclamé—. ¿Cómo que no la comprendo? Pero si me parece haberla inventado. Mi carta seguramente le prueba que no sólo he estudiado toda la cuestión, sino que también he contribuido con pruebas de toda clase. El único defecto de la teoría es que presupone la existencia de la persona cuya existencia es el tema de la disputa. Si admitimos que en la compañía de Shakespeare había un actor joven llamado Willie Hughes, no es difícil hacer de él el objeto de los sonetos. Pero como sabemos que no había ningún actor con ese nombre en la compañía del Globe Theatre, es tonto continuar la investigación más adelante.

—Pero eso es exactamente lo que no sabemos —adujo Erskine—. Es completamente cierto que su nombre no aparece en la lista impresa en la primera página; pero, como Cyril señalaba, ésta es más bien una prueba en favor de la existencia de Willie Hughes que en contra, si recordamos la manera tan pérfida en que abandonó a Shakespeare por un dramaturgo rival.

Discutimos la cuestión durante varias horas, pero nada de lo que dije hizo vacilar la fe de Erskine por la interpretación de Cyril Graham. Me confesó que intentaba consagrar su vida a probar la teoría y que estaba resuelto a hacerle justicia a la memoria de Cyril Graham. Le supliqué, me reí de él, le hice resaltar su insensatez, pero todo fue en vano. Al final nos separamos no precisamente reñidos, pero sí un tanto distanciados. Él me creyó limitado y yo lo juzgué estúpido. Cuando lo llamé de nuevo, su criado me dijo que se había ido a Alemania.

Dos años más tarde, cuando entraba en mi club, el conserje me entregó una carta con un sello extranjero. Era de Erskine, quien me escribía desde el Hotel d'Angleterre, de Cannes. Cuando la hube leído me quedé horrorizado, aunque no pude creer en realidad que estuviese tan loco como para realizar lo que era su propósito. El motivo de la carta era que había intentado por todos los medios comprobar la teoría de Willie Hughes y que había fracasado, y que como Cyril Graham había sacrificado su vida por esta teoría, él mismo había decidido sacrificar la suya por la misma causa. Las palabras con las que concluía la carta eran éstas: «Sigo creyendo en Willie Hughes; y cuando recibas ésta me habré dado muerte por mi mano en honor de Willie Hughes; y en honor también a Cyril Graham, a quien impulsé a la muerte por mi necio escepticismo y mi ignorante falta de fe. La verdad te ha sido revelada una vez y tú la has rechazado. Ahora vuelve a ti manchada con la sangre de dos vidas; no le vuelvas la espalda».

Fue un momento horrible. Me sentí enfermo de angustia, y, sin embargo, no me lo podía creer. Morir por una creencia teológica es el peor uso que el hombre puede hacer de su vida, pero morir por una teoría literaria me parecía imposible.

Miré la fecha. Estaba escrita una semana antes. Alguna desafortunada casualidad me había prevenido de ir al club durante varios días; de lo contrario, podría haberla tenido a tiempo de salvarlo. Quizá no era demasiado tarde. Me dirigí a mis habitaciones, hice el equipaje y me encaminé a Charing Cross a coger el tren de la noche. El viaje fue insoportable. Pensé que no llegaba nunca. Tan pronto llegué me dirigí al Hotel d'Angleterre. Me dijeron que Erskine había sido enterrado hacía dos días en

el cementerio inglés. Había algo terriblemente grotesco en aquella tragedia. Proferí toda clase de palabras incoherentes, y la gente del vestíbulo me miraba con curiosidad.

De repente lady Erskine, de luto riguroso, atravesó el vestíbulo. Cuando me vio acudió a mi encuentro, murmuró algo acerca de su pobre hijo y estalló en lágrimas. La conduje a su habitación. Un señor viejo estaba allí esperándola. Era un médico inglés.

Hablamos mucho acerca de Erskine, pero no dije nada del motivo que lo había impulsado a suicidarse. Era evidente que él no le había dicho nada a su madre acerca de las razones que lo habían llamado a cometer un acto tan funesto e insensato. Al final, lady Erskine se levantó y dijo:

—George le ha dejado algo como recuerdo. Era una cosa que él tenía en gran estima. Se la voy a dar.

En cuanto ella abandonó la habitación, me volví hacia el médico y dije:

—¡Qué terrible conmoción debe de haber sido para lady Erskine! Me sorprende que lo soporte con tanta serenidad.

—Oh, sabía desde hacía meses lo que iba a suceder —contestó.

—¿Que lo sabía hacía meses? —exclamé—. ¿Y por qué no lo detuvo? ¿Por qué no le vigiló? Debía de estar loco.

El doctor me miró asombrado.

—No comprendo lo que usted quiere decir —dijo.

—Pues —exclamé— que si una madre sabe que su hijo se va a suicidar...

—¿Suicidar? —contestó—. El pobre Erskine no se suicidó. Ha muerto de tuberculosis. Vino aquí para morir. Desde el momento en que lo vi, comprendí que no había esperanza. Tenía un pulmón destrozado y el otro muy dañado. Tres días antes de morir, me preguntó si quedaba alguna esperanza. Le dije francamente que no había ninguna y que tan sólo le quedaban unos días de vida. Escribió algunas cartas, y estaba completamente resignado. Conservó la lucidez hasta el final.

En aquel momento, lady Erskine entró en la habitación con el retrato fatal de Willie Hughes en la mano.

—En su lecho de muerte, George me pidió que le diera esto a usted —dijo.

Al cogerlo, sus lágrimas cayeron en mi mano.

El retrato está colgado ahora en mi biblioteca, donde causa auténtica admiración entre mis amigos artistas. Han decidido que no es un Clouet, sino un Ouvry. Nunca me he preocupado de contarles su verdadera historia. Pero a veces, cuando lo miro, creo que se podría hablar largo y tendido de la teoría de Willie Hughes sobre los sonetos de Shakespeare.

Una casa de granadas

1892

EL JOVEN REY

ERA LA noche anterior al día fijado para su coronación, y el joven rey estaba solo en su bella habitación. Sus cortesanos lo habían dejado, inclinando la cabeza casi hasta el suelo, según la ceremonia al uso en la época, y se habían retirado al gran salón del palacio para recibir las últimas lecciones del profesor de etiqueta. Algunos de ellos aún poseían modales naturales, lo cual —no necesito decirlo— es un defecto muy grave en el caso de un cortesano.

El adolescente, porque era sólo un adolescente de dieciséis años, no lamentaba su soledad, y se dejó caer con un suspiro de alivio sobre los cojines mullidos de un sofá bordado. Permaneció allí con la mirada extraviada y la boca abierta, como un oscuro fauno del bosque o algún viejo animal de la selva a quien hubieran capturado los cazadores.

Y lo cierto era que los cazadores lo habían atrapado. Lo habían descubierto casi por casualidad cuando, con las piernas desnudas y una vara en la mano, seguía al rebaño del pobre pastor que lo había criado y cuyo hijo había él creído ser. Era hijo de la única hija del viejo rey, que había celebrado un matrimonio secreto con alguien de clase inferior. Un extranjero, decían algunos, que gracias al sonido mágico y maravilloso de su laúd había hecho que la princesa lo amara. No obstante, otros hablaban de un artista de Rímini, a quien la princesa mostró mucho favor, quizá demasiado, y que de repente había desaparecido de la ciudad, dejando sin terminar su

trabajo en la catedral. Y cuando tenía una semana de edad lo arrebataron del lado de su madre mientras ésta dormía, y lo pusieron bajo la tutela de un vulgar pastor y su esposa, los cuales no tenían hijos y vivían en un lugar solitario del bosque a más de un día de camino a caballo desde la ciudad. El sufrimiento o la peste, como dijo el médico de la corte, o un mortal veneno italiano administrado en un vaso de vino, como sugirieron algunos, acabó con la vida de la blanca muchacha que le había dado el ser una hora después de despertar, y mientras el mensajero que llevaba al niño bajaba de su caballo y llamaba a la tosca puerta de la cabaña de los pastores, el cuerpo de la princesa era introducido en una fosa que había sido cavada en un cementerio solitario, más allá de las puertas de la ciudad, una fosa en la que se dijo que yacía otro cuerpo, el de un joven de maravillosa y extraña belleza, cuyas manos estaban atadas a la espalda con una fuerte cuerda y cuyo pecho estaba lleno de rojas heridas.

Al menos, ésa era la historia que corrió de boca en boca. Lo cierto fue que el viejo rey, ya en su lecho de muerte, o bien movido por el remordimiento de su gran pecado, o bien simplemente deseando que el reinado no pasara a manos de otra dinastía, había mandado traer al joven y, en presencia del concilio, lo había reconocido como su heredero.

Y parece ser que, desde el primer momento, a partir de este acto, el joven hizo notar esa extraña pasión por la belleza que estaba destinada a ejercer tan gran influencia en su vida. Los que lo acompañaron a las habitaciones que se pusieron a su servicio solían hablar del grito de placer que salió de sus labios cuando vio las delicadas vestiduras y las ricas joyas que allí le esperaban, y la casi feroz alegría con que se quitó la chaquetilla de cuero y la capa de piel de cordero. Sin embargo, a veces sentía nostalgia de la libertad de la vida en el bosque, y siempre intentaba escapar de las aburridas ceremonias de la corte, que lo ocupaban gran parte del día, pero el maravilloso palacio —*Joyeuse,* como lo llamaban— del que ahora era dueño y señor le parecía un nuevo mundo hecho para su deleite. Tan pronto como podía escapar de las sesiones del concilio o de las del salón de audiencias, bajaba corriendo la gran escalera, con sus leones de bronce dorado y sus peldaños de brillante pórfido, y correteaba de habitación en habitación, de pasillo en pasillo como si quisiera encontrar en la belleza un remedio para su dolor, una especie de medicina para una enfermedad.

En estos viajes de descubrimiento, como él los llamaba, y, ciertamente, para él eran verdaderos viajes a través de una tierra maravillosa, a veces lo acompañaban los esbeltos y rubios pajes de la corte, con sus capas ondulantes y sus cintas de vivos colores; pero con más frecuencia iba solo, pues sentía de manera instintiva que casi era adivinación que los secretos del arte se aprenden mejor en secreto, y que la belleza, como la sabiduría, favorece más al adorador solitario.

* * *

De él se contaban, en aquella época de su vida, muchas historias curiosas. Se dijo que un grueso burgomaestre que había ido a decir un florido discurso en representación de todos los ciudadanos lo había visto arrodillado, en verdadera actitud de adoración, ante un gran cuadro que acababa de llegar de Venecia, lo cual parecía anunciar el culto a nuevos dioses. En otra ocasión se había perdido durante varias horas, y después de una larga búsqueda lo encontraron en una pequeña habitación de uno de los torreones del ala norte del palacio contemplando, como si estuviera en éxtasis, una gema griega tallada con la figura de Adonis. Lo habían visto, según se murmuró, besando con sus ardientes labios la frente de una estatua antigua que se descubrió junto al río al edificar el puente de piedra, la cual llevaba esculpido el nombre del esclavo bitinio de Adriano. Pasó una noche entera observando el efecto que producían los rayos de luna sobre una imagen de plata de Endimión.

Todas las cosas raras y costosas ejercían ciertamente una gran fascinación sobre él, y en su ansia por procurárselas había enviado a muchos mercaderes: algunos, a comprarles ámbar a los rudos pescadores de los mares del Norte; otros, a Egipto, a buscar esa curiosa turquesa verde que sólo se encontraba en las tumbas de los reyes y que se decía que poseía propiedades mágicas; otros, a Persia, para traer alfombras de seda y cerámica pintada, y otros, a la India, a comprar gasas, marfiles satinados, piedras lunares y brazaletes de jade, madera de sándalo, esmaltes azules y chales de lana fina.

Pero lo que más le preocupaba eran el manto que iba a llevar en la coronación, un manto tejido en oro, la corona de rubíes y el cetro con sus hileras y anillos de perlas. La realidad era que en eso pensaba aquella noche, mientras estaba tumbado en el lujoso sofá, observando el gran tronco de pino que se quemaba en la chimenea. Los diseños, que habían confeccionado las manos de los artistas más famosos de la época, fueron sometidos a su conformidad muchos meses. Había ordenado a los artesanos que trabajaran en su confección día y noche y que se buscaran por todo el mundo joyas dignas de estos trabajos. Se imaginó a sí mismo en el gran altar de la catedral con su indumentaria de rey, y una sonrisa entreabrió sus juveniles labios, e hizo brillar con intensidad sus oscuros ojos.

Al cabo de un rato se levantó de su asiento y, apoyándose en las tallas de la chimenea, empezó a observar la habitación débilmente iluminada. De las paredes colgaban ricos tapices que representaban el triunfo de la belleza. Un gran armario incrustado con ágatas y lapislázuli ocupaba un rincón, y frente a la ventana había un curioso escritorio con paneles laqueados y mosaicos de oro, sobre el cual estaban colocadas unas delicadas copas venecianas y un recipiente de ónice con vetas oscuras. Había unas pálidas amapolas bordadas sobre la colcha de seda de la cama, como si se hubieran caído de las cansadas manos del sueño, y unas esbeltas columnas de marfil sujetaban el dosel de terciopelo, coronado con grandes plumas de avestruz, blancas como la espuma, y se recortaban ante la pálida plata del techo. Un riente Narciso de bronce verde sujetaba un espejo encima de su cabeza. Sobre la mesa había un gran jarro de amatista.

Por la ventana podía ver la gran cúpula de la catedral, que sobresalía de entre las casas en sombras y los cansados centinelas que paseaban de un lado a otro de la terraza que daba al río. Lejos, en un huerto, cantaba un ruiseñor. Un ligero perfume de jazmines entraba por la ventana abierta. Se echó hacia atrás los negros cabellos y, cogiendo un laúd, dejó que sus dedos vagaran por las cuerdas. Los párpados le pesaban, y un extraño sopor lo invadió. Nunca había sentido antes con tanta sensibilidad y exquisita alegría la magia y el misterio de las cosas bellas.

Cuando sonó la medianoche en el reloj de la torre, tocó una campanilla y entraron sus pajes, que lo desvistieron con mucha ceremonia, derramaron agua de rosas en sus manos y dejaron flores en su almohada. Se quedó dormido al poco tiempo de marcharse todos.

Y soñó, y éste fue su sueño:

Creyó estar en un ático grande y de techo bajo, entre el ronroneo y el tecleo de muchos telares. La débil luz diurna entraba a través de unos ventanales y lo dejaba ver las figuras de los demacrados tejedores inclinados sobre su telar. Unos pálidos niños de aspecto enfermizo permanecían en cuclillas sobre los grandes soportes. Cuando las lanzaderas se movían a través de la urdimbre levantaban los pesados bastidores, y cuando las lanzaderas se detenían, los bastidores también se detenían y juntaban los hilos. Los rostros estaban consumidos por el hambre y las flacas manos temblaban. Había una huraña mujer sentada junto a una mesa de costura. Un horrible hedor llenaba el cuarto. El aire era denso y pesado, y las paredes estaban manchadas por la humedad.

El joven rey se dirigió hacia uno de los tejedores y se detuvo junto a él, observándolo.

Y el tejedor lo miró con dureza y dijo:

—¿Por qué me miras así? ¿Eres un espía enviado por nuestro amo?

—¿Quién es vuestro amo? —preguntó el joven rey.

—¡Nuestro amo! —exclamó el tejedor con amargura—. Es un hombre como yo. A decir verdad, no hay diferencia entre nosotros, pero él lleva bellos ropajes mientras que yo voy con harapos, y, mientras yo estoy muerto de hambre, él está sobrealimentado.

—El país es libre —dijo el joven rey—, y tú no eres un esclavo.

—En la guerra —contestó el tejedor— el fuerte esclaviza al débil, y en la paz el rico esclaviza al pobre. Nosotros tenemos que trabajar para vivir y ellos nos dan unos salarios tan miserables que nos morimos. Trabajamos para ellos todo el largo día y ellos almacenan el oro en sus cofres, mientras nuestros hijos se debilitan y los rostros de los seres que amamos se hacen duros y malos. Pisamos las uvas y otros se beben el vino. Sembramos el trigo, pero nuestros estómagos están vacíos. Estamos encadenados, aunque nadie se da cuenta, y somos esclavos, aunque los hombres nos llamen libres.

—¿Y pasa así con todos? —preguntó el joven rey.

—Así ocurre con todos —contestó el tejedor—: con los jóvenes y con los viejos, con las mujeres y con los hombres, con los niños pequeños y con aquéllos a quienes ha arrugado la edad. Los mercaderes nos oprimen y tenemos que obedecer sus mandatos. El sacerdote pasa junto a nosotros repasando las cuentas del rosario, pero nadie se preocupa en absoluto por nosotros. Por nuestras calles, sin sol se arrastra la pobreza con sus ojos de hambre, y el pecado con su rostro maligno la sigue de cerca. La miseria nos despierta por la mañana y la vergüenza se acuesta con nosotros por la noche. Pero ¿qué te importan a ti estas cosas? No eres uno de los nuestros. Tu rostro es demasiado feliz.

Y con el entrecejo fruncido se volvió, cruzó la lanzadera a través de la urdimbre, y el joven rey vio que los hilos eran de oro.

Y un gran terror se apoderó de él, y le dijo al tejedor:

—¿Qué manto es ése que estás tejiendo?

—Es el que llevará el joven rey en la coronación —contestó él—. Pero ¿qué te importa a ti?

Y el joven rey lanzó un fuerte grito y se despertó, viendo que estaba en su habitación, contemplando a través de la ventana la gran luna color de miel que parecía estar suspendida en el aire.

* * *

Se durmió otra vez y soñó, y éste fue su sueño:

Creyó estar tumbado sobre la cubierta de una gran galera que conducían cien esclavos. A su lado, en una alfombra, estaba sentado el capitán de la embarcación. Era negro como el ébano, y su turbante era de seda carmesí. Unos grandes anillos de plata colgaban de los espesos lóbulos de sus orejas, y en sus manos tenía una balanza de marfil.

Los esclavos estaban semidesnudos, pues sólo llevaban un pequeño taparrabos, y cada uno estaba encadenado al que se hallaba junto a él. El sol ardía y brillaba sobre ellos, y unos negros corrían de un lado a otro dándoles latigazos. Ellos estiraban los brazos e impulsaban los pesados remos en el agua, que al hundirse hacían saltar espuma.

Por fin llegaron a una pequeña bahía y empezaron a hacer sondeos. Un ligero vientecillo soplaba dejando una fina capa de polvo rojizo sobre la cubierta. Tres árabes montados sobre asnos salvajes cabalgaron hacia ellos y les arrojaron lanzas. El capitán de la galera cogió un arco pintado y disparó una flecha hacia uno de ellos; se la clavó en el cuello. El hombre cayó pesadamente sobre la arena y sus compañeros se marcharon. Una mujer tocada con un velo amarillo los siguió lentamente sobre un camello. De cuando en cuando miraba hacia atrás en dirección al cadáver.

Tan pronto como echaron el ancla y arriaron la vela, los negros bajaron a la bodega y subieron una larga escala de cuerda lastrada con plomo. El capitán de la galera la arrojó por la borda, después de haber enganchado el extremo en dos puntales de hierro. Después, los negros cogieron al más joven de los esclavos, le quitaron los grilletes, taponaron sus oídos y su nariz con cera y ataron una gran piedra a su cintura. Con aire cansado descendió por la escala y desapareció en el mar. Unas cuantas burbujas se levantaron del lugar donde se había zambullido. Algunos de los otros esclavos miraron con curiosidad hacia aquel lado. En la proa de la galera estaba sentado un encantador de tiburones que golpeaba monótonamente un tambor para alejarlos.

Al cabo de un tiempo, el joven surgió del agua y se aferró a la escala llevando una perla en la mano derecha. Los negros la cogieron y volvieron a arrojarlo al agua. Los esclavos se quedaron dormidos sobre los remos.

El joven subió una y otra vez, y siempre llevaba una bella perla. El capitán de la galera las pesaba y las metía en un pequeño saco de cuero verde.

El joven rey intentó hablar, pero la lengua parecía haberse pegado al paladar y sus labios se negaban a moverse. Los negros charlaban entre ellos y empezaron a reñir por unas pocas cuentas de vivos colores. Dos grullas revoloteaban alrededor de la embarcación.

Entonces el joven subió por última vez, y la perla que llevaba era más bella que todas las perlas de Ormuz, porque tenía forma de luna llena y era más blanca que la estrella matutina. Pero su cara se puso extrañamente pálida y se derrumbó sobre la cubierta, echando sangre por los oídos y la nariz. Se convulsionó un poco y después se quedó quieto. Los negros lo cogieron por los hombros y arrojaron el cadáver al agua.

Y el capitán de la galera se echó a reír, cogió la perla y, cuando la vio, se la puso junto a la frente e hizo una inclinación.

—Será —dijo—para el cetro del joven rey.

E hizo una señal a los negros para que levaran el ancla.

Y cuando el joven rey oyó esto dio un fuerte grito y se despertó, y a través de la ventana contempló los largos dedos grisáceos del amanecer que hacían esconderse a las estrellas.

* * *

Y volvió a dormirse, y soñó, y éste fue su sueño:

Creyó que caminaba por un bosque sombrío, lleno de extrañas frutas y de bellas flores venenosas. Las víboras silbaban a su paso y loros de brillante plumaje saltaban de rama en rama. Unas grandes tortugas dormían sobre el barro caliente. Los árboles estaban llenos de monos y pavos reales.

Caminó y caminó hasta llegar al borde del bosque, y allí vio una inmensa multitud de hombres que trabajaban en el lecho de un río seco. Se movían como hormigas. Cavaban profundos agujeros en la tierra y se metían en ellos. Algunos partían roca con grandes hachas y otros recogían arena. Arrancaban cactus por la raíz y pisoteaban las flores escarlata. Corrían y se llamaban unos a otros, y ninguno estaba desocupado.

En la oscuridad de una cueva, la muerte y la avaricia los observaban.

Y la muerte dijo:

—Estoy cansada. Dame la tercera parte de ellos y me marcharé.

Pero la avaricia movió la cabeza.

—Son mis criados —contestó.

Y la muerte replicó:

—¿Qué tienes en la mano?

—Tengo tres granos de trigo —contestó—; pero ¿a ti qué te importa?

—Dame uno —exclamó la muerte— para plantarlo en mi jardín; sólo uno y me marcharé.

—No te daré nada —respondió la avaricia, y escondió la mano bajo su sudario.

Y la muerte se echó a reír, y cogió una copa, y vertió su contenido en un charco de agua, y del charco surgió el paludismo. Pasó entre la enorme multitud y una tercera parte cayó muerta. Una fría neblina la seguía, y las culebras corrían a su lado.

Y cuando la avaricia vio que la tercera parte de la multitud había muerto, se golpeó el pecho y se echó a llorar. Golpeó sus senos estériles y exclamó en voz alta:

—Me has arrebatado la tercera parte de mis servidores. Vete ya. Hay guerra en las montañas de Tartaria, y los reyes de ambos bandos te llaman. En Afganistán han matado al toro negro, y todos marchan al combate. Han golpeado sus escudos con las lanzas y se han puesto el casco de acero. ¿Por qué sigues más tiempo en mi valle? Vete y no regreses más.

—No —contestó la muerte—. Si no me das un grano de trigo, no me iré.

Pero la avaricia cerró la mano e hizo rechinar los dientes.

—No te daré nada —susurró.

Y la muerte se echó a reír, y cogió una piedra negra y la arrojó al bosque, y de entre un macizo de cicuta silvestre salió la fiebre con traje de llamas. Pasó a través de la multitud y la tocó, y cada hombre que fue tocado murió. La hierba se fue quedando seca por los sitios en que sus pies se posaban.

Y la avaricia se estremeció y llenó de cenizas su cabeza.

—Eres cruel —exclamó—, eres cruel. Hay hambre en las ciudades amuralladas de la India y las cisternas de Samarcanda se han secado. Hay hambre en las ciudades amuralladas de Egipto y las langostas han llegado al desierto. El Nilo se ha desbordado y los sacerdotes han renegado de Isis y Osiris. Vete con los que te necesitan y déjame a mis servidores.

—No —contestó la muerte—. Si no me das un grano de trigo, no me iré.

—No te daré nada —replicó la avaricia.

Y la muerte volvió a echarse a reír y, llevándose los dedos a la boca, lanzó un silbido y acudió volando una mujer por el aire. Sobre su frente se leía un nombre, Peste, y muchos buitres volaban a su alrededor. Cubrió el valle con sus alas y ningún hombre quedó vivo.

Y la avaricia se marchó aullando por el bosque, y la muerte se subió a su caballo rojo y se marchó, y su galopada era más veloz que el viento. Y del lado que cubría el valle surgieron dragones y seres horribles, y los chacales acudieron corriendo por la arena mientras olfateaban el aire con sus hocicos.

Y el joven rey lloró y dijo:

—¿Quiénes eran esos hombres y qué estaban buscando?

—Buscaban rubíes para la corona de un rey —contestó alguien que había a su espalda.

Y el joven rey se estremeció y, volviéndose, vio a un hombre con hábito de peregrino que tenía en su mano un espejo de plata.

Y él se puso pálido y preguntó:

—¿Para qué rey?

Y el peregrino contestó:

—Mira en este espejo y lo verás.

Y él miró en el espejo y, al ver su propio rostro, dio un fuerte grito y se despertó, y la brillante luz del sol inundaba su habitación, y en los árboles del jardín los pájaros cantaban.

* * *

Y el chambelán y los altos jefes del Estado entraron y se inclinaron ante él, y los pajes le llevaron el manto tejido con oro y pusieron la corona y el cetro ante él.

Y el joven rey los miró y eran muy bellos. Más bellos que todo lo que jamás hubiera visto. Pero recordó sus sueños y les dijo a sus cortesanos:

—Llevaos estas cosas, porque no las usaré.

Y los cortesanos se asombraron y algunos rieron, porque creían que estaba de broma.

Pero les habló de nuevo con tono severo, y dijo:

—Llevaos estas cosas y escondedlas. Aunque sea el día de mi coronación, no las llevaré. Porque mi túnica ha sido tejida en el telar de la tristeza y con las manos del dolor. Hay sangre en el corazón de los rubíes y muerte en el de las perlas.

Y les contó sus tres sueños.

Y cuando los cortesanos lo oyeron, se miraron entre sí y murmuraron, diciendo:

—Seguramente está loco. ¿Qué es un sueño sino sólo un sueño, y una visión sino sólo una visión? No son cosas reales. ¿Y qué tenemos que ver con la vida de los que trabajan para nosotros? ¿Es que no se puede comer pan hasta no haber visto al sembrador, ni vino hasta no haber visto al vinatero?

Y el chambelán le habló al joven rey y le dijo:

—Mi señor, os ruego que desechéis esos pensamientos y os pongáis este bello manto y cubráis vuestra cabeza con esta corona. ¿Cómo sabrá la gente que sois el rey si no lleváis vestiduras de rey?

Y el joven rey lo miró.

—¿Es cierto eso? —preguntó—. ¿No me reconocerían si no llevara las vestiduras de rey?

—No os reconocerían, señor —exclamó el chambelán.

—Creí que había hombres que era imposible confundir por su realeza —contestó—; pero puede que sea como tú dices. Sin embargo, no llevaré este manto ni ceñiré esta corona, sino que saldré del palacio tal como llegué a él.

Y les pidió a todos que se retiraran, excepto a un paje a quien eligió por compañero, un joven que tenía un año menos que él. Después de bañarse en agua clara, abrió un gran cofre pintado y de él sacó las vestiduras de piel y cuero que llevó durante el tiempo que estuvo cuidando las flacas ovejas del cabrero. Se las puso y tomó en su mano el cayado de pastor.

Y el pequeño paje abrió sus grandes ojos azules con asombro, y dijo sonriendo:

—Mi señor, veo el manto y el cetro, pero ¿dónde está la corona?

Y el joven rey arrancó una rama de la enredadera que trepaba por el balcón y, haciendo un círculo con ella, se la puso sobre la cabeza.

—Ésta será mi corona —dijo.

Y ataviado de esta forma salió al gran salón, donde los nobles estaban esperándolo.

Y los nobles rieron, y uno le gritó:

—Mi señor, la gente espera a su rey y vos le vais a mostrar a un mendigo.

Y otros protestaban, diciendo:

—Trae la vergüenza sobre nuestro Estado y es indigno de ser nuestro señor.

Pero él no contestó ni una palabra. Pasó junto a ellos y bajó por la brillante escalera de pórfido y, atravesando las puertas de bronce, montó en su caballo y cabalgó hacia la catedral, y el joven paje iba tras él.

Y la gente se reía y decía:

—Es el bufón del rey el que va cabalgando.

Y se burlaban de él.

Y él tiró de las riendas y dijo:

—No; soy el rey.

Y les contó sus tres sueños.

Y un hombre salió de entre la gente y le habló con amargura, y le dijo:

—Señor, ¿no sabéis que el lujo del rico le da la vida al pobre? Nos nutrimos de su pompa y sus vicios nos dan el pan. Trabajar para un amo es amargo, pero no tener amo para quien trabajar es más amargo todavía. ¿Creéis que los buitres nos darán de comer? ¿Y qué solución tenéis para estas cosas? ¿Iréis a decirle al comprador: «Comprarás por tanto dinero», y al vendedor: «Venderás por este precio»? Creo que no. Así que regresad al palacio y poneos vuestras vestiduras de púrpura y suave lino. ¿Qué os importamos nosotros y nuestro sufrimiento?

—¿No son hermanos el rico y el pobre? —preguntó el joven rey.

—Claro —contestó el hombre—, y el nombre del hermano rico es Caín.

Y los ojos del joven rey se llenaron de lágrimas, se alejó cabalgando entre las murmuraciones de la gente, y el pequeño paje, asustado, lo abandonó.

Y cuando llegó a la gran puerta de la catedral, los soldados cruzaron sus lanzas impidiéndole el paso y dijeron:

—¿Qué buscas aquí? Sólo el rey puede atravesar esta puerta.

Y su rostro adoptó un gesto iracundo y les replicó:

—Yo soy el rey.

Y echó a un lado sus lanzas y pasó.

Y cuando el viejo obispo lo vio entrar con sus ropas de pastor, se levantó asombrado de su trono y fue a su encuentro y le dijo:

—Hijo mío: ¿es ésta la apariencia de un rey? ¿Con qué voy a coronaros y qué cetro pondré en vuestra mano? Éste debería ser para vos un día de alegría y no un día de humillación.

—¿Puede vestir la alegría lo que el dolor ha realizado? —preguntó el joven rey.

Y le contó sus tres sueños.

Y cuando el obispo lo hubo oído, frunció las cejas y dijo:

—Hijo mío, soy un viejo y estoy en el invierno de mis días, y sé que ocurren muchas cosas malas en el ancho mundo. Los feroces ladrones bajan de las montañas y se llevan a los niños pequeños para vendérselos a los moros. Los leones esperan a las caravanas y saltan sobre los camellos. El jabalí salvaje arranca el trigo en los valles y las zorras se comen las viñas de las colinas. Los piratas merodean la costa y atacan los barcos de los pescadores, llevándose sus redes. En los lugares apartados viven los leprosos; tienen casas de caña y nadie puede acercarse a ellos. Los mendigos vagan por las ciudades y se comen los desperdicios tirados para los perros. ¿Qué podéis hacer vos para que estas cosas no ocurran? ¿Dormiríais con el leproso y sentaríais al mendigo en vuestra mesa? ¿Podríais hacer que el león y el jabalí salvaje os obedecieran? ¿No es el que creó la miseria más sabio que vos? Por eso os ruego que no hagáis esto y volváis al palacio, y os alegréis, y os pongáis las vestiduras de rey, y traigáis la corona de oro que yo os he de ceñir y el cetro de perlas que debe sujetar vuestra mano. Y en cuanto a vuestros sueños, no penséis más en ellos. El peso de este mundo es demasiado grande para que un solo hombre pueda soportarlo, y la tristeza del mundo, demasiado fuerte para que un solo corazón pueda sufrirla.

—¿Dices eso en esta casa? —preguntó el joven rey.

Y pasó junto al obispo, subió los peldaños del altar y se detuvo ante la imagen de Cristo.

Se detuvo ante la imagen de Cristo, y a derecha e izquierda estaban las maravillosas copas de oro, el cáliz con el vino amarillo y los recipientes de los santos óleos. Se arrodilló ante la imagen de Cristo, y los grandes candelabros ardieron esplendorosamente con mucho brillo ante el enjoyado altar, y el humo del incienso se elevó en finas volutas azules hacia lo alto de la cúpula. Inclinó la cabeza y empezó a rezar, y los sacerdotes, con sus tiesos ropajes, se marcharon del altar.

Y de repente llegó un gran tumulto desde la calle, y al poco entraron los nobles con las espadas desenvainadas y los escudos de brillante acero.

—¿Dónde está ese soñador de sueños? —gritaban—. ¿Dónde está ese rey que aparece como un mendigo, ése que trae la vergüenza sobre nuestro Estado? En verdad que debemos matarlo, pues es indigno de gobernarnos.

Y el joven rey inclinó otra vez la cabeza y rezó, y cuando hubo terminado su oración se levantó y, volviéndose, los miró con gesto triste.

Y entonces, a través de las vidrieras de colores, la luz del sol cayó sobre él, y los rayos solares tejieron a su alrededor una vestidura más hermosa que aquélla que fue tejida para darle placer. El cayado seco floreció y se llenó de lirios más blancos que las perlas. La seca rama de madreselva también floreció y de ella brotaron rosas más rojas que los rubíes. Más blancos que las bellas perlas eran los lirios, y sus tallos eran de reluciente plata. Más rojas que los rubíes eran las rosas y sus hojas eran de oro batido.

Y permaneció allí, con sus vestiduras de rey, y las puertas de la urna del altar se abrieron, y del cristal de la custodia radiante salió una maravillosa y mística luz. Permaneció allí con sus vestiduras de rey, y la gloria de Dios llenó el lugar, y los santos de la catedral parecieron moverse. Con sus bellas vestiduras de rey permaneció ante ellos, y el órgano dejó sonar su música, y los trompetertos soplaron sus trompetas, y los niños del coro se pusieron a cantar.

Y la gente cayó de rodillas con temor, y los nobles envainaron sus espadas y le rindieron homenaje, y el rostro del obispo se puso pálido y sus manos temblaron.

—Uno más grande que yo os ha coronado —exclamó, y se arrodilló ante él.

Y el joven rey bajó del gran altar y regresó al palacio abriéndose paso entre toda la gente. Pero ningún hombre se atrevió a mirar su rostro, porque era el rostro de un ángel.

EL CUMPLEAÑOS DE LA INFANTA

ERA EL cumpleaños de la infanta. Tenía exactamente doce años, y el sol lucía con brillantez en los jardines del palacio.

Aunque era una princesa real e infanta de España, sólo tenía un cumpleaños una vez cada año, igual que los niños más pobres, y por eso era de gran importancia para todo el país que ella pasara un bello día en esa ocasión. Y realmente era un bello día. Los altos tulipanes moteados se erguían sobre sus tallos como largas filas de soldados y parecían desafiar a las rosas a través de la hierba, diciendo:

—Somos tan espléndidos como vosotras.

Las mariposas purpúreas movían sus alas llenas de polvillo dorado, revoloteando de flor en flor; las pequeñas lagartijas salían de las grietas de la pared y se ponían al sol, y las granadas se abrían con el calor y mostraban sus rojos corazones. Hasta los pálidos limones amarillentos que crecían con profusión junto a los enrejados y a lo largo de las arcadas parecían haber tomado un color más rico ante la maravillosa luz del sol, y las magnolias abrían sus grandes flores marfileñas y llenaban el aire con su dulce y pesado perfume.

La pequeña princesa correteaba por la terraza con sus compañeras y jugaba al escondite entre los jarros de piedra y las viejas estatuas llenas de musgo. En los días corrientes tan sólo la dejaban jugar con niños de su propio rango. Así pues, casi siempre tenía que jugar sola. Pero en su cumpleaños

se hacía una excepción, y el rey había permitido que invitase a quien quisiera, de entre sus jóvenes amigos, para que fueran a jugar con ella.

Había una gracia altiva en aquellos esbeltos niños españoles. Los muchachos, con sombreros de grandes plumas y capas cortas y ondulantes, y las muchachas, sujetándose la cola de sus largos vestidos de brocado y ocultando los ojos del sol con sus grandes abanicos negros y plateados. Pero la infanta era la más graciosa de todas y la ataviada con más gusto, a pesar de la recargada moda de la época. Su vestido era de satén gris, con la falda y las mangas bordadas en plata y el almidonado corpiño adornado con hileras de bellas perlas. Dos pequeños zapatitos con grandes rosetones le asomaban por debajo del vestido al andar. Su gran abanico era rosa y con perlas, y en su pelo, que era como una aureola de oro que rodeaba su pálida carita, llevaba una bella rosa blanca.

Desde una ventana de palacio, el triste y melancólico rey observaba a los niños. Tras él estaba su hermano, don Pedro de Aragón, a quien odiaba. El gran inquisidor de Granada, su confesor, se encontraba sentado a su lado.

El rey estaba más triste que de costumbre, porque cuando veía a la infanta inclinándose con su gravedad infantil ante los cortesanos que la saludaban, o riéndose tras el abanico de la duquesa de Alburquerque, que siempre la acompañaba, pensaba en la joven reina, su madre, que poco tiempo antes —al menos, así le parecía a él— había llegado del alegre país de Francia y se había marchitado en el sombrío esplendor de la corte española, muriendo exactamente seis meses después del nacimiento de la niña, antes que hubiera visto florecer dos veces los almendros en el huerto o recogido el fruto de la vieja higuera que había en el centro del patio, ahora cubierto de hierba. Tan grande había sido su amor por ella que no permitió que su cuerpo fuera escondido en una tumba. La embalsamó un médico moro, a quien se le perdonó la vida en pago a este servicio, pues el Santo Oficio lo había condenado por sospechar que se ejercitaba en prácticas de magia. El cuerpo de la reina yacía en un ataúd cubierto de tapices en la capilla de mármol del palacio, exactamente tal como la dejaron los monjes en aquel tempestuoso día de marzo unos doce años antes. Una vez al mes, el rey, cubierto con un manto oscuro y con una linterna sorda en la mano, entraba a arrodillarse ante ella y exclamaba: «¡Mi reina! ¡Mi reina!». Y a veces, rompiendo la severa etiqueta que en España gobernaba cada acto de la vida y hasta ponía límites a la tristeza de un rey, cogía las pálidas y enjoyadas manos con un salvaje lamento de agonía e intentaba despertar con sus locos besos el frío rostro de la difunta.

Aquel día parecía verla de nuevo tal como la vio por vez primera en el castillo de Fontainebleau, cuando él tenía quince años y ella era aún más joven. El nuncio de su santidad los había prometido formalmente en aquella ocasión en presencia del rey de Francia y de toda la corte, y él había regresado a El Escorial llevando consigo un pequeño mechón de cabello rubio y el recuerdo de los labios de una niña que se había inclinado a besarle la mano cuando subió al carruaje. Más tarde se celebró el matrimonio en Burgos, una pequeña ciudad entre los dos países, y después hicieron su gran entrada en Madrid. Con la acostumbrada celebración de un oficio en la iglesia de Nuestra Señora de Atocha y un auto de fe más solemne de lo común, en el cual los seglares entregaron a trescientos herejes, entre los cuales había varios ingleses, para ser quemados.

En verdad, la había amado locamente, hasta el punto, según opinión de muchos, de arruinar al país, entonces en guerra con Inglaterra por la posesión del Nuevo Mundo. Casi nunca le había permitido alejarse de su lado; por ella olvidó, o pareció olvidar, todos los graves asuntos del Estado. Con esa terrible ceguera que la pasión trae consigo, no se dio cuenta de que las complicadas ceremonias con las que intentaba agradarla no hicieron más que agravar la extraña enfermedad que sufría. Cuando ella murió, él estuvo como loco por algún tiempo. En verdad, no había duda de que habría abdicado formalmente y se habría retirado al gran monasterio trapense de Granada, del cual era ya prior titular, si no hubiera temido dejar a la pequeña infanta en manos de su hermano, cuya crueldad, aun en España, era notoria, y de quien se sospechaba que había causado la muerte de la reina por medio de un par de guantes envenenados que le habían regalado con ocasión de su visita al castillo de Aragón. Aun después de concluidos los tres años de luto que se ordenaron por real decreto en todos los dominios de la corona, él nunca pudo soportar que sus ministros le hablaran de un nuevo enlace, y cuando el mismo emperador le envió emisarios ofreciéndole la mano de su sobrina, la bella archiduquesa de Bolonia, los mandó regresar para decirle a su señor que el rey de España estaba ya casado con la tristeza, y que aunque era una esposa estéril, la amaba más que a la belleza. Esto le costó a la Corona las ricas provincias del norte de Europa, que poco después, por instigación del emperador, se sublevaron contra él bajo el mando de algunos fanáticos de la Iglesia reformada.

Toda su vida matrimonial, con sus ardientes alegrías y la terrible agonía de su repentino final, pareció volver a él ese día, mientras observaba a la infanta jugando en la terraza. Ella tenía toda la gracia de las bellas y petulantes maneras de la reina, la misma forma de torcer la cabeza, el mismo gesto de orgullo en sus bellos labios, la misma maravillosa sonrisa —*vrai sourire de France*— cuando levantaba la vista hacia la ventana de cuando en cuando, o al estrechar la mano de los grandes de España, que se la besaban. Pero la risa chillona de los niños le hería los oídos y la brillante luz del sol se burlaba de su dolor, y un aroma de extrañas especias, tales como las que usan los embalsamadores, pareció llenar —¿o era imaginación suya?— el aire claro de la mañana. Escondió el rostro entre las manos, y cuando la infanta miró de nuevo hacia arriba, las cortinas estaban echadas y el rey se había retirado.

Hizo una pequeña *moue* de desencanto y se encogió de hombros. Él tenía que haber estado con ella el día de su cumpleaños. ¿Qué importaban los estúpidos asuntos de Estado? ¿O se habría ido a la sombría capilla donde siempre ardían velas y donde a ella nunca se le permitía entrar? ¡Qué tonto era, cuando el sol estaba tan brillante y todo, el mundo se sentía feliz! Además, se perdería la corrida de toros que la trompeta estaba ya anunciando; por no decir nada del guiñol y de todas las otras cosas maravillosas. Su tío y el gran inquisidor eran mucho más sensatos. Ellos habían salido a la terraza y le habían hecho bonitos cumplidos. Movió su bella cabecita y, cogiendo de la mano a don Pedro, bajó las escaleras hacia el gran pabellón de seda purpúrea que se había levantado al fondo del jardín, seguida de los otros niños en estricto orden de precedencia, o sea, aquéllos que tenían los nombres más largos iban delante.

Una procesión de niños nobles, fantásticamente vestidos de toreros, salieron a su encuentro, y el joven conde de Tierra Nueva, un muchacho maravillosamente guapo, de unos catorce años, se quitó el sombrero con toda la gracia de un hidalgo de nacimiento y de un grande de España, y la condujo con toda solemnidad hasta un pequeño sillón dorado y marfileño situado en una tarima, dominando la arena. Las niñas se agruparon a su alrededor agitando sus grandes abanicos y cuchicheando entre sí, mientras don Pedro y el gran inquisidor permanecieron junto a la entrada riéndose. Y hasta la duquesa —la camarera mayor, como solían llamarla—, una dama delgada y de gesto severo, con una gola amarilla, no parecía tener tan mal humor como de costumbre, y una especie de sonrisa alegró su cara y curvó sus pálidos y finos labios.

Era una maravillosa corrida de toros, y mucho más bonita, pensó la infanta, que la corrida de verdad que se la llevó a ver en Sevilla con ocasión de la visita que el duque de Parma le hizo a su padre. Algunos de los muchachos correteaban sobre caballos de madera ricamente encapirotados, blandiendo largas jabalinas adornadas con cintas de vivos colores. Otros iban a pie agitando sus capas de color escarlata ante el toro y saltando con ligereza la barrera cuando éste los atacaba. En cuanto al toro, era como un toro de verdad, estaba hecho con mimbre y recubierto de piel. A veces se ponía a correr alrededor de la arena sobre sus dos patas traseras, cosa que un toro vivo no puede ni soñar en hacer. Era una corrida espléndida, y los niños estaban tan emocionados que se subieron a los bancos y empezaron a agitar sus pañuelos gritando: «¡Bravo, toro! ¡Bravo, toro!»; y lo hacían igual que si fueran personas formadas. Por fin, después de un prolongado combate, durante el cual varios caballos de madera fueron embestidos una y otra vez y sus jinetes desmontados, el joven conde de Tierra Nueva hizo arrodillarse al toro, y después de obtener permiso de la infanta para darle el *coup de grace,* hundió el estoque de madera en el cuello del animal con tanta violencia que la cabeza se desprendió, y apareció el rostro sonriente del pequeño monsieur de Lorena, hijo del embajador francés en Madrid.

Abandonaron el coso entre muchos aplausos, y dos pajes moros con libreas amarillas y negras arrastraron solemnemente los caballos muertos.

Tras un breve intermedio, durante el cual un funambulista francés hizo equilibrios sobre un cable tenso, aparecieron unas marionetas italianas que representaron una tragedia semiclásica de *Sofonisba* sobre el escenario de un pequeño teatro a tal efecto construido. La representación fue tan buena y los ademanes tan perfectamente naturales, que al final de la obra los ojos de la infanta estaban completamente llenos de lágrimas. Lo cierto fue que algunos niños lloraron de verdad y hubo que consolarlos con pasteles, y hasta el gran inquisidor quedó tan afectado que no pudo por menos que decirle a don Pedro que le parecía intolerable que unos objetos hechos tan sólo con madera y cera de colores y movidos mecánicamente con alambres pudieran ser tan desgraciados y padecer tan terribles infortunios.

A continuación salió un juglar africano que llevó una gran cesta aplastada cubierta de tela roja, se puso en el centro de la arena, sacó de su turbante una curiosa flauta de caña y se puso a soplar por ella. A los pocos momentos la tela empezó a moverse, y cuando el silbido se hizo más y más agudo, dos serpientes verdes y doradas empezaron a levantar sus extrañas cabezas en forma de cuña y subieron lentamente, balanceándose de un lado a otro al son de la música como las hierbas lo hacen en el agua. Sin embargo, los niños se asustaron bastante al ver sus cabezas moteadas y sus finas lenguas, y se divirtieron mucho más cuando el juglar hizo crecer un pequeño naranjo en la arena con hojas y frutos de verdad. Cuando cogió el abanico de la pequeña hija de la marquesa de Las Torres y lo convirtió en un pájaro azul que revoloteó cantando alrededor del pabellón, su deleite y asombro no tuvo límites. El solemne *minué* representado por los niños bailarines de la basílica de Nuestra Señora del Pilar también fue encantador. La infanta no había visto nunca esta maravillosa ceremonia, que tiene lugar todos los años en el mes de mayo frente al gran altar de la virgen y en su honor. A decir verdad, ningún miembro de la familia real española había entrado en la gran catedral de Zaragoza desde que un sacerdote loco, a quien muchos supusieron a sueldo de Isabel de Inglaterra, intentó administrarle un veneno al príncipe de Asturias. Por eso ella sólo conocía de oídas la *Danza de nuestra señora,* como solía llamarse, y ciertamente era una cosa muy bella. Los muchachos iban vestidos a la vieja moda con terciopelo blanco, y sus curiosos sombreros tricornios estaban bordeados con plata y empenachados con grandes plumas de avestruz, y la blancura de sus vestiduras cuando se movían a la luz del sol era todavía más acentuada por sus rostros morenos y sus largos y negros cabellos. A todos les fascinaba la grave dignidad con que se movían y formaban las complicadas figuras de la danza, así como la gracia de sus lentos ademanes y majestuosas reverencias. Cuando terminaron su actuación y se quitaron los grandes sombreros emplumados ante la infanta, ésta agradeció sus reverencias con mucha cortesía y les prometió que enviaría un gran candelabro con velas de cera para la Virgen del Pilar en recompensa al buen rato que le habían proporcionado.

Un grupo de bellos egipcios, como entonces se llamaba a los gitanos, entró después en el coso, y sentándose con las piernas cruzadas formando un círculo, empezaron a tocar suavemente sus cítaras, moviendo sus cuerpos al compás de la música y tarareando en tono zumbón una lenta y soñadora melodía. Cuando vieron que don Pedro estaba allí fruncieron el ceño, algunos se aterrorizaron, porque dos semanas antes había colgado a dos de su tribu en una plaza de Sevilla acusándolos de brujería. Pero la infanta los encantó cuando la vieron recostarse hacia atrás y asomar sus grandes ojos azules por encima del abanico, y se sintieron seguros de que una persona tan maravillosa como ella no podría nunca ser cruel con nadie. Por eso se comportaron con enorme gentileza y tocaron las cuerdas de sus cítaras con sus largas y puntiagudas uñas, y movieron las cabezas como si los invadiera el sueño. De repente, con un grito tan agudo que todos los niños se estremecieron y don Pedro se llevó la mano a la empuñadura de ágata de su cuchillo, todos dieron un salto y empezaron a danzar salvajemente alrededor de la arena golpeando sus panderetas y cantando una ardiente melodía de amor con su extraño y gutural lenguaje. Después, a otra señal, se sentaron de nuevo en el suelo y permanecieron allí completamente inmóviles, dejando que el sonido de sus cítaras fuera lo único que rompiese el silencio. Una vez hecho esto varias veces, desaparecieron y regresaron portando de una cadena a un oso pardo y llevando sobre los hombros unos pequeños monos árabes. El oso se puso cabeza abajo con la máxima gravedad y los monos hicieron toda la clase de juegos y saltos con dos muchachos gitanos que parecían ser sus dueños; lucharon con finas espadas, dispararon pistolas y desfilaron tal como lo hacían los soldados del cuerpo de guardia del rey. En resumen, los gitanos fueron un gran acontecimiento.

Pero la parte más entretenida de todos los festejos fue sin duda la danza del pequeño enano. Cuando entró saltando en el coso y balanceando su grande y deforme cabeza, los niños empezaron a gritar de gozo y la misma infanta rio tanto que la camarera se vio obligada a recordarle que, aunque había muchos precedentes en España de que la hija de un rey llorase ante sus iguales, no había ninguno de que una princesa de sangre real mostrara tanto alborozo ante los que, por su nacimiento, eran inferiores a ella. Sin embargo, el enano era irresistible, y ni aun en la corte española, célebre por la pasión que demostraba a lo horrible, se había visto jamás un pequeño monstruo tan fantástico. Además, era su primera aparición. Lo habían descubierto el día anterior, mientras corría locamente por el bosque, dos nobles que cazaban en un lugar apartado del gran bosque de alcornoques que rodeaba la ciudad, y lo habían llevado al palacio para darle una sorpresa a la infanta. Su padre, que era un pobre fogonero, estaba muy satisfecho de que se llevaran a un niño tan feo e inútil. La cosa más divertida de él era quizás el completo desconocimiento que poseía de su grotesca apariencia. A decir verdad, parecía muy feliz y alegre. Cuando los niños reían, él reía tan libre y alegremente como ellos, y al final de cada danza les hacía las más divertidas reverencias, sonriendo y saludándolos como si realmente fuera uno de ellos y no una pequeña cosa deforme, que la naturaleza, en un rasgo de humor, había creado para que se burlaran los demás. En cuanto a la infanta, lo fascinaba por completo. No podía apartar sus ojos de ella y parecía danzar para ella sola, y al terminar su actuación, recordando que ella había visto a las grandes damas de la corte arrojar flores a Caffarelli, el famoso cantante italiano que el papa había enviado a Madrid creyendo poder curar la melancolía del rey con la dulzura de su voz, se quitó del pelo la bella rosa blanca y, en parte como broma y en parte para fastidiar a la camarera, se la arrojó a la arena con su sonrisa más dulce. Él la cogió muy serio y la apretó contra sus ásperos labios, y se llevó una mano al corazón; después se arrodilló ante la infanta sonriendo de oreja a oreja y con sus pequeños y brillantes ojos reluciendo de placer.

Esto divirtió tanto a la infanta que se estuvo riendo hasta mucho tiempo después de que el enano abandonase la arena y le expuso a su tío el deseo de que repitiera la danza de inmediato. Sin embargo, la camarera, con el pretexto de que el sol calentaba demasiado, decidió que sería mejor que su alteza volviera al palacio, donde se le había preparado un maravilloso festín, que incluía un gran pastel de cumpleaños con sus iniciales grabadas en azúcar y una bella bandera de plata en lo alto. La infanta se levantó con mucha dignidad y, ordenando que el pequeño enano danzara para ella después de la hora de la siesta, dio las gracias al joven conde de Tierra Nueva por su encantadora recepción y regresó a sus habitaciones seguida de los niños, que marchaban en el mismo orden en que habían llegado.

* * *

Cuando el enano oyó que tenía que danzar por segunda vez ante la infanta, y por propio deseo de ella, se puso tan orgulloso que corrió por el jardín besando la blanca rosa en un absurdo éxtasis de placer, haciendo los más ridículos y grotescos ademanes de alegría. Las flores se indignaron mucho cuando lo vieron entrometerse en su bella mansión, y cuando lo vieron saltar y brincar por la arena agitando los brazos de una forma tan ridícula, no pudieron contenerse por más tiempo.

—Es demasiado feo para que se le consienta jugar en el sitio donde estamos nosotros —exclamaron los tulipanes.

—Debería beber jugo de adormideras y quedarse dormido durante mil años —dijeron los grandes lirios escarlatas, llenos de indignación.

—¡Es un ser horrible! —exclamaron los cactus—. Es deforme y grotesco y tiene la cabeza completamente desproporcionada con relación a las piernas. Realmente, hace que se ericen mis espinas, y si se acerca a mí lo pincharé con ellas.

—Y lleva una de mis mejores flores —exclamó el rosal blanco—. Se la di a la infanta esta mañana como regalo de cumpleaños, y él se la ha robado. —Y empezó a gritar—: ¡Ladrón, ladrón, ladrón! —Y lo hizo lo más alto que pudo.

Hasta los geranios rojos, que por lo general no se daban importancia y tenían muchos parientes pobres, se curvaron disgustados al verlo, y cuando las violetas dijeron con humildad que aunque ciertamente era muy feo, él no podía evitarlo, se les replicó con mucha justicia que ése era su principal defecto y que no había razón para mirar a una persona porque tuviera un defecto incurable. Lo cierto es que algunas de las mismas violetas pensaron que el enanito casi hacía ostentación de su fealdad, y que habría mostrado mucho más gusto poniéndose triste, o al menos melancólico, en vez de saltar alegremente y mostrar esas grotescas y tontas actitudes.

En cuanto al viejo reloj de sol, que era un individuo extremadamente notable, y que le había dado la hora nada menos que al emperador Carlos V en persona, se mostró sorprendido por la aparición del pequeño enano, hasta tal punto que olvidó marcar dos minutos con su largo dedo de sombra, y no pudo evitar el decirle al gran pavo real blanco lechoso, que estaba tomando el sol en la balaustrada, que todos sabían que los hijos de reyes eran reyes y que los hijos de fogoneros eran fogoneros, y que era absurdo pretender lo contrario. El pavo real estuvo completamente de acuerdo con esta observación y exclamó: «Ciertamente, ciertamente», con una voz tan áspera y tan alta que los peces dorados que vivían en el fresco estanque de la fuente sacaron del agua sus cabezas y les preguntaron a los grandes tritones de piedra qué demonios pasaba.

Pero a algunos pájaros les gustaba. Lo solían ver en el bosque, danzando como un duendecillo tras las hojas caídas, o acurrucado en el hueco de algún viejo roble repartiendo sus nueces con las ardillas. A ellos no les importaba que fuese feo. Porque hasta el mismo ruiseñor que cantaba de noche con semejante dulzura en los naranjos, de tal forma que la propia luna se inclinaba para escucharlo, no era, después de todo, muy bello. Además, había sido muy amable con ellos, y durante aquel invierno terriblemente crudo, en el que no hubo bayas en los árboles y la tierra se puso tan dura como el hierro, y los lobos bajaron a las puertas de la ciudad a buscar comida, él nunca se olvidó de ellos, siempre les echó migas de su pequeño pan negro y compartió con ellos el pobre desayuno que tomaba.

Por eso volaron y volaron a su alrededor tocándole la mejilla al pasar con sus alas y hablando entre ellos, y el duendecillo se alegró tanto que les mostró la bella rosa blanca y les dijo que la infanta misma se la había dado porque le amaba.

Ellos no entendieron ni una sola palabra de lo que les dijo, pero eso no tenía importancia, y echaron la cabeza a un lado mostrándose atentos, lo cual es tan bueno como comprender una cosa y mucho más fácil.

Las lagartijas también se mostraban contentas con él, y cuando se cansó de correr y se puso a descansar sobre la hierba, empezaron a juguetear sobre él, intentando entretenerlo lo mejor que podían.

—No todo el mundo puede ser tan bello como las lagartijas —exclamaban—. Eso sería pedir demasiado. Y aunque parezca absurdo decirlo, después de todo no es tan feo, aunque, por supuesto, para pensar así hay que cerrar los ojos y no mirarlo.

Las lagartijas eran dadas por naturaleza a filosofar, y solían pasarse horas y horas pensando, cuando no tenían nada que hacer, o cuando llovía demasiado como para salir.

Las flores, sin embargo, estaban muy enfadadas con su manera de obrar y con la de los pájaros.

—Eso demuestra —decían— el efecto tan vulgar que produce el constante moverse y volar. La gente de buena educación haría lo mismo que nosotras. Nadie nos ha visto saltar y correr por los caminos o galopar salvajemente sobre la hierba tras las libélulas. Cuando queremos cambiar de ambiente, llamamos al jardinero y él nos lleva a otro lugar. Esto es digno, y así debe ser. Pero los pájaros y las lagartijas no tienen sentido del reposo, y lo cierto es que los pájaros no tienen un hogar fijo. Son simples emigrantes, como los gitanos, como a tales habría que tratarlos.

Adoptaron posturas erguidas y se alegraron mucho cuando, después de algún tiempo, vieron al enanito levantarse de la hierba y dirigirse por la terraza hacia el palacio.

—Desde luego, debería encerrarse para el resto de su vida —dijeron—. Mirad su joroba y sus piernas torcidas.

Y se echaron a reír.

Pero el enanito no sabía nada de todo esto. Le gustaban inmensamente los pájaros y las lagartijas, y pensaba que las flores eran las cosas más maravillosas del mundo, excepto, naturalmente, la infanta, que le había dado la bella rosa blanca y le amaba. ¡Cómo habría deseado volver a su lado! Ella lo habría colocado a su derecha y le habría sonreído, y no se habrían separado ya nunca, sino que habrían jugado juntos y él le habría enseñado toda clase de trucos divertidos. Porque aunque nunca había estado antes en un palacio, sabía muchas cosas maravillosas. Podía hacer pequeñas jaulas de caña para los saltamontes y fabricar flautas de bambú como las que a Pan le gustaba oír. Sabía imitar el canto de todos los pájaros y llamar a los estorninos en lo alto de los árboles o a las garzas de la laguna. Conocía el rastro de cada animal y podía seguir la pista de la liebre por sus delicadas huellas, y la del jabalí por las hojas pisoteadas. Se sabía todos los bailes salvajes; la loca danza con vestiduras rojas del otoño, la danza ligera con sandalias azules sobre el trigo, la danza con guirnaldas blancas como la nieve en el invierno, la danza de las flores a través de los huertos en primavera. Sabía dónde hacían sus nidos los pichones, y una vez que un cazador cogió una pareja que estaba anidando, él se llevó a los pequeñuelos y les construyó un nido en el agujero de un olmo. Eran dóciles y acostumbraban comer en su mano todas las mañanas. A la infanta le gustaría, y también los conejos que se escurrían entre los matorrales, y los grajos con sus plumas de color acero y sus picos negros, y los erizos, que podían curvarse y erizar sus púas, y las grandes y sabias tortugas que caminaban lentamente moviendo sus cabezas y comiéndose las hojas verdes. Sí, la infanta tenía que ir al bosque y jugar con él. Le cedería su propia cama y vigilaría ante la ventana hasta el amanecer para que los ciervos salvajes no pudieran dañarle ni los lobos hambrientos merodearan la choza. Y al amanecer golpearía la puerta para despertarla y saldrían a danzar juntos todo el día. A decir verdad, el bosque no era un sitio solitario; a veces pasaba un obispo montado en su mulo blanco, leyendo un libro pintado. A veces, con sus gorros de terciopelo verde y sus chaquetillas de cuero, pasaban los halconeros con sus halcones encapuchados en la muñeca. En tiempo de la vendimia venían los vinateros, con sus manos y sus pies cubiertos de púrpura, llevando en la cabeza coronas de hiedra y transportando grandes pellejos de vino; y los carboneros se sentaban por la noche alrededor de grandes hogueras, contemplando cómo se quemaban lentamente los troncos secos en el fuego y tostando castañas en los tizones. Y los ladrones bajaban de sus guaridas a divertirse con ellos. Una vez también había visto una bella procesión subiendo por el largo y polvoriento camino hacia Toledo. Los monjes iban delante entonando dulces cánticos y llevando estandartes de vivos colores y cruces de oro, y detrás, con armadura de plata y arcabuces y picas, venían los soldados, y en medio de ellos caminaban tres hombres descalzos con extraños mantos amarillos pintados con maravillosas figuras y llevando en sus manos velas encendidas. Ciertamente, había muchas cosas que ver en el bosque, y cuando la infanta estuviera cansada encontraría para ella un lecho de musgo y la llevaría en sus brazos, porque él era muy fuerte, aunque sabía que no era alto. Le haría un collar de rojas bayas de brionia, que serían tan bonitas como las bayas blancas que adornaban su vestido, y cuando se cansara de ellas las tiraría y le buscaría otras. Le llevaría copitas hechas con cascarón de bellotas y anemones y cocuyos brillantes como estrellas que relucirían sobre el pálido oro de su pelo.

Pero ¿dónde estaba ella? Se lo preguntó a la rosa blanca, pero ésta no le contestó. Todo el palacio parecía dormir, y aunque no habían cerrado los postigos, se habían echado pesadas cortinas tras las ventanas para evitar que entrara la claridad. Merodeó por el edificio en busca de algún sitio por donde poder entrar, y por fin encontró abierta una pequeña puerta privada. Se deslizó por ella y se encontró en un espléndido salón, mucho más espléndido que el bosque, porque todo estaba mucho más dorado y hasta el suelo estaba hecho con grandes piedras de colores unidas formando figuras geométricas. Pero la pequeña infanta no estaba allí. Sólo había unas maravillosas estatuas blancas que parecían mirarlo desde sus pedestales de jaspe con ojos tristes y ciegos y extrañas sonrisas en los labios.

Al fondo del salón colgaba una cortina de terciopelo negro ricamente bordada, salpicada de soles y estrellas y con las divisas favoritas del rey, bordadas en el color que a él más le gustaba. Quizás ella estuviera tras esa cortina. Iría a comprobarlo.

Así que atravesó el salón en silencio y echó a un lado la cortina. No; tan sólo había otra habitación, pero más bella, pensó él, que la anterior. Los muros estaban cubiertos de tapices, hechos a mano, que representaban una cacería. Eran el trabajo de unos artistas flamencos que habían tardado más de siete años en concluirlos. Había sido una vez la habitación de *Jean le Feu,* ese rey loco que estaba tan enamorado de la caza y que había intentado, en su delirio, montar los grandes caballos salvajes y derribar al venado cuando los grandes perros lo acosaban, tocando su cuerno de caza y clavando su daga en los pálidos y veloces ciervos. Ahora se usaba como salón de reuniones, y en la mesa central se encontraban los rojos portafolios de los ministros, que llevaban grabado el tulipán dorado de España con las armas y emblemas de la casa de Habsburgo.

El enanito miró asombrado a su alrededor, un poco asustado de seguir adelante. Los extraños jinetes silenciosos que galopaban de manera tan veloz por los largos senderos sin hacer ningún ruido le parecieron como aquellos terribles fantasmas de los que había oído hablar a los carboneros, los comprachos, que sólo cazaban de noche y que si se encontraban a un hombre lo convertían en un ciervo y lo cazaban. Pero pensó en la bella infanta y se armó de valor. Quería encontrarla a solas y decirle cuánto la amaba. Quizás estuviera en la habitación contigua.

Corrió por las mullidas alfombras moras y abrió la puerta. ¡No! Tampoco estaba allí. La habitación estaba completamente vacía.

Era un salón del trono, utilizado para recibir a los embajadores extranjeros cuando el rey les concedía una audiencia personal, lo cual últimamente ocurría pocas veces; el mismo salón en que, muchos años antes, habían entrado los enviados de Inglaterra para tratar del matrimonio de su reina, que entonces era una de las soberanas católicas de Europa, con el hijo primogénito del emperador. Las colgaduras eran de cuero cordobés dorado, y del techo blanco y negro colgaba una gran araña dorada, cuyos brazos sustentaban trescientas velas. Bajo un gran dosel de tejido de oro, sobre el cual estaban bordados con perlas cultivadas los leones y las torres de Castilla, se encontraba el trono, cubierto con un rico palio de terciopelo negro realzado con tulipanes de plata y complicadamente bordeado de plata y perlas. Sobre el segundo peldaño del trono se ubicaba el reclinatorio de la infanta, con su almohadón de tisú de plata, y aún más abajo, fuera del límite del dosel, se encontraba el sillón para el nuncio de su santidad, que era el único que tenía derecho a sentarse en presencia del rey en las ceremonias públicas, y cuyo gorro de cardenal, con sus borlas escarlata, permanecía enfrente sobre un purpúreo *tabouret.* De la pared, delante del trono, colgaba un gran retrato de tamaño natural de Carlos V con traje de caza y con un gran mastín a su lado. Y ocupando el centro de otra pared había otro cuadro que representaba al rey Felipe II, recibiendo el homenaje de los holandeses. Entre las ventanas se encontraba un gran gabinete de ébano incrustado con marfil, sobre el que se habían grabado las figuras de la *Danza de la muerte,* de Holbein, trabajo que había ejecutado, según se decía, el famoso maestro en persona.

Pero al enanito no le preocupaba toda esta magnificencia. No habría dado su rosa por todas las perlas del dosel, ni un solo pétalo blanco por el trono mismo. Lo que quería era ver a la infanta antes que bajara al pabellón y pedirle que se marchase con él cuando terminara su danza. Allí, en el palacio, el aire estaba cargado y viciado, pero en los bosques el aire corría libremente y la luz del sol con sus manos de oro apartaba las trémulas hojas. Había muchas flores en el bosque, no tan espléndidas quizá como las flores del jardín, pero sí de un aroma más penetrante; los jacintos al principio de la primavera cubren con su púrpura las frías cañadas y las herbosas cumbres; las velloritas amarillas que se agolpan en racimos alrededor de retorcidas raíces de los robles; las brillantes celidonias, las verónicas azules y las lilas irisadas. Había amentos grises sobre los avellanos y dedaleras, que parecen derrumbarse con el peso de sus flores picoteadas por las abejas. El castaño poseía sus espinas de blancas estrellas y el oxiacanto sus pálidas y bellas lunas. Sí. ¡Seguramente la infanta iría al bosque si él pudiera encontrarla! Ella iría con él al bosque maravilloso, y todo el día estaría bailando para ella. Una sonrisa le iluminó los ojos al pensar en ello y entró en la habitación contigua.

De todas las habitaciones, aquélla era la más brillante y hermosa. Las paredes estaban cubiertas por un damasco de Lucca, salpicado de pájaros y pequeñas flores de plata; los muebles eran de plata maciza, festoneada con floridas guirnaldas y saltarines cupidos; frente a las dos grandes chimeneas había grandes biombos bordados con loros y pavos reales, y el suelo, que era de ónice verde mar, parecía extenderse a lo lejos en la distancia. Pero no estaba solo. Bajo el oscuro marco de la puerta, al fondo de la habitación, vio una pequeña figura que lo observaba. El corazón le dio un vuelco, un grito de alegría salió de sus labios y avanzó hacia la parte del salón en que daba el sol. Cuando lo hizo, la figura también se movió y pudo verla con claridad.

¡La infanta! No. Era un monstruo, el monstruo más grotesco que jamás hubiera visto. No tenía la forma de las demás personas, sino que poseía una joroba, tenía las piernas torcidas y una enorme cabeza cubierta de pelo negro. El enanito frunció el ceño, y el monstruo también lo hizo. Se echó a reír, y el otro rio con él. Se llevó las manos a la cintura, y el otro le imitó. Hizo una burlona reverencia, que le fue devuelta. Se adelantó y el extraño personaje salió a su encuentro, copiando cada paso que él hacía y parándose cuando él se paraba. Se puso a gritar divertido, se adelantó más y extendió una mano, y la mano del monstruo tocó la suya, y era fría como el hielo. Se asustó y retiró la mano, y la mano del monstruo se retiró tan rápidamente como la suya. Trató de seguir adelante, pero algo duro y liso lo detuvo. La cara del monstruo estaba ahora muy cerca de la suya y parecía llena de terror. Se retiró los cabellos de los ojos, y fue imitado. Lo golpeó y el otro le devolvió golpe por golpe. Empezó a odiarlo, y el monstruo también le puso cara de repugnancia. Retrocedió y el otro lo hizo también.

¿Qué ocurría? Pensó un momento y miró a su alrededor por el salón. Era raro, pero todo parecía tener su duplicado en esa invisible pared de agua clara. Sí, cuadro por cuadro se repetía, y sofá por sofá. El fauno dormido que yacía en la consola que había junto a la puerta tenía un hermano gemelo que dormitaba y la Venus de plata iluminada por el sol extendía los brazos hacia una Venus tan hermosa como ella.

¿Sería el eco? Lo había llamado una vez en el valle, y él le había contestado palabra por palabra. ¿Podría burlarse de la vista como se burlaba de la voz? ¿Podría fabricar un mundo imaginario, igual al verdadero? ¿Podrían las sombras de las cosas tener color, vida y movimiento? ¿Podría ser que...?

Se estremeció y, sacando de su pecho la bella rosa blanca, se volvió y la besó. El monstruo tenía una rosa como la suya. ¡Era igual, pétalo por pétalo! También la besaba como él y la apretaba contra su corazón con gestos horribles.

Cuando comprendió la verdad profirió un salvaje grito de desesperación y se derrumbó sollozando en el suelo. Él mismo era el monstruo, y de él se habían reído todos los niños y también la pequeña princesa que él creía que lo amaba; también ella se había burlado de su fealdad y se había divertido a causa de sus miembros torcidos. ¿Por qué no lo habían dejado en el bosque, donde no había ningún espejo para decirle lo horrible que era? ¿Por qué no lo había matado su padre antes de venderlo para su vergüenza? Ardientes lágrimas resbalaron por sus mejillas y rompió en pedazos la blanca rosa. El horrible monstruo hizo lo mismo y arrojó al aire los bellos pétalos. Se revolcó en el suelo, y al mirar al espejo vio en su rostro un gesto de dolor. Se arrastró para no verlo y se cubrió el rostro con las manos. Se alejó hacia la sombra como un animal herido y se quedó allí gimiendo.

En ese momento entró la propia infanta con sus compañeros por el ventanal abierto, y cuando vieron al feo enanito tumbado en el suelo golpeándolo con los puños cerrados de la forma más fantástica y exagerada, rompieron a reír alegremente y se agruparon a su alrededor observándolo.

—Su danza era divertida —dijo la infanta—, pero esto es más divertido todavía. A decir verdad, es casi tan bonito como las marionetas, sólo que, desde luego, no es tan natural.

Y abriendo su gran abanico, empezó a aplaudir.

Pero el enanito no levantó la cabeza y sus gemidos se hicieron cada vez más y más débiles. De repente dio un extraño suspiro y se agarró un costado. Después cayó de espaldas y se quedó completamente inmóvil.

—Es fantástico —dijo la infanta después de un silencio—; pero ahora tienes que bailar para mí.

—Sí —gritaron todos los niños—, debes levantarte y bailar, porque eres tan inteligente como los monos berberiscos y mucho más ridículo.

Pero el enanito no contestó.

Y la infanta golpeó el suelo con el pie y llamó a su tío que estaba paseando por la terraza con el chambelán, leyendo unos despachos que acababan de llegar de México, donde se había establecido recientemente el Santo Oficio.

—Mi divertido enanito está enfadado —exclamó—. Tienes que despertarlo y decirle que baile para mí.

Se sonrieron uno a otro, entraron en el salón y don Pedro se inclinó golpeando la mejilla del enano con su guante bordado.

—Tienes que bailar —dijo—, *petit monstre*. Tienes que bailar. La infanta de España y de las Indias desea divertirse.

Pero el enanillo no se movió.

—Tendremos que llamar a un azotador —dijo don Pedro en tono de enfado; y volvió a la terraza.

Pero el chambelán, con gesto grave, se arrodilló junto al enanito y le puso una mano sobre el corazón. Después de un instante, se encogió de hombros, se levantó y, haciéndole una profunda reverencia a la infanta, dijo:

—Mi bella princesa, vuestro divertido enanito no volverá a bailar nunca. Es una lástima, porque era tan feo que habría hecho sonreír al rey.

—Pero ¿por qué no bailará nunca? —preguntó la infanta riendo.

—Porque su corazón se ha roto —contestó el chambelán.

Y la infanta frunció el ceño y sus bellos labios de rosa se curvaron en una mueca de desdén.

—Para el futuro, aquéllos que vengan a jugar conmigo, que no tengan corazón —exclamó. Y se marchó corriendo al jardín.

EL PESCADOR Y SU ALMA

TODAS las noches, el joven pescador salía al mar y echaba sus redes al agua.

Cuando el viento soplaba de tierra no cogía nada, o muy poco, porque era un viento duro y de alas negras, y fuertes olas se levantaban sobre él. Pero cuando el viento soplaba hacia la playa, los peces subían de las profundidades y caían en las mallas de sus redes, y él los llevaba al mercado para venderlos.

Todas las noches salía al mar, y una noche la red era tan pesada que casi no podía izarla a la barca. Y se echó a reír y se dijo:

—Seguramente he cogido todos los peces que van nadando, o habré pescado algún monstruo que será la maravilla de los hombres, o alguna cosa horrible que la gran reina me haya querido conceder.

Y tiró con todas sus fuerzas de las ásperas cuerdas hasta que las venas de sus brazos se hincharon como líneas de esmalte azul alrededor de un vaso de bronce. Fue tirando hasta que empezó a ver más y más cerca el círculo de lisos corchos y la red se elevó por fin del agua.

Pero no había ningún pez en ella, ni un monstruo, ni ninguna cosa horrible, sino sólo una pequeña sirena profundamente dormida.

Su pelo era como de oro húmedo, y cada cabello, como un hilo de oro en una copa de cristal. Su cuerpo era como el blanco marfil, y su cola, de plata y perlas. De plata y perlas era su cola, y las algas verdes del mar se enroscaban

en ella, y como caracolas eran sus orejas y como coral sus labios. Las frías olas chocaban contra sus fríos senos y la sal resplandecía en sus párpados.

Era tan bella que cuando el joven pescador la vio se quedó lleno de asombro y estiró las manos atrayendo la red hacia él, e inclinándose la cogió en sus brazos. Y cuando la tocó, ella lanzó un grito como el de una gaviota asustada y se despertó, y lo miró aterrorizada con sus ojos de amatista, y dio un salto para intentar escapar. Pero él la sujetó con fuerza y no le permitió marcharse.

Y cuando ella vio que no podía huir, empezó a sollozar y dijo:

—Te ruego que me dejes marchar, porque soy la única hija de un rey, y mi padre es viejo y está solo.

—No te permitiré irte si no me haces la promesa de que siempre que te llame vendrás a cantar para mí, porque los peces son felices escuchando el canto de la gente del mar, y así mis redes se llenarán.

—¿De verdad me dejarás marchar si te prometo eso? —exclamó la sirena.

—De verdad que lo haré —le aseguró el joven pescador.

Entonces ella le hizo la promesa que deseaba y juró como juran las gentes del mar. Y él la soltó y ella se lanzó al agua, temblando con un extraño miedo.

Todas las noches el joven pescador salía al mar y llamaba a la sirena, y ella surgía del agua y cantaba. A su alrededor nadaban los delfines, y las gaviotas volaban sobre su cabeza.

Y cantaba una maravillosa canción. Porque cantaba sobre la gente del mar que lleva sus rebaños de caverna en caverna y transporta a los pequeños sobre sus hombros; cantaba acerca de los tritones que tienen largo pelaje y hacen sonar sus retorcidas conchas cuando pasa el rey; sobre el palacio del rey que es todo de ámbar, con el techo de clara esmeralda y el suelo de brillantes perlas, y sobre los jardines del mar, donde las grandes filigranas de los abanicos de coral se mecen todo el largo día y los peces juguetean como pájaros de plata, y las anémonas se pegan a las rocas, y los rosetones florecen en la arena amarilla y redondeada. Cantaba sobre las grandes ballenas que vienen de los mares del norte y tienen agudos carámbanos pegados a sus aletas; sobre las sirenas que dicen cosas tan maravillosas que los mercaderes tienen que taponar con cera sus oídos para no escucharlas y no arrojarse al mar y ahogarse; cantaba sobre las galeras hundidas con sus altos mástiles y los helados marineros aferrados aún a las jarcias y los pececillos entrando y saliendo por las abiertas escotillas; sobre las pequeñas antiparras que son grandes viajeras y, pegadas a los cascos de los barcos, dan vueltas y vueltas al mundo; y sobre los pulpos que viven en las grietas de las rocas y estiran sus largos y oscuros brazos y pueden crear la noche cuando se les antoja. Cantaba sobre los nautilus, que tienen una barca propia moldeada en un ópalo y gobernada por una vela de seda; sobre los felices sirenos que tocan el arpa y son capaces de adormecer al gran kraken; cantaba sobre las especies diminutas que se agarran a las marsopas y cabalgan riendo sobre sus lomos; sobre las sirenas que se mecen en la blanca espuma y alargan sus brazos a los marineros, y sobre los leones de mar con sus curvados colmillos marinos con sus crines flotantes.

Y cuando ella cantaba, todos los atunes subían de las profundidades a escucharla y el joven pescador arrojaba sus redes y los cogía, y a otros los pescaba con arpón. Y cuando su barca estaba llena, la sirena se zambullía en el mar y le sonreía.

Sin embargo, nunca se acercaba lo suficiente como para que él pudiera tocarla. Muchas veces le rogaba que se acercase, pero ella no lo hacía; y cuando intentaba alcanzarla, ella se sumergía en el agua como sólo podría hacerlo una foca, y ese día no volvía a verla. Y cada día la voz de la sirena era más dulce en sus oídos. Tan dulce era su voz que olvidó sus redes y su astucia y no se preocupó de su embarcación. Con sus aletas de color bermellón y sus ojos dorados y saltones, los atunes pasaban en bancos, pero él no hacía caso. Su arpón descansaba inútil junto a él, y sus cestas de mimbre estaban vacías. Con la boca abierta y los ojos llenos de asombro, se sentaba en su barca y escuchaba, escuchaba hasta que la niebla del mar lo envolvía y la luna teñía de plata sus miembros morenos.

Y una noche él la llamó, y dijo:

—Pequeña sirena, pequeña sirena, yo te amo. Tómame por esposo, porque te amo.

—Tienes alma humana —contestó—. Si te despojases de tu alma, entonces podría amarte.

Y el joven pescador se dijo a sí mismo: «¿Para qué me vale mi alma? No puedo verla. No puedo tocarla. No la conozco. Por supuesto que me despojaré de ella y alcanzaré la felicidad».

Y un grito de alegría salió de sus labios y, levantándose en la barca, le tendió los brazos a la sirena.

—Me despojaré de mi alma —exclamó—, y tú serás mi amada, serás mi esposa, y viviremos juntos en las profundidades del mar, y me mostrarás todo lo que dices en tus canciones, y yo haré todo lo que desees, y nuestras vidas no se separarán jamás.

Y la sirenita se echó a reír con alegría y escondió su rostro entre las manos.

—Pero ¿cómo me desprenderé de mi alma? —exclamó el joven pescador—. ¡Dime cómo podré hacerlo y lo haré!

—¡Oh! No lo sé —respondió la sirenita—. La gente del mar no tiene alma.

Y se hundió en las profundidades, mirándolo con gesto triste.

* * *

Por la mañana temprano, antes de que el sol se elevara un palmo por encima de la colina, el joven pescador fue a casa del sacerdote y llamó tres veces a la puerta.

El cura miró por el ventanillo y cuando vio quién era descorrió el cerrojo y dijo:

—Entra.

Y el joven pescador pasó y se arrodilló en los juncos olorosos del suelo y, dirigiéndose al cura, que estaba leyendo la Biblia, dijo:

—Padre, amo a una hija del mar y mi alma me impide realizar mi deseo. Dime cómo podré despojarme de mi alma, porque, en verdad, no la necesito. ¿Qué valor tiene mi alma para mí? No puedo verla. No puedo tocarla. No la conozco.

Y el sacerdote se golpeó el pecho y contestó:

—¡Ay! ¡Ay! O estás loco o has comido alguna hierba venenosa, porque el alma es la parte más noble del hombre y nos la dio Dios para que la usáramos noblemente. No hay nada tan precioso como el alma humana, ni ninguna cosa en la tierra que pueda ser comparada con ella. Tiene más valor que todo el oro del mundo, y es más preciosa que los rubíes de los reyes. Por eso, hijo mío, no pienses más en esto, porque es un pecado que podría no serte perdonado. Y en cuanto a la gente del mar, son unos perdidos, y quien trafica con ellos también lo es. Son como las bestias del campo que no distinguen lo bueno de lo malo, y el Señor no se sacrificó por ellos.

Los ojos del joven pescador se llenaron de lágrimas cuando oyó estas amargas palabras del sacerdote y, levantándose, le dijo:

—Padre, los faunos viven en el bosque y están contentos, y en las rocas se sientan los sirenos con sus arpas de oro rojo. Déjame ser como ellos, te lo ruego, porque su vida es como la de las flores. Y en cuanto a mi alma, ¿para qué la necesito, si se interpone entre mi amor y yo?

—El amor del cuerpo es vil —exclamó el sacerdote frunciendo las cejas—, y viles y malas son las cosas paganas que Dios permite andar por el mundo. ¡Malditos sean los faunos del bosque y malditos los hijos del mar! Los he oído por la noche y han intentado arrancarme de mis oraciones. Golpean la ventana y se ríen. Murmuran en mis oídos la historia de sus peligrosas alegrías. Me atacan con tentaciones, y cuando quiero rezar se burlan de mí. Son unos perdidos, te digo, unos perdidos. Para ellos no hay cielo ni infierno, y ni siquiera conocen el nombre de Dios.

—Padre —exclamó el joven pescador—, no sabes lo que dices. Atrapé en mis redes a la hija de un rey. Es más bella que la estrella matutina y más blanca que la luna. Por su cuerpo yo daría mi alma, y por su amor renunciaría al cielo. Dime lo que te he preguntado y déjame marchar en paz.

—¡Fuera! ¡Fuera! —exclamó el sacerdote—. Aquélla a quien amas está perdida, y tú te perderás con ella.

Y no lo bendijo y lo echó de su casa.

Y el joven pescador se marchó al mercado caminando lentamente y con la cabeza inclinada, como quien está preocupado por algo.

Y cuando los mercaderes lo vieron venir empezaron a hablarse entre ellos, y uno se acercó a él y lo llamó por su nombre, y le dijo:

—¿Qué tienes para vender?

—Quiero vender mi alma —contestó—. Te ruego que me la compres, porque estoy cansado de ella. ¿De qué me sirve el alma? No puedo verla. No puedo tocarla. No la conozco.

Pero los mercaderes se burlaron de él y dijeron:

—¿Y a nosotros de qué nos sirve el alma de un hombre? No vale tanto como una moneda de plata. Véndenos tu cuerpo para esclavo y te vestiremos de púrpura, pondremos en tu dedo un anillo y te haremos el favorito de la gran reina. Pero no nos hables del alma, porque es una cosa inútil y carece de valor para nosotros.

Y el joven pescador se dijo a sí mismo:

—¡Qué extraño es esto! El sacerdote me dijo que el alma valía más que todo el oro del mundo, y los mercaderes me dicen que vale menos que una moneda de plata.

Y salió del mercado y fue hacia la playa, donde se puso a pensar en lo que podía hacer.

* * *

Y al mediodía recordó que uno de sus compañeros, que era un buscador de hinojo marino, le habló de cierta joven bruja que habitaba en una cueva de la bahía, que era muy eficaz con sus brujerías. Se levantó y salió corriendo, pues deseaba desprenderse cuanto antes de su alma, y una nube de polvo le siguió cuando atravesó la arena de la playa. Por un pinchazo en la palma de la mano, la joven bruja supo que él venía y se echó a reír, soltándose su rojo pelo. Con el rojo y bello pelo cayéndole sobre los hombros se puso en la puerta de su cueva, y en su mano tenía una rama florida de cicuta silvestre.

—¿Qué necesitas? ¿Qué necesitas? —exclamó cuando él subió y se detuvo ante ella—. ¿Peces para tus redes cuando el viento no es propicio? Tengo una pequeña flauta que hará que, cuando la soples, todos los salmones vengan a la bahía. Pero tiene un precio, guapo muchacho, tiene un precio. ¿Qué necesitas? ¿Qué necesitas? ¿Una tormenta que hunda los barcos y traiga hacia la playa sus arcas de ricos objetos? Tengo más tormentas que el viento, porque sirvo a uno que es más fuerte que él, y con un colador y un cubo lleno de agua puedo enviar a las grandes galeras al fondo del mar. Pero tiene un precio, guapo muchacho, tiene un precio. ¿Qué necesitas? ¿Qué necesitas? Conozco una flor que crece en el valle, y nadie sabe cuál es sino yo. Tiene hojas purpúreas y una estrella en el corazón, y su jugo es blanco como la leche. Sólo con que roces con esta flor los labios de la reina, ella te seguirá por todo el mundo. Se levantará de la cama del rey y por todo el mundo te seguirá. Pero tiene un precio, guapo muchacho, tiene un precio. ¿Qué necesitas? ¿Qué necesitas? Puedo machacar un sapo en un mortero y hacer caldo con él y agitarlo con la mano de un muerto. Moja con él a tu enemigo mientras duerme y se convertirá en una víbora negra, y su propia madre lo pisoteará. Con una rueda puedo atraer la luna desde el cielo y puedo mostrarte la muerte en un cristal. ¿Qué necesitas? ¿Qué necesitas? Dime lo que deseas y te lo daré, y tú me pagarás un precio, guapo muchacho, me pagarás un precio.

—Mi deseo es muy pequeño —respondió el joven pescador—. Sin embargo, el sacerdote se ha enojado conmigo y me ha echado. Es muy poca cosa, pero los mercaderes se han burlado de mí y me lo han negado. Por eso recurro a ti, aunque los hombres te llamen mala y tenga que pagar un alto precio.

—¿Qué quieres? —preguntó la bruja acercándose a él.

—Quiero despojarme de mi alma —contestó el joven pescador.

La bruja se puso pálida, se estremeció y escondió el rostro en su manto azul.

—Guapo muchacho, guapo muchacho, hacer eso es algo horrible.

Él se mesó los cabellos morenos y se echó a reír.

—Mi alma no significa nada para mí —contestó—. No puedo verla. No puedo tocarla. No la conozco.

—¿Qué me darás si te digo cómo puedes conseguir eso? — preguntó la bruja mirándolo con sus bellos ojos.

—Cinco monedas de oro —dijo él—, y mis redes, y la casa donde vivo y la barca en la que pesco. Dime cómo podré desprenderme de mi alma y te daré todo lo que poseo.

Ella se echó a reír burlándose de él y lo golpeó con la rama de cicuta.

—Puedo convertir en oro las hojas secas —contestó—, y puedo hacer un tejido de plata con los rayos de luna, si lo deseo. Aquél a quien sirvo es más rico que todas las cosas de este mundo, y tiene grandes dominios.

—Entonces —exclamó—, si tu precio no es ni el oro ni la plata, ¿qué puedo darte?

La bruja le acarició el pelo con su fina y blanca mano.

—Debes bailar conmigo, guapo muchacho —murmuró; y sonrió al hablar.

—¿Sólo eso? —exclamó el joven pescador, asombrado.

—Sólo eso —contestó ella, sonriendo otra vez.

—Entonces, cuando se ponga el sol bailaremos juntos en algún lugar secreto —zanjó él—, y después de que hayamos bailado me dirás lo que deseo saber.

Ella movió la cabeza.

—Cuando la luna esté llena, cuando la luna esté llena —murmuró.

Después miró a su alrededor y escuchó. Un pájaro azul salió de su nido y revoloteó por las dunas, y tres pájaros moteados se agitaron entre la hierba seca y se silbaron entre sí. No se oía más que el suave roce de las olas en los lisos guijarros de la playa. Ella le tendió la mano, lo atrajo hacia sí y puso sus resecos labios en su oído.

—Esta noche debes venir a la cima de la montaña —murmuró—. Es sábado, y él estará allí.

El joven pescador se estremeció y la miró, y ella se echó a reír, mostrando sus blancos dientes.

—¿Quién es ése de que hablas? —preguntó.

—No te importa —contestó ella—. Ven esta noche y espera a que yo llegue bajo las ramas del carpe. Si un perro negro te ataca, golpéalo con una vara de sauce y se marchará. Si una lechuza te habla, no le contestes. Cuando la luna esté llena, yo iré contigo y bailaremos juntos sobre la hierba.

—Pero ¿juras decirme cómo podré despojarme de mi alma? —preguntó él.

Ella se adelantó hacia el sitio bañado por el sol, y el viento agitó su rojo pelo.

—Te lo juro por las pezuñas del macho cabrío —contestó.

—Eres la mejor de las brujas —exclamó el joven pescador—, y bailaré contigo esta noche en la cima de la montaña. Sin embargo, habría preferido que me pidieras oro o plata. Pero tu precio me conviene, porque es muy poca cosa.

Y se quitó el gorro ante ella, inclinó la cabeza y se marchó a la ciudad rebosante de alegría.

Y la bruja lo observó marcharse, y cuando se perdió de vista entró en su cueva y, cogiendo un espejo de una caja de madera de cedro, lo colocó en su mano, quemó ante él verbena, sobre unas brasas de carbón, y miró a través del humo. Al cabo de un rato cerró los puños con ira.

—Debería haber sido mío —murmuró—. Yo soy tan hermosa como ella.

Y esa noche, cuando la luna se alzó, el joven pescador subió a la cima de la montaña y se quedó bajo las ramas del carpe. Como un escudo de metal pulido, el mar descansaba a sus pies y las sombras de las pequeñas barcas de pescadores moteaba la bahía de signos que resbalaban por la luz. Una gran lechuza de ojos amarillos lo llamó por su nombre, pero él no hizo caso. Un perro negro lo atacó, pero lo golpeó con una vara de sauce y el animal salió huyendo.

A medianoche las brujas llegaron volando como murciélagos.

—¡Fiu! —gritaban al tocar tierra—. ¡Aquí hay alguien a quien no conocemos!

Y empezaron a husmear, a charlar entre sí y a hacer muecas. Por fin llegó la bruja joven con su rojo pelo ondeando al viento. Llevaba un vestido de tisú de oro, bordado con ojos de pavos reales y un pequeño gorro de terciopelo verde en la cabeza.

—¿Dónde está? ¿Dónde está? —chillaron las brujas al verla.

Pero ella se echó a reír y corrió hacia el carpe, tomó al pescador de la mano, lo atrajo hacia la luz de la luna, y comenzó a bailar con él.

Daban vueltas y más vueltas, y la joven bruja saltaba tan alto que él podía ver los tacones escarlatas de sus zapatos. Se oyó el galope de un caballo, pero no se vio caballo alguno, y él sintió miedo.

—Más aprisa —exclamó la bruja, y le echó los brazos al cuello, y él sintió su cálido aliento sobre el rostro—. ¡Más aprisa! ¡Más aprisa! —exclamó.

Y la tierra pareció girar bajo sus pies, y su cerebro se turbaba y un gran terror se apoderó de él, como si algún ser maligno estuviera observándolo. Y por fin descubrió que bajo la sombra de una roca había una figura que antes no estaba.

Era un hombre vestido con un traje de terciopelo negro, cortado a la moda española. Su rostro estaba extrañamente pálido, pero sus labios eran como una orgullosa flor roja. Parecía cansado, y se recostaba hacia atrás jugueteando con la empuñadura de su daga. Junto a él, sobre la hierba, había un sombrero emplumado y un par de guantes de montar con lazos de oro, adornados con aljófares formando un curioso lema. De sus hombros colgaba una capa corta festoneada con cibelina, y sus delicadas y blancas manos estaban llenas de anillos. Los pesados párpados le caían sobre los ojos.

El joven pescador lo observó como extraviado en un hechizo. Por fin sus ojos se encontraron, y dondequiera que bailasen, le parecía que los ojos del hombre estaban fijos en él. Oyó la risa de la bruja y la cogió por la cintura y empezaron a dar vueltas y vueltas locamente.

De repente, un perro ladró en el bosque y los bailarines se detuvieron, y todos, de dos en dos, fueron a besarle las manos al hombre. Cuando lo hacían, una ligera sonrisa rozaba sus labios orgullosos, como las alas de un pájaro rozan el agua y la hacen reír. Pero había desdén en ella. Él miró al joven pescador.

—¡Ven! Vamos a adorarlo —dijo la bruja.

Y lo condujo hacia arriba, y un gran deseo de hacer lo que ella quería se apoderó de él y la siguió. Pero cuando se acercaron, y sin saber por qué, hizo sobre su pecho la señal de la cruz y de sus labios salió el nombre sagrado.

Tan pronto como hizo este gesto, las brujas huyeron volando y chillando como halcones, y el pálido rostro que lo había estado observando se contrajo en un espasmo de dolor. El hombre se dirigió hacia un pequeño bosque y silbó. Una jaca con arreos de plata acudió corriendo a su encuentro. Cuando saltó sobre ella se volvió y miró con tristeza al joven pescador.

Y la bruja de cabellos rojos intentó volar también, pero el pescador la cogió por las muñecas y la apretó con fuerza.

—Suéltame —exclamó—, y déjame marchar. ¿Por qué has nombrado al que no debía nombrarse y has hecho el signo que no puede mirarse?

—No —contestó él—, no te dejaré ir si no me dices el secreto.

—¿Qué secreto? —replicó la bruja, luchando como un gato salvaje y mordiéndose los labios espumeantes.

—Ya sabes cuál —contestó el pescador.

Los ojos verdes como la hierba de ella se llenaron de lágrimas y le dijo:

—¡Pídeme todo menos eso!

Él se echó a reír y la sujetó con mayor firmeza si cabe.

Y cuando ella vio que no podía librarse, le susurró:

—Soy tan hermosa como la hija del mar y tan bella como todas las que habitan en las aguas azules.

Y lo miró servilmente y acercó su rostro al de él.

Pero éste la apartó, frunció el ceño, y dijo:

—Si no cumples la promesa que me hiciste, te mataré por bruja falsa.

Ella se puso gris como las flores del árbol de Judas y se estremeció.

—Sea —murmuró—. Es tu alma y no la mía. Haz con ella lo que quieras.

Y sacó de su cinturón un pequeño cuchillo que tenía el mango de piel de víbora verde y se lo dio.

—¿Para qué me servirá esto? —preguntó él asombrado.

Ella se quedó callada unos instantes y una mirada de terror apareció en su rostro. Después se echó hacia atrás el pelo y, con una extraña risotada, dijo:

—Lo que los hombres llaman la sombra del cuerpo no es la sombra del cuerpo, sino el cuerpo del alma. Vete a la playa, ponte de espaldas a la luna y corta alrededor de tus pies tu sombra, que es el cuerpo del alma, y dile a tu alma que te abandone y así lo hará.

El joven pescador tembló.

—¿Es verdad eso? —murmuró.

—Es verdad, y quisiera no habértelo dicho —exclamó ella, y se abrazó a sus rodillas llorando.

Él se desasió y la dejó tendida en la hierba, y, dirigiéndose al borde de la montaña, puso el cuchillo en su cinto y comenzó a bajar.

Y su alma, que estaba dentro de él, le habló, y dijo:

—¡Escúchame! He vivido contigo todos estos años y te he servido. No me separes de ti ahora, porque ¿qué te he hecho de malo?

Y el joven pescador se echó a reír.

—Tú no me has hecho nada malo, pero no te necesito —contestó—. El mundo es ancho y hay un cielo y un infierno y una cosa iluminada débilmente entre ellos. Vete adonde quieras, pero no me molestes, porque mi amor me llama.

Y su alma se quejó lastimera, pero él no hizo caso, sino que corrió saltando de peña en peña como una cabra montesa, y por fin llegó al nivel del mar y a la arena amarilla de la playa.

Con su cuerpo bronceado y atlético como el de una estatua griega se puso de espaldas a la luna, y de entre la espuma salían unos brazos blancos que lo llamaban y de entre las olas surgían formas oscuras que le rendían homenaje. Ante él estaba su sombra, que era el cuerpo de su alma, y tras él la luna colgaba en el aire color miel.

Y su alma le dijo:

—Si en verdad quieres despojarte de mí, no me abandones sin un corazón. El mundo es cruel. Dame tu corazón para que me lo lleve.

Él movió la cabeza y sonrió.

—¿Con qué voy a amar a mi amada si te doy mi corazón? —exclamó.

—Ten compasión —replicó su alma—. Dame tu corazón, porque el mundo es muy cruel y yo tengo miedo.

—Mi corazón es de mi amor —contestó él—; así que no me molestes y vete.

—¿No puedo yo amar también? —preguntó su alma.

—Vete, porque no te necesito —exclamó el joven pescador.

Y cogió el cuchillo por el mango de piel de víbora verde y cortó la sombra alrededor de sus pies, y ésta se levantó, se puso ante él y lo miró, y era exacta a su persona.

Retrocedió, volvió a guardar el cuchillo en su cinto y una sensación de terror se apoderó de él.

—Vete —murmuró—, y que no vuelva a verte nunca.

—No. Nos encontraremos de nuevo —dijo su alma.

Su voz era baja y chillona, y los labios casi no se movían al hablar.

—¿Que volveremos a encontrarnos? —exclamó el joven pescador—. ¿No querrás seguirme a las profundidades del mar?

—Una vez al año vendré a este lugar y te llamaré —dijo el alma—. Puede ser que me necesites.

—¿Qué voy a necesitar de ti? —exclamó el joven pescador—. Pero sea como tú quieres.

Y se sumergió en el agua y los tritones soplaron sus cuernos y la pequeña sirena salió a su encuentro y le rodeó el cuello con los brazos y lo besó en la boca.

Y el alma se quedó en la playa solitaria, observándolos. Y cuando desaparecieron bajo el mar, se alejó llorando por las marismas.

Y cuando pasó un año, el alma volvió a la orilla del mar y llamó al joven pescador, y él surgió de las profundidades y preguntó:

—¿Para qué me llamas?

Y el alma contestó:

—Acércate, que tengo que hablar contigo, porque he visto cosas maravillosas.

Así que él se acercó y se echó sobre el agua de la playa y escuchó con la cabeza apoyada en una mano.

Y el alma le dijo:

—Cuando nos separamos tomé mi rumbo hacia el este y viajé, pues del este viene toda la sabiduría. Seis días enteros estuve viajando, y en la mañana del séptimo día llegué a una colina que se encuentra en el país de los tártaros. Tuve que sentarme a la sombra de un tamarindo con la intención de resguardarme del sol porque la tierra estaba seca y ardía por el calor. La gente iba y venía por la llanura como moscas moviéndose por un disco de cobre pulido.

»Al mediodía, una nube de polvo rojo se alzó en el horizonte. Cuando los tártaros la vieron, tensaron sus arcos pintados y montaron sobre sus pequeños caballos para galopar a su encuentro. Las mujeres se refugiaron gritando en las carretas y se escondieron tras las cortinas de fieltro.

»Cuando cayó la tarde, los tártaros volvieron, pero faltaban cinco de ellos, y entre los que venían había muchos heridos. Ataron los caballos a las carretas y se marcharon rápidamente. Tres chacales salieron de una cueva y los observaron. Después olfatearon el aire con sus hocicos y corrieron en la dirección opuesta.

»Cuando la luna se elevó en el cielo, vi la hoguera de un campamento sobre la llanura y me dirigí hacia ella. Un grupo de mercaderes estaba sentado sobre alfombras alrededor del fuego. Sus camellos estaban echados a sus espaldas y unos negros, que eran sus esclavos, armaban tiendas de piel sobre la arena y construían un alto muro con chumberas.

»Cuando me acerqué a ellos, el jefe de los mercaderes se levantó y, desenvainando su espada, me preguntó qué quería.

»Contesté que era príncipe en mi país y que me había escapado de los tártaros, que me habían hecho su esclavo. El jefe sonrió y me mostró cinco cabezas clavadas sobre largas cañas de bambú.

»Después me preguntó quién era el profeta de Dios, y yo le contesté que Mahoma.

»Cuando oyó el nombre del falso profeta, se inclinó y me cogió la mano para llevarme junto a él. Un negro me llevó leche de yegua en un recipiente de madera y un pedazo de carne de cordero asado.

»Cuando despertó el día, comenzamos nuestro viaje. Yo cabalgaba sobre un camello de pelo rojo al lado del jefe, y un batidor iba delante llevando una lanza. A nuestros flancos galopaban los guerreros, y las mulas nos seguían con las mercancías. Había cuarenta camellos en la caravana, y las mulas los doblaban en número.

»Fuimos del país de los tártaros al de los que maldicen a la luna. Vimos a los grifos guardando su oro en blancas rocas y a dragones cubiertos de escamas durmiendo en sus cuevas. Cuando pasamos sobre las montañas, tuvimos que contener la respiración para que la nieve no cayera sobre nosotros, y todos llevábamos un velo de gasa ante los ojos. Cuando atravesamos el valle de los pigmeos, nos arrojaron flechas desde las copas de los árboles y por la noche oímos a los salvajes golpear sus tambores. Cuando llegamos a la Torre de los Monos, pusimos frutas ante ellos y no nos atacaron. Cuando llegamos a la Torre de las Serpientes, les dimos leche caliente en vasijas de cobre y nos dejaron pasar. En nuestro viaje bordeamos hasta tres veces el río Oxus. Lo cruzamos sobre balsas de madera con grandes vejigas de aire. Los hipopótamos intentaron hacernos pedazos. Cuando los camellos los vieron, se pusieron a temblar.

»Los reyes de todas las ciudades nos cobraban tributos, pero no nos permitían atravesar sus puertas. Nos arrojaban pan desde lo alto de las murallas y tortas de maíz con miel y pasteles de harina llenos de dátiles. Por cada cien cestas, les dábamos una cuenta de ámbar.

»Cuando los habitantes de las aldeas nos veían venir, envenenaban los pozos y se marchaban a las colinas. Luchamos con los magadas, que nacen viejos y se hacen más jóvenes año tras año y mueren cuando son niños; y con los lactros, que dicen ser hijos de tigres y se pintan de amarillo y negro; y con los aurantes, que ponen a sus muertos sobre las copas de los árboles y viven en oscuras cavernas para resguardarse del sol, al que consideran su dios, por miedo a que éste les quite la vida; y con los crimnios, que adoran a un cocodrilo y le dan pendientes de hierba verde y lo alimentan con manteca y gallinas jóvenes; y con los agazombas, que tienen cara de perro; y con los sibanos, que tienen pies de caballo y corren más veloces que los caballos.

»Un tercio de nosotros murió en los combates, y otro tercio murió de hambre. El resto murmuró contra mí y dijo que yo les había traído la desgracia. Saqué una víbora cornuda de debajo de una piedra y la dejé que me mordiera. Cuando vieron que no me hacía daño, se asustaron.

»Tras cuatro meses de viaje llegamos a la ciudad de Illel. Era de noche cuando llegamos a la arboleda que hay junto a las murallas, y el aire era denso porque estábamos en la luna de Escorpio. Cogimos granadas de los árboles, las rompimos y bebimos su dulce jugo. Después nos acostamos sobre nuestras alfombras y esperamos el alba.

»Y al amanecer nos levantamos y llamamos a la puerta de la ciudad. Era de bronce rojo y grabada con dragones de mar y dragones alados. Los vigilantes miraron desde los torreones y nos preguntaron qué queríamos. El intérprete de la caravana contestó que veníamos de la isla de Siria con muchas mercancías. Cogieron rehenes y dijeron que abrirían las puertas a mediodía, y nos ordenaron que esperásemos hasta entonces.

»Cuando llegó el mediodía, abrieron la puerta y entramos, y la gente salía de sus casas para mirarnos, y un pregonero recorrió la ciudad tocando una caracola. Fuimos al mercado y los negros desataron los paquetes de tela y abrieron las arcas talladas de sicómoro. Y cuando terminaron su tarea, los mercaderes expusieron sus exóticas mercancías: lino de Egipto, lino estampado de Etiopía, esponjas purpúreas de Tiro y colgaduras azules de Sidón, copas de frío ámbar y finos jarros de cristal y curiosos recipientes de arcilla quemada. Un grupo de mujeres nos observaba desde el tejado de una casa. Una de ellas llevaba una máscara de cuero dorado.

»Y el primer día, los sacerdotes acudieron y trataron con nosotros, y al segundo día acudieron los nobles, y al tercer día los trabajadores y los esclavos. Ésta era su costumbre con los mercaderes, todo el tiempo que están en la ciudad.

»Y nos quedamos durante una luna, y cuando ésta empezó a menguar yo estaba cansado y deambulé por las calles de la ciudad hasta el jardín de su dios. Los sacerdotes con sus mantos amarillos se movían en silencio entre los verdes árboles, y sobre un pavimento de mármol negro se alzaba un edificio rosa rojizo que era la morada del dios. Sus puertas eran de laca, y había toros y pavos reales grabados sobre ellas en relieve y cubiertos de oro brillante. El techo era de porcelana verde marina, y las cornisas estaban bordeadas de campanas. Cuando las blancas palomas volaban junto a ellas, las tocaban con sus alas y las hacían sonar.

»Frente al templo había un estanque de agua clara recubierto de ónice veteado. Me tumbé junto a él y toqué las hojas con mis pálidos dedos. Uno de los sacerdotes se acercó y se puso ante mí. Y llevaba sandalias en los pies, una de piel de serpiente y la otra cubierta con plumas de pájaro. Sobre su cabeza tenía una mitra negra de fieltro adornada con medias lunas de plata. Su manto era de siete amarillos distintos, y su cabello estaba teñido con antimonio.

»Y al cabo de un instante me habló y me preguntó qué deseaba.

»Le dije que quería ver al dios.

»—El dios está cazando —respondió el sacerdote, que me miraba extrañado con sus pequeños ojos orientales.

»—Dime en qué bosque y cabalgaré hacia él —repliqué.

»Él estiró las franjas de su túnica con sus largas y puntiagudas uñas.

»—El dios está dormido —murmuró.

»—Dime en qué lecho e iré a verlo —contesté.

»—¡El dios está en un festín! —exclamó.

»—Si el vino es dulce, lo beberé con él, y si es amargo, también lo beberé con él —fue mi respuesta.

»Inclinó la cabeza asombrado y, cogiéndome de la mano, hizo que me levantara y me condujo al templo.

»Y en el primer salón vi un ídolo sentado en un trono de jaspe bordeado de grandes perlas orientales. Estaba esculpido en ébano, y su estatura era la de un hombre. En su frente había un rubí, y se derramaba óleo desde su pelo hasta su cintura. Sus pies estaban rojos por la sangre de un cabrito recién sacrificado, y su cintura estaba rodeada por un cinturón de cobre en el que había incrustados siete berilos.

»Y le dije al sacerdote:

»—¿Éste es el dios?

»Y él me contestó:

»—Éste es el dios.

»—Muéstrame al dios —grité—, o ten por cierto que te mataré.

»Y le toqué la mano y se marchitó.

»Y el sacerdote me dijo:

»—Cure mi señor a su siervo y le mostraré al dios.

»Y yo eché mi aliento sobre su mano y volvió a estar sana, y él tembló y me introdujo en el segundo salón y vi un ídolo sobre un loto de jade adornado con grandes esmeraldas. Estaba esculpido en marfil y su estatura era dos veces la de un hombre. En su frente tenía un crisólito, y su pecho estaba impregnado de mirra y canela. En una mano sujetaba un cetro de jade, y en la otra, una bola de cristal. Llevaba algún borceguí de latón y su cuello estaba rodeado por un collar de selenitas.

»Y le dije al sacerdote:

»—¿Éste es el dios?

»Y él me contestó:

»—Éste es el dios.

»—Muéstrame al dios —exclamé—, o ten por cierto que te mataré.

»Y toqué sus ojos y se quedaron ciegos.

»Y el sacerdote me dijo:

»—Cure mi señor a su siervo y le mostraré al dios.

»Entonces eché mi aliento sobre sus ojos y la vista volvió a ellos, y él tembló otra vez y me condujo al tercer salón y ¡he aquí que no había ningún ídolo en él! Tampoco había imagen de ninguna clase, sino sólo un espejo redondo, de metal, puesto sobre un altar de piedra.

»Y le dije al sacerdote:

»—¿Dónde está el dios?

»Y él me contestó:

»—No hay ningún dios, sino sólo este espejo que tú ves, porque éste es el espejo de la sabiduría. Y refleja todas las cosas que hay en el cielo y en la tierra, salvo el rostro del que se mira en él. Esto no lo refleja, y así el que mira en él puede ser sabio. Hay muchos más espejos, pero son de opinión. Éste es el único espejo de la sabiduría. Y quien posee este espejo lo sabe todo, no hay nada que pueda ocultársele. Y quienes no lo poseen no tienen sabiduría. Por tanto, éste es el dios, y nosotros lo adoramos.

»Y yo miré en el espejo, y era tal como me había dicho.

»E hice una cosa extraña, pero que no importa ahora, porque, en un valle que está sólo a un día de camino desde este lugar, escondí el espejo de la sabiduría. Si me permites volver a entrar en ti y ser tu sierva, serás más sabio que todos los sabios y la sabiduría será tuya. Permíteme entrar en ti y no habrá nadie más sabio que tú.

Pero el joven pescador se echó a reír.

—El amor es mejor que la sabiduría —exclamó—, y la pequeña sirena me ama.

—No. No hay nada mejor que la sabiduría —replicó el alma.

—El amor es mejor —contestó el joven pescador, y se sumergió en las profundidades.

Y el alma se marchó llorando por las marismas.

Y al segundo año el alma volvió a la orilla del mar y llamó al joven pescador, y éste surgió de las profundidades y preguntó:

—¿Para qué me llamas?

Y el alma contestó:

—Acércate, que tengo que hablar contigo, porque he visto cosas maravillosas.

Entonces él se acercó y se echó sobre el agua de la playa y, recostando su cabeza en una mano, escuchó.

Y el alma le dijo:

—Cuando nos separamos me fui hacia el sur y viajé. Todas las cosas preciosas vienen del sur. Viajé seis días por los largos caminos que van a la ciudad de Asther, por largos caminos rojos y polvorientos por donde los peregrinos no quieren ir yo viajé, y en la mañana del séptimo día abrí los ojos y la ciudad estaba a mis pies, porque está en un valle.

»Esta ciudad tiene nueve puertas y frente a cada una de ellas hay un caballo de bronce que relincha cuando los beduinos bajan de las montañas. Los muros están reforzados con cobre, y las torres de los centinelas tienen techos de latón. En cada torre hay un arquero con un arco en la mano. Al salir el sol, golpean un gong, y cuando el astro se pone, soplan un cuerno.

»Cuando intenté entrar, los centinelas me detuvieron y me preguntaron quién era. Contesté que era un derviche y que me dirigía a La Meca, donde había un velo verde sobre el cual estaba bordado el Corán con letras de plata por manos de ángeles. Se asombraron y me rogaron que entrase.

»Dentro todo era como un bazar. Deberías haber estado conmigo. Por las calles estrechas las alegres linternas de papel son como grandes mariposas.

Cuando el viento sopla sobre los tejados, se elevan y caen como coloridas burbujas. Frente a sus puestos se sientan los mercaderes sobre alfombras hechas de seda. Tienen barbas negras y pobladas, y sus turbantes están cubiertos de cuentas de oro, y con sus dedos fríos desgranan largos rosarios de ámbar y huesos de melocotón tallados. Algunos venden gálbano y nardo y curiosos perfumes de las islas del océano Índico, y aceite de rosas rojas y mirra y clavo. Cuando uno se para a hablar con ellos, arrojan incienso en un brasero de carbón y hacen dulce el aire. Vi a un sirio que llevaba en la mano una vara fina como un junco. Grises espirales de humo salían de ella, y su aroma era como el de los almendros floridos en primavera. Otros vendían brazaletes de plata incrustados de turquesas azules y aros de bronce bordeados con perlas, y garras de tigre engarzadas en oro y garras de leopardo, también engarzadas en oro, y pendientes de esmeraldas y anillos de jade. De las casas de té sale el sonido de las guitarras, y los fumadores de opio con sus caras blancas y sonrientes observan a los caminantes.

»En verdad tendrías que haber estado conmigo. Los vendedores de vino pasan entre la gente con sus grandes pellejos negros sobre los hombros. La mayoría de ellos venden vino de Schiraz, que es dulce como la miel. Lo sirven en copas de metal y echan hojas de rosa sobre ellas. En el mercado están los fruteros, que tienen fruta de todas clases: higos de carne purpúrea, melones amarillos como topacios y que huelen a musgo, sidras y manzanas rosadas, racimos de blancas uvas, naranjas redondas, de un rojo dorado, y limones de color oro verde. Una vez vi pasar un elefante. Su trompa estaba pintada de bermellón y cúrcuma, y sobre sus orejas tenía una red tejida en seda. Se detuvo frente a un puesto, y se puso a comer naranjas, y el comerciante se echó a reír. No sabes lo extraña que es esa gente. Cuando están contentos, compran un pájaro enjaulado y lo sueltan para que su alegría sea mayor, y cuando están tristes, se golpean con ramas de espino para que su tristeza no se aminore.

»Una noche me encontré a unos negros que llevaban un pesado palanquín por el bazar. Estaba hecho de bambú dorado y las agarraderas eran de laca bermellón adornada con pavos reales de bronce. Las cortinas eran de muselina fina bordada con alas de escarabajo y perlas, y cuando pasó, una circasiana de pálido rostro se asomó y me dirigió una sonrisa. Seguí al palanquín, y los negros corrieron y me fruncieron el ceño. Pero yo no me preocupé. Estaba lleno de curiosidad.

»Por fin se detuvieron junto a una casa que era blanca y cuadrada. No tenía ventanas; solamente podíamos ver una pequeña puerta que ciertamente parecía la entrada de una tumba. Bajaron el palanquín y llamaron tres veces con una aldaba de cobre. Un armenio con un caftán de cuero verde se asomó por una especie de mirilla, y cuando los vio abrió la puerta y extendió una alfombra sobre el suelo, y la mujer bajó del palanquín. Al entrar se volvió hacia mí y me sonrió de nuevo. Jamás había visto a nadie tan pálido como ella.

»Cuando salió la luna, volví a aquel lugar y busqué la casa, pero no estaba allí. Cuando me di cuenta de esto, comprendí quién era la mujer y por qué me había sonreído.

»Ciertamente, tendrías que haber estado conmigo. En la fiesta de la Luna Nueva, el joven emperador salió de su palacio y fue a orar a la mezquita. Su pelo y su barba estaban mojados con agua de rosas, y sus mejillas estaban maquilladas con fino polvo de oro. Las plantas de los pies y las palmas de las manos estaban teñidas de amarillo, con azafrán.

»Al amanecer salió de su palacio con un manto de plata, y al llegar el ocaso volvió con un manto de oro. La gente se inclinaba hasta el suelo y ocultaba su rostro, pero yo no lo hice. Permanecí junto a un puesto de dátiles y esperé. Al verme, el emperador alzó sus cejas pintadas y se detuvo. Yo seguí allí, tranquilo, y no le rendí pleitesía. La gente se asombró de mi atrevimiento y me aconsejó que me marchara de la ciudad. No les hice caso y me senté junto a los vendedores de dioses extraños, que son odiados por su oficio. Cuando les dije lo que había hecho, cada uno me dio un dios y me rogó que me alejara.

»Esa noche, mientras descansaba sobre un almohadón en una casa de té que está en la calle de las Granadas, los guardias entraron y me llevaron al palacio. Cuando entré, todas las puertas se cerraban a mis espaldas con cadenas. Dentro había un gran patio rodeado por una arcada. Los muros eran de blanco alabastro salpicado de baldosas azules y verdes. Las columnas eran de mármol verde, y el pavimento, también de mármol, pero de un color parecido al del melocotón. No había visto jamás nada igual.

»Cuando atravesé el patio, dos mujeres tapadas con velos detectaron mi presencia desde un balcón y empezaron a maldecirme. Los guardias caminaron más rápido y sus lanzas resonaron contra el brillante suelo. Abrieron una pesada puerta de marfil y me encontré en un jardín con fuentes y con siete terrazas. El jardín estaba cubierto de tulipanes y flores de luna y áloes plantados. Como un hilo de cristal, un surtidor brotaba del suelo. Los cipreses eran como antorchas apagadas. Desde uno de ellos cantaba un ruiseñor.

»Al fondo del jardín había un pequeño pabellón. Cuando nos acercamos a él, dos eunucos salieron a nuestro encuentro. Sus gruesos cuerpos se movían al andar y me miraron curiosos con sus ojos de párpados amarillos. Uno de ellos se apartó un poco con el capitán de los guardias y le susurró algo en voz baja. El otro siguió masticando pastillas aromáticas que cogía con gesto afectado de una caja ovalada de esmalte lila.

»Al cabo de un instante, el capitán de la guardia despidió a los soldados. Éstos volvieron al palacio y los eunucos los siguieron lentamente, cogiendo bayas dulces a su paso. Una vez se volvió el más viejo de los dos y me lanzó una sonrisa diabólica.

»Después, el capitán de la guardia me indicó la entrada del pabellón. Anduve sin temblar, eché a un lado la pesada cortina y entré.

»El joven emperador estaba recostado en un lecho de pieles de león y tenía un halcón en la muñeca. Tras él había un nubio con turbante, desnudo hasta la cintura y con pesados anillos en las orejas. Sobre una mesa, junto al lecho, descansaba una pesada cimitarra de acero.

»El emperador frunció el ceño al verme y me dijo:

»—¿Cuál es tu nombre? ¿No sabes que soy el emperador de esta ciudad?

»Pero no le contesté.

»Apuntó con su dedo a la cimitarra y el nubio la cogió y, arrojándose sobre mí, me golpeó con gran violencia. La hoja pasó a través de mí, pero no me hirió. El hombre cayó al suelo, y cuando se levantó sus dientes castañeteaban de terror y se escondió tras el lecho.

»El emperador se levantó y, cogiendo una lanza de una panoplia, me la arrojó. Yo la cogí en el aire y la rompí en dos trozos. Me disparó con una flecha, pero la detuve con mis manos. Entonces sacó una daga de su cinturón de cuero blanco y apuñaló al nubio en el cuello para que no pudiera contar su deshonor. El hombre se contorsionó como una serpiente pisoteada y una espuma roja le cubrió los labios.

»Tan pronto como estuvo muerto, el emperador se volvió hacia mí, y cuando hubo secado el brillante sudor de su frente con un pequeño pañuelo de seda purpúrea, me dijo:

»—¿Eres un profeta, que no puedo herirte? ¿O el hijo de un profeta, que no puedo hacerte ningún daño? Te ruego que abandones mi ciudad esta noche, porque mientras tú estés en ella yo no seré su señor.

»Y yo le contesté:

»—Quiero la mitad de tu tesoro. Dame la mitad de tu tesoro y me marcharé.

»Me cogió de la mano y me llevó al jardín. Cuando el capitán de la guardia me vio, se quedó asombrado. Cuando los eunucos me vieron, sus rodillas temblaron y cayeron al suelo llenos de temor.

»Hay un salón en el palacio que tiene ocho paredes de pórfido rojo y un techo rematado en bronce del que cuelgan lámparas. El emperador tocó una de las paredes y ésta se abrió. Bajamos por un pasillo que estaba iluminado con muchas antorchas. En las cavidades laterales había grandes jarras de vino llenas a rebosar de monedas de plata. Cuando llegamos al centro del corredor, el emperador dijo la palabra que no puede decirse y una puerta de granito se abrió girando sobre unos goznes secretos, y él se puso las manos ante el rostro para que sus ojos no se cegaran.

»No te puedes llegar a imaginar la cantidad de cosas maravillosas que había en aquel lugar. Había grandes conchas de tortuga llenas de perlas y piedras de luna huecas, de gran tamaño, todas repletas de rojos rubíes. El oro estaba guardado en cofres de piel de elefante, y el polvo de oro, en bolsas de cuero. Había ópalos y zafiros, los primeros en copas de cristal y los segundos en copas de jade. Había esmeraldas verdes y redondas alineadas en orden sobre finas bandejas de marfil, y en un rincón había sacos de seda llenos, unos de turquesas y otros de berilos. Los colmillos de marfil estaban llenos de purpúreas amatistas y los de bronce con calcedonias y sardios. Las columnas, que eran de cedro, estaban cubiertas de lincurios amarillos. Sobre unos escudos lisos y ovalados había carbunclos, unos rojos como el vino y otros verdes como la hierba. Y realmente te digo sólo una pequeña parte de lo que había allí.

»Y cuando el emperador apartó las manos de su rostro, me dijo:

»—Éste es todo mi tesoro. La mitad es tuya, tal como te he prometido. Y también te daré camellos y conductores que harán lo que les ordenes. Ellos llevarán tu parte del tesoro a cualquier lugar del mundo que desees. Y eso se hará esta noche para que el sol, que es mi padre, no pueda ver que en mi ciudad hay un hombre a quien no puedo vencer.

»Pero yo le contesté:

»—El oro que hay aquí es tuyo, y la plata y todas las joyas y piedras preciosas. En cuanto a mí, no necesito nada de eso. No me llevaré nada tuyo, excepto el pequeño anillo que llevas en el dedo.

»Y el emperador frunció el ceño.

»—Es sólo un anillo de plomo —exclamó—. No tiene ningún valor. Llévate la mitad de mi tesoro y vete de mi ciudad.

»—No —contesté—. Sólo me llevaré el anillo de plomo, porque sé lo que está escrito en él y con qué propósito.

»Y el emperador tembló, y me dijo en tono de súplica:

»—Llévate todo el tesoro y vete de mi ciudad. Te doy también mi parte.

»Y yo hice una cosa extraña, que ahora no importa, porque en una cueva que está solamente a un día de viaje desde este lugar he escondido el anillo de la riqueza. Está solamente a un día de viaje desde este lugar, y espera a que tú vayas por él. El que posee este anillo es más rico que todos los reyes del mundo. Ve allí y cógelo, y todas las riquezas del mundo serán tuyas.

Pero el joven pescador se echó a reír.

—El amor es mejor que la riqueza —exclamó—, y la pequeña sirena me ama.

—No; no hay nada mejor que la riqueza —replicó el alma.

—El amor es mejor —contestó el joven pescador, y se sumergió en las profundidades.

Y el alma se marchó llorando por las marismas.

* * *

Y cuando pasó el tercer año, el alma volvió a la orilla del mar y llamó al joven pescador, y éste surgió de las profundidades y dijo:

—¿Para qué me llamas?

Y el alma contestó:

—Acércate, que tengo que hablar contigo, porque he visto cosas maravillosas.

Y él se acercó y se echó en el agua de la playa y, apoyando la cabeza sobre una mano, escuchó.

Y el alma le dijo:

—En una ciudad que yo conozco hay una posada junto a un río. Me senté con los marineros que bebían vino de dos colores diferentes y comían pan hecho de centeno y pescado de agua salada servido con hojas de laurel y vinagre, y mientras estábamos sentados charlando alegremente, entró un viejo que llevaba una alfombra de cuero y un laúd que tenía dos cuernos de ámbar. Y cuando hubo extendido la alfombra sobre el suelo, tocó con una púa las cuerdas de su laúd. En ese momento, entró una muchacha con el rostro tapado por un velo y empezó a bailar para nosotros. Su rostro estaba cubierto por un velo de gasa, pero sus pies estaban totalmente desnudos.

»Desnudos estaban sus pies, y se movían sobre la alfombra como blancas palomas. Nunca he visto nada tan maravilloso, y la ciudad donde ella baila está sólo a un día de viaje desde este lugar.

Y cuando el joven pescador oyó las palabras de su alma, recordó que la pequeña sirena no tenía pies y no podía bailar. Y un gran deseo se apoderó de él, y se dijo a sí mismo:

—Sólo está a un día de viaje, y después puedo volver con mi amor.

Y se echó a reír y se levantó del agua, dirigiéndose hacia la tierra.

Y cuando llegó a la arena seca se echó a reír otra vez y le tendió los brazos a su alma. Y su alma dio un grito de alegría y corrió a su encuentro, entró en él, y el joven pescador vio ante él, sobre la arena, la sombra del cuerpo, que es el cuerpo del alma.

Y el alma le dijo:

—Démonos prisa, vayámonos de inmediato, porque los dioses del mar son celosos y tienen monstruos que obedecen sus órdenes.

* * *

Y se dieron prisa y viajaron toda la noche bajo la luna, y durante todo el día siguiente viajaron bajo el sol, y al atardecer llegaron a una ciudad.

Y el joven pescador le dijo a su alma:

—¿Es ésta la ciudad en la que baila la muchacha de quien me has hablado?

Y su alma le contestó:

—Ésta no es la ciudad, sino otra. Sin embargo, entremos en ésta.

Así pues, entraron y recorrieron las calles, y cuando pasaron por la calle de los joyeros el joven pescador vio una bella copa de plata en un puesto. Y su alma le dijo:

—Coge esa copa de plata y escóndela.

Y él cogió la copa y la escondió bajo su túnica, y se marcharon corriendo de la ciudad.

Y cuando estuvieron a una legua, el joven pescador frunció el ceño, arrojó la copa y le dijo a su alma:

—¿Por qué me dijiste que cogiera esa copa y la escondiera, si era un acto malo?

Pero su alma le contestó:

—Tranquilízate, tranquilízate.

Y al atardecer del segundo día, llegaron a otra ciudad, y el joven pescador le dijo a su alma:

—¿Es ésta la ciudad en la que baila la muchacha de quien me hablaste?

Y su alma le contestó:

—No es ésta, sino otra. Sin embargo, entremos en ésta.

Y entraron y atravesaron las calles, y al pasar por la calle de los vendedores de sandalias el joven pescador vio a un niño que llevaba un jarro de agua. Y su alma le dijo:

—Pega a ese niño.

Y él pegó al niño hasta que se echó a llorar, y cuando hizo esto salieron corriendo de la ciudad.

Y cuando estuvieron a una legua el joven pescador, lleno de ira, le dijo a su alma:

—¿Por qué me dijiste que pegara al niño, si era un acto malo?

Pero su alma le contestó:

—Tranquilízate, tranquilízate.

Y al atardecer del tercer día llegaron a otra ciudad, y el joven pescador le dijo a su alma:

—¿Es ésta la ciudad donde baila la muchacha de quien me hablaste?

Y su alma le contestó:

—Puede que sea esta ciudad; así que entremos en ella.

Y entraron y recorrieron las calles, pero el joven pescador no vio ni el río ni la posada que tenía que haber junto a él. Y la gente de la ciudad lo miró con curiosidad, y él se asustó y le dijo a su alma:

—Vámonos, porque la que baila con blancos pies no está aquí.

Pero su alma le contestó:

—No; quedémonos, porque la noche es oscura y puede haber ladrones en el camino.

Y el pescador se echó a descansar en el mercado, y al rato pasó un mercader con una capucha, llevando un manto de paño de Tartaria y una linterna hecha con un cuerno y unida al extremo de una caña de bambú.

Y el mercader le dijo:

—¿Por qué te sientas en el mercado, viendo que todos los puestos están cerrados y los fardos recogidos?

Y el joven pescador le contestó:

—No puedo encontrar posada ni tengo ningún amigo que pueda darme cobijo.

—¿No somos todos hermanos? —dijo el mercader—. ¿Y no fue un mismo dios el que nos creó a todos? Así que ven conmigo, porque tengo una habitación para invitados.

Y el joven pescador se levantó y siguió al mercader a su casa. Y cuando pasaron por un jardín de granados y entraron en la casa, el mercader llevó agua de rosas en un recipiente de cobre para que se lavara las manos y melones maduros para que saciara su sed, y puso ante él un plato de arroz y un trozo de cabrito asado.

Y cuando hubo terminado, el mercader lo condujo a la habitación de invitados deseándole que durmiera y descansara bien. Y el joven pescador le dio las gracias y besó el anillo que había en su mano y se tumbó sobre las alfombras teñidas de pelo de cabra. Y cuando se cubrió con una manta de lana negra de cordero, se quedó dormido.

Y tres horas antes del amanecer, cuando aún era de noche, su alma le despertó y le dijo:

—Levántate, ve a la habitación del mercader, la habitación donde está durmiendo, mátalo y róbale su oro, porque lo necesitamos.

Y el joven pescador se levantó y se deslizó a la habitación del mercader. A los pies de la cama había una cimitarra, y a la cabecera, nueve bolsas de oro. Y alargó la mano y tocó la espada, y cuando hizo esto, el mercader tuvo un sobresalto y se despertó, y levantándose de un salto cogió la espada y exclamó:

—¿Me devuelves mal por bien y quieres pagar, derramando mi sangre, la amabilidad que he tenido contigo?

Y el alma le dijo al joven pescador:

—Mátalo.

Y él le golpeó hasta dejarlo sin sentido, y entonces se apoderó de las nueve bolsas de oro y salió corriendo velozmente por el jardín de granados, de cara a una estrella, que era la estrella matutina.

Y cuando estuvieron a una legua de la ciudad, el joven pescador se golpeó el pecho y le dijo a su alma:

—¿Por qué me dijiste que matara al mercader y robara su oro? En verdad eres mala.

Pero su alma le contestó:

—Tranquilízate, tranquilízate.

—No —exclamó el joven pescador—, no puedo tranquilizarme, porque odio todo lo que me has hecho hacer. A ti también te odio y te pido que me digas por qué has hecho eso conmigo.

Y su alma le contestó:

—Cuando me enviaste al mundo no me diste corazón; así que aprendí a hacer y a amar todas estas cosas.

—¿Qué dices? —murmuró el joven pescador.

—Lo sabes —contestó su alma—, lo sabes muy bien. ¿Has olvidado que no me diste corazón? Creo que no. Y no te preocupes por ti ni por mí y tranquilízate, porque no hay dolor que no puedas alejar ni placer que no puedas conseguir.

Y cuando el joven pescador oyó estas palabras, tembló y le dijo a su alma:

—No. Eres mala y me has hecho olvidar mi amor, me has hecho caer en tentaciones y me has hecho andar por los desgraciados senderos del pecado.

Y su alma le contestó:

—Pero seguro que no has olvidado que cuando me enviaste al mundo lejos de ti no me diste corazón. Ven, vamos a otra ciudad y alegrémonos, porque tenemos nueve bolsas de oro.

Pero el joven pescador cogió las nueve bolsas de oro, las arrojó al suelo y las pisoteó.

—No —exclamó—, no quiero tener nada que ver contigo ni iré a ningún otro sitio, sino que me despojaré de ti ahora como lo hice antes, porque no me has traído ningún bien.

Y se volvió de espaldas a la luna y, con el pequeño cuchillo con mango de piel de víbora verde, quiso cortar alrededor de sus pies la sombra del cuerpo, que es el cuerpo del alma.

Sin embargo, su alma no se alejó ni obedeció su mandato, sino que dijo:

—El hechizo que te enseñó la bruja ya no funciona, porque yo no puedo dejarte ni tú puedes desprenderte de mí. Sólo una vez en la vida puede un hombre desprenderse de su alma, pero el que vuelve a recibirla la tiene ya para siempre, y éste es su castigo y su recompensa.

Y el joven pescador se puso pálido, apretó los puños y exclamó:

—Era una falsa bruja, porque no me dijo eso.

—No —contestó su alma—, pero le fue fiel a aquél a quien adora y siempre será su sierva.

Y cuando el joven pescador se dio cuenta de que no podría volver a despojarse de su alma y de que ésta era un alma mala y que siempre habitaría dentro de él, cayó al suelo llorando con amargura.

* * *

Y cuando fue de día, el joven pescador se levantó y le dijo a su alma:

—Me ataré las manos para no poder hacer lo que me mandes y cerraré los labios para no poder decir tus palabras, y volveré al lugar donde habita la que amo. Hasta el mar volveré, a la pequeña bahía donde ella canta, y la llamaré y le diré el mal que he hecho y el mal que tú has traído sobre mí.

Y su alma lo tentó diciéndole:

—¿Quién es tu amor para que quieras volver junto a ella? En el mundo hay muchas más bellas. Están las bailarinas de Samaria, que bailan como todas las clases de pájaros y animales. Sus pies están pintados con púrpura y en sus manos tienen pequeñas campanas de cobre. Ríen mientras bailan, y su risa es tan clara como la risa del agua. Ven conmigo y te las mostraré. ¿Por qué te preocupas tanto por el pecado? ¿Es que los manjares agradables no están hechos para ser comidos? ¿Es que no hay venenos que son dulces de beber? No te preocupes y ven conmigo a otra ciudad. Hay una pequeña ciudad no muy lejos de aquí en la que existe un jardín de tulipanes. Y allí habitan pavos reales blancos y pavos reales de pecho azul. Sus colas, cuando las abren, parecen discos de marfil y discos de oro bajo el sol. Y la mujer que les da de comer baila por placer, y unas veces baila con los pies y otras con las manos. Sus ojos están pintados con antimonio, y las aletas de su nariz tienen forma de alas de golondrina. De una de ellas cuelga una flor hecha en una perla. Ríe mientras baila, y los brazaletes de plata que lleva en los tobillos suenan como campanillas. No te preocupes más y ven conmigo a esta ciudad.

Pero el joven pescador no contestó a su alma, sino que cerró sus labios con el sello del silencio y ató sus manos con una cuerda resistente y volvió al lugar de donde había venido, a la pequeña bahía donde su amor acostumbraba cantar.

Y su alma lo tentó por el camino, pero él no contestó ni hizo caso de las cosas malas que le decía, tan grande era el amor que había en él.

Y cuando llegó a la orilla del mar, desató la cuerda de sus manos y quitó el sello del silencio de sus labios, y llamó a la pequeña sirena. Pero ella no contestó a su llamada, aunque la llamó y le suplicó durante todo el largo día.

Y su alma se burló de él, diciéndole:

—Ciertamente, obtienes pocas alegrías de tu amor. Eres como el que en época de muerte vierte agua sobre una jarra rota. Tú das todo lo que tienes y no recibes nada a cambio. Sería mejor que vinieras conmigo, porque yo sé dónde está el Valle del Placer y qué cosas ocurren allí.

Pero el joven pescador no contestó a su alma, sino que en una grieta de la roca se hizo una choza de cañas y habitó en ella durante un año. Y todas las mañanas llamaba a la sirena y todos los mediodías volvía a llamarla, y por la noche gritaba su nombre. Pero ella nunca surgió del mar para verlo, ni él pudo encontrarla en ningún lugar del océano, aunque buscó en las cavernas y en las aguas verdes, en las aguas que deja la marea y en los pozos de las profundidades marinas.

Su alma lo tentó con el mal y le susurró cosas horribles. Sin embargo, no pudo nada contra él: tan grande era el poder de su amor.

Y cuando pasó el año, el alma pensó: «He tentado a mi dueño con el mal y su amor es más fuerte que yo. Ahora le tentaré con el bien y puede ser que venga conmigo».

Entonces le habló al joven pescador y le dijo:

—Te he hablado de las alegrías del mundo y no me has escuchado. Permíteme ahora que te hable de los dolores del mundo, y así puede que me escuches. Porque, a decir verdad, el dolor es el dueño del mundo y nadie escapa de sus redes. Los hay que no tienen ropa y los hay que no tienen pan. Hay viudas que visten con púrpuras y viudas que lo hacen con harapos. De un lado a otro van los leprosos y son crueles entre ellos. Los mendigos van y vienen por los caminos, y sus bolsillos están vacíos. Por las calles de las ciudades anda el hambre, y la plaga se sienta a sus puertas. Ven, vayamos a enmendar estas cosas y evitémoslas. ¿Para qué vas a seguir aquí llamando a tu amor, si ves que no acude a la llamada? ¿Y qué es el amor, para que lo tengas en tan alta estima?

Pero el joven pescador no contestó, tan grande era el poder de su amor. Y todas las mañanas llamó a la sirena y todos los mediodías volvía a llamarla y por las noches gritaba su nombre. Pero ella nunca surgió del mar para verlo ni él pudo encontrarla en ningún lugar del océano, aunque la buscó en las orillas del mar, en los valles que hay bajo las olas, en el mar que la noche convierte en púrpura y en el mar que el amanecer tiñe de gris.

Y cuando transcurrió el segundo año, el alma le dijo al joven pescador una noche en que se encontraba sentado en su choza:

—Te he tentado con el mal y te he tentado con el bien, y tu amor es más fuerte que yo. Así que no te tentaré más, pero te ruego que me permitas entrar en tu corazón para que vuelva a ser como antes.

—Puedes entrar —respondió el joven pescador—, porque los días que has andado por el mundo sin corazón debes de haber sufrido mucho.

—¡Oh! —exclamó su alma—. No tengo sitio para entrar, tan lleno de amor está tu corazón.

—Sin embargo, yo quiero ayudarte —replicó el joven pescador.

Y dicho esto, se oyó un gran lamento desde el mar, como el que oyen los hombres cuando ha muerto uno de los hijos del mar. Y el joven pescador se levantó de un salto y abandonó su choza de cañas y corrió hacia la playa. Y las negras olas venían corriendo, llevando sobre ellas una carga más blanca que la plata. Blanca como la espuma era, y como una flor la agitaban las olas. Y la corriente la arrebató de las olas y la espuma la cogió de la corriente y la playa la recibió, y el joven pescador vio a sus pies el cuerpo de la pequeña sirena. Muerta a sus pies la vio.

Llorando, lleno de dolor, se arrojó junto a ella y besó la fría y roja boca y acarició el húmedo ámbar de su cabello. Se arrojó junto a ella sobre la arena, llorando como quien tiembla de alegría, y sus brazos morenos la apretaron contra su pecho. Fríos estaban sus labios, pero él los besó. Salada era la miel de su cabello, pero él la saboreó con amarga alegría. Besó los párpados cerrados y la sal que había en ellos era menos salada que sus lágrimas y él se confesó con la muerta.

En la concha de sus oídos vertió el vino amargo de su historia. Puso las pequeñas manos de ella alrededor de su cuello y con sus dedos acarició la frágil caña de su garganta. Amarga, amarga era su alegría y lleno de extraña felicidad su dolor.

El negro mar se iba acercando, y la blanca espuma gemía como un leproso. Con blancas garras de espuma el mar tocaba la playa. Desde el palacio del rey del mar volvió a salir el lamento de dolor y los grandes tritones soplaron sus sonoros cuernos.

—Retrocede —dijo su alma—, porque el mar cada vez se acerca más y, si no te das prisa, te matará. Retrocede, porque tengo miedo al ver que tu corazón está cerrado para mí a causa de la grandeza de tu amor. Huye a lugar seguro. ¿No querrás enviarme al otro mundo sin corazón?

Pero el joven pescador no escuchó a su alma, sino que le habló a la pequeña sirena y le dijo:

—El amor es mejor que la sabiduría y más precioso que las riquezas y ciertamente más bello que los pies de las hijas de los hombres. El fuego no puede destruirlo ni el agua puede apagarlo. Te llamaba al amanecer y no acudiste a mis llamadas. La luna oyó tu nombre, y yo me marché para mi dolor. Sin embargo, tu amor siempre vino conmigo y nada ha podido contra él. Y ahora que tú estás muerta, en verdad que yo he de morir contigo.

Y su alma le rogó que se alejara, pero él no lo hizo: tan grande era su amor. Y el mar se acercó y los cubrió con sus olas, y cuando él supo que su fin iba a llegar, besó con labios enloquecidos los fríos labios de la sirena y el corazón que se hallaba en su interior se rompió. Y como su corazón se rompió por la grandeza de su amor, el alma encontró una manera de entrar en él y lo consiguió. Ambos fueron uno tal como lo habían sido antes. Y el mar cubrió al joven pescador con sus olas.

* * *

Y por la mañana, el sacerdote fue a bendecir al mar, porque había estado agitado, y con él fueron los monjes y los músicos y los portadores de cirios y los que derramaban incienso y un gran acompañamiento.

Y cuando el sacerdote llegó a la playa vio al joven pescador que yacía ahogado sobre la arena apretando en sus brazos el cuerpo de la pequeña sirena. Y retrocedió frunciendo el ceño, hizo la señal de la cruz y exclamó en voz alta:

—No bendeciré el mar ni nada de lo que en él hay. Malditas sean las gentes del mar y malditos todos los que trafican con ellas. En cuanto al que por amor renegó de Dios y que yace aquí con el cuerpo de su amante, del que por juicio de Dios también se ha marchado la vida, llevad su cuerpo y el de ella y enterradlos en un rincón del Campo de los Bataneros, y no pongáis ninguna señal sobre su tumba para que nadie pueda saber el lugar donde sus restos descansan. Porque malditos han sido en su vida y malditos serán en su muerte.

Y la gente hizo lo que él ordenó, y en un rincón del Campo de los Bataneros donde no crecía ninguna hierba cavaron una profunda fosa y enterraron en ella los dos cuerpos sin vida.

Y cuando pasó el tercer año, en un día de fiesta, el sacerdote fue a la capilla para mostrarles a las gentes las llagas del señor y hablarles de la ira de Dios.

Y cuando se hubo vestido con sus ropas, entró y se inclinó ante el altar. Entonces vio que el altar estaba cubierto de extrañas flores que nunca había visto. Extrañas eran al mirarlas, y de curiosa belleza. Y su belleza lo turbó y su aroma era dulce a su olfato y sintió alegría, pero no pudo entender por qué.

Y después de abrir el tabernáculo y echar incienso en la custodia que había en él, mostró la sagrada forma a la gente, la escondió de nuevo tras el velo de los velos y empezó a hablar a las gentes, y su deseo era hablarles de la ira de Dios. Pero la belleza de las blancas flores lo turbó, y su aroma era tan dulce a su olfato que a sus labios acudieron otras palabras, y no les habló de la ira de Dios, sino del Dios cuyo nombre es amor. Y no supo por qué habló así.

Y cuando terminó su sermón, la gente lloraba, y el sacerdote volvió a la sacristía con los ojos llenos de lágrimas y los diáconos acudieron a desvestirlo y le quitaron el alba y el cíngulo, el manípulo y la estola, y él estaba como en un sueño.

Y después de que lo hubieran desvestido, los miró y les dijo:

—¿Qué flores son las que hay en el altar y de dónde han venido?

Y ellos le contestaron:

—No sabemos qué flores son, pero han venido de un rincón del Campo de los Bataneros.

Y el sacerdote tembló, volvió a su casa y rezó.

Y por la mañana, cuando estaba amaneciendo, salió con los monjes y los músicos, y los portadores de cirios y los que derramaban incienso, y un gran acompañamiento, y se dirigió hacia la orilla del mar y lo bendijo, y también a todos los seres que hay en él. También bendijo a los faunos y a las pequeñas criaturas que bailan en los bosques, y a las criaturas de ojos brillantes que miran entre las hojas. Bendijo todas las cosas de Dios y la gente se llenó de alegría y de asombro. Sin embargo, nunca volvieron a crecer flores en el rincón del Campo de los Bataneros, sino que la tierra volvió a ser tan estéril como antes. Ni los hijos del mar volvieron a la bahía, como antes solían hacer, porque se marcharon a otra parte del mar.

EL NIÑO ESTRELLA

ÉRANSE una vez dos pobres leñadores que volvían a su hogar a través de un gran pinar. Era invierno y la noche era muy fría. La nieve cubría la tierra y las ramas de los árboles; la helada iba partiendo las ramitas a ambos lados del camino, y cuando llegaron al torrente de la montaña vieron que se había quedado inmóvil en el aire, porque el rey del hielo lo había besado.

Hacía tanto frío que ni siquiera los animales sabían qué hacer.

—¡Uf! —gruñó el lobo andando a duras penas entre las matas, con el rabo entre las piernas—. Hace un tiempo perfectamente monstruoso. ¿Por qué no procura evitarlo el gobierno?

—¡Pío, pío, pío! —gritaron los verdes jilgueros—. La vieja tierra está muerta y la han envuelto en un blanco sudario.

—La tierra va a casarse y éste es su traje nupcial —murmuraron entre sí las tórtolas. Sus patitas rosadas estaban doloridas por el frío, pero creían que era su deber observar la situación desde un punto de vista romántico.

—¡Tonterías! —gruñó el lobo—. Os digo que todo es culpa del gobierno, y si no me creéis os comeré.

El lobo tenía una inteligencia muy práctica y nunca le faltaban buenos argumentos.

—Bien, por mi parte —replicó el pájaro carpintero, que era un filósofo de nacimiento—, a mí no me preocupa la teoría de las explicaciones. Si una cosa es así, así es, y ahora hace un frío terrible.

Y ciertamente hacía un frío terrible. Las pequeñas ardillas que vivían dentro de los altos abetos se frotaban unas a otras los hocicos para darse calor, y los conejos se recogían en sus madrigueras y no se aventuraban a asomarse al exterior. Las únicas que parecían alegrarse eran las grandes lechuzas. Sus plumas estaban tiesas por la escarcha, pero no les importaba, y movían sus grandes ojos amarillos llamándose unas a otras por el bosque:

—¡Tu-vit! ¡Tu-vuu! ¡Tu-vit! ¡Tu-vuu! ¡Qué delicioso tiempo tenemos!

Los dos leñadores caminaban soplándose los dedos y sus botas bastas y claveteadas dejaban marcado el camino sobre la nieve endurecida. Una vez cayeron en un profundo agujero y salieron de él tan blancos como los molineros cuando trabajan la harina; y una vez se resbalaron sobre el duro y tieso hielo, donde el agua estaba congelada, y los leños se cayeron de sus fardos y ellos los recogieron y volvieron a atarlos; y una vez creyeron que se habían perdido y un gran terror se apoderó de ellos, porque sabían que la nieve era cruel con los que se dormían en sus brazos. Pero se encomendaron al buen san Martín, que vela por todos los viajeros, y retrocedieron sobre sus pasos caminando pesadamente, hasta que por fin llegaron a la linde del bosque y vieron a lo lejos, en el valle que se extendía por debajo de ellos, las luces del pueblo en que vivían.

Estaban tan contentos que se echaron a reír a carcajadas y la tierra les pareció como una flor de plata y la luna como una flor de oro.

Sin embargo, después de reír se quedaron tristes, porque recordaron su pobreza, y uno de ellos le dijo al otro:

—¿Por qué nos alegramos, si sabemos que la vida es para los ricos y no para los que son como nosotros? Mejor sería que muriésemos de frío en el bosque o que algún animal salvaje cayera sobre nosotros y nos devorase.

—Ciertamente —contestó su compañero—, a algunos se les ha dado mucho y a otros muy poco. La injusticia ha parcelado el mundo, y la distribución no ha sido equitativa.

Pero cuando estaban lamentándose de su miseria ocurrió una cosa extraña. Cayó del cielo una estrella muy brillante y bellísima. Atravesó el firmamento, pasando junto a las otras estrellas, y cuando la observaron con asombro les pareció que caía tras un grupo de sauces que había a una distancia no mayor que un tiro de piedra.

—¡Hay mucho oro para quien la encuentre! —exclamaron los dos.

Y salieron corriendo, tan ansiosos estaban por encontrar oro.

Y uno de ellos corrió más que su compañero, lo adelantó, apresuró la marcha a través de los sauces y llegó al otro lado y, ¡cielos!, había un objeto de oro sobre la nieve. Se dirigió hacia él, se agachó y lo tocó con las manos: era un paño de tisú dorado, curiosamente estampado con estrellas y doblado en muchos pliegues. Y le gritó a su compañero que había encontrado el objeto que había caído del cielo, y cuando éste llegó ambos se sentaron en la nieve y empezaron a desdoblar los pliegues del manto que seguramente guardaba el oro. Pero, ¡oh!, no había oro dentro, ni plata, ni tesoro de ninguna clase, sino que solamente había un niñito que estaba dormido.

Y uno de ellos le dijo al otro:

—Éste es un amargo final para nuestra esperanza. No tenemos buena suerte, pues ¿de qué le sirve un niño a un hombre? Dejémoslo aquí y sigamos nuestro camino, ya que somos pobres y tenemos hijos cuyo pan no podemos darles a otros.

Pero su compañero le contestó:

—No. Es un acto malvado dejar a un niño abandonado en la nieve. Y, aunque yo soy tan pobre como tú y tengo muchas bocas que alimentar y poca comida en el puchero, me lo llevaré a mi casa y mi mujer seguro que lo cuidará.

Así pues, cogió al niño con ternura, lo tapó con el manto para resguardarlo del frío y siguió su camino hacia el pueblo. Su compañero se quedó asombrado por su locura y su corazón blando.

Y cuando llegaron al pueblo, le dijo:

—Tú tienes al niño; así que dame el manto, porque hemos de repartir.

Pero él le contestó:

—No, porque el manto no es tuyo ni mío, sino del niño.

Y, despidiéndose de él, se marchó a su casa y llamó a la puerta.

Y cuando su esposa abrió y vio que su marido volvía sano y salvo le rodeó el cuello con los brazos y lo besó, y después le quitó el haz de leña de la espalda, le limpió la nieve de las botas y le dijo que entrase.

Pero él dijo:

—He encontrado algo en el bosque y te lo he traído para que lo cuides.

Y se quedó parado en el umbral.

—¿Qué es? —exclamó ella—. Enséñamelo, porque la casa está desnuda y necesitamos muchas cosas.

Y él abrió el manto y le mostró al niño dormido.

—¡Hombre de Dios! —murmuró—. ¿No tenemos ya bastantes niños propios como para que necesites traer al hogar uno que te has encontrado? ¿Y quién sabe si nos traerá mala fortuna? ¿Y cómo le cuidaremos?

Y se enfadó con él.

—Es un niño estrella —contestó, y le contó la extraña forma en que lo habían encontrado.

Pero ella no se aplacó y se burló de él y le dijo en tono indignado:

—Nuestros hijos carecen de pan. ¿Debemos dar de comer al hijo de otros? ¿Quién se preocupa de nosotros? ¿Y quién nos da comida?

—No digas eso, porque Dios se preocupa hasta de los gorriones y los alimenta —contestó él.

—¿Y no mueren de hambre los gorriones en invierno? —preguntó ella—. ¿Y ahora no estamos en invierno?

Pero el hombre no contestó nada y no se movió del umbral de la puerta.

Y un viento helado vino del bosque y penetró por la puerta abierta y ella tembló y se estremeció, y por fin le dijo:

—¿Quieres cerrar la puerta? Entra un viento cortante en la casa y tengo frío.

—En una casa donde hay un corazón duro, ¿no entra siempre un viento helado? —preguntó él.

Y la mujer no le contestó, sino que se acercó más al fuego.

Y al rato se volvió y lo miró, y sus ojos estaban llenos de lágrimas. Y él entró entonces y puso al niño en sus brazos y ella lo besó y lo acostó en una pequeña cama, donde dormía el más pequeño de sus hijos. Y por la mañana

el leñador cogió el curioso manto de oro y lo guardó en un gran cofre, y su esposa guardó también en él una cadena de ámbar que estaba alrededor del cuello del niño.

* * *

Y así fue como el niño estrella creció con los hijos del leñador y se sentó en la misma mesa que ellos y se convirtió en su compañero de juegos. Y cada año se hacía más bello, y todos los que vivían en el pueblo estaban asombrados, porque mientras que ellos tenían el cabello negro, el del niño era blanco y delicado como una figurilla de marfil y sus rizos eran como las espirales de un narciso. Sus labios eran como pétalos de una flor roja, y sus ojos como violetas junto a un río de agua pura, y su cuerpo como el narciso de un campo por el que no pasa el segador.

Sin embargo, su belleza no le hizo ningún bien. Porque se hizo orgulloso, cruel y egoísta. Despreciaba a los hijos del leñador y a los otros niños del pueblo, diciéndoles que eran humildes, mientras que él era noble y había brotado de una estrella, y se erigía en su amo y los llamaba criados. No sentía piedad por el pobre ni por los que eran viejos o deformes o padecían cualquier desgracia, sino que les tiraba piedras y los echaba a los caminos, diciéndoles que fueran a mendigar a otro sitio, de forma que nadie, excepto los que estaban fuera de la ley, iba dos veces al pueblo a pedir limosna. En cambio estaba enamorado de la belleza y se burlaba de los débiles y feos y los hacía objeto de sus mofas; se amaba a sí mismo, y en verano, cuando el viento estaba en calma, se echaba junto al pozo del huerto del sacerdote y miraba en las aguas la maravilla de su rostro, y reía de placer al contemplar su hermosura.

El leñador y su esposa solían regañarlo, y decían:

—Nosotros no nos portamos contigo como tú lo haces con los desamparados que no tienen a nadie que los socorra. ¿Por qué eres tan cruel con los que necesitan compasión?

Y a menudo el viejo cura enviaba a buscarle para inculcarle el amor a los seres vivientes y le decía:

—La mosca es tu hermana. No le hagas daño. Los pájaros silvestres que vuelan por el bosque son libres. No los caces por placer. Dios hizo a la lombriz y al topo, y cada uno tiene su lugar. ¿Quién eres tú para traer el dolor al mundo de Dios? Hasta el ganado de los campos lo alaba.

Pero el niño estrella no prestaba atención a estas palabras, sino que fruncía el ceño, profería insultos y se volvía con sus compañeros y los mandaba. Y sus compañeros lo seguían porque era bello y de pies ligeros y podía bailar, tocar la flauta y hacer música. Y dondequiera que el niño estrella los conducía ellos lo seguían, y hacían cualquier cosa que les ordenara hacer.

Y cuando con un junco en punta sacaba los ciegos ojos de un topo todos se echaban a reír, y cuando arrojaba piedras al leproso todos reían también. Y en todas estas cosas los mandaba y ellos se hicieron tan duros de corazón como él.

* * *

Y un día pasó por el pueblo una pobre mendiga. Sus vestiduras estaban sucias y andrajosas, y sus pies sangraban a causa del áspero camino por el que había viajado, y se encontraba toda ella en muy mala situación. Y sintiéndose fatigada, se sentó a descansar bajo un castaño.

Pero cuando el niño estrella la vio, les dijo a sus compañeros:

—¡Mirad! Hay una sucia mendiga sentada bajo aquel bello árbol de hojas verdes. Vamos, echémosla de aquí, porque es fea y estará enferma.

Y él se acercó y le tiró piedras y se burló de ella, y ella lo miró con los ojos llenos de terror y no le quitó la vista de encima. Y cuando el leñador, que estaba cortando madera no muy lejos, vio lo que hacía el niño estrella, corrió hacia él y lo regañó:

—Ciertamente, eres duro de corazón y no conoces la piedad —le dijo—. Porque ¿qué mal te ha hecho esta pobre mujer para que la trates de esa manera?

Y el niño estrella se puso rojo de ira y golpeó el suelo con el pie, y respondió:

—¿Y quién eres tú para decirme lo que debo hacer? No soy hijo tuyo para tener que hacer lo que me ordenas.

—Dices verdad —contestó el leñador—; sin embargo, me mostré piadoso contigo cuando te encontré en el bosque.

Y cuando la mujer oyó estas palabras, dio un fuerte grito y cayó al suelo desmayada. Y el leñador se la llevó a su casa y su esposa la cuidó, y cuando volvió en sí pusieron ante ella comida y bebida y le pidieron que se serenase.

Pero la mujer no comió ni bebió, sino que le preguntó al leñador:

—¿No dijiste que el niño fue encontrado en el bosque? ¿Y no hace diez años precisamente hoy?

Y el leñador contestó:

—Sí, lo encontré en el bosque, y hoy hace diez años.

—¿Y qué señales encontraste en él? —exclamó ella—. ¿No llevaba al cuello una cadena de ámbar? ¿No estaba envuelto en un manto de tisú de oro bordado con estrellas?

—Ciertamente —contestó el leñador—; era como tú dices.

Y sacó el manto y la cadena de ámbar del cofre y se los enseñó.

Y cuando ella los vio, lloró de alegría y dijo:

—Es mi hijito, a quien perdí en el bosque. Te ruego que mandes a buscarlo ahora mismo, porque en su busca he recorrido todo el mundo.

Y el leñador y su esposa salieron y llamaron al niño estrella y le dijeron:

—Ven a casa y encontrarás a tu madre, que te está esperando.

Así pues, él corrió lleno de asombro y alegría. Pero cuando vio a la que lo estaba esperando se echó a reír con desdén y dijo:

—¿Dónde está mi madre? Sólo veo aquí a una vil mendiga.

Y la mujer le contestó:

—Yo soy tu madre.

—Estás loca por decir eso —exclamó iracundo el niño estrella—. Yo no soy hijo tuyo, porque eres una mendiga fea y harapienta. Vete de aquí, y que no vuelva a ver más tu sucia cara.

—En verdad que eres hijo mío, el hijo que perdí en el bosque —exclamó ella. Cayó de rodillas y le tendió los brazos—. Unos ladrones te arrebataron de mi lado y te abandonaron para que murieses —murmuró—, pero te reconocí al verte y también he reconocido las señales: el manto de tisú de oro y la cadena de ámbar. Por tanto, te ruego que vengas conmigo, porque te he buscado por todo el mundo. Ven conmigo, hijo mío, porque necesito tu amor.

Pero el niño estrella no se movió, sino que le cerró las puertas de su corazón y no se oyó otro sonido que el de los sollozos de dolor de la mujer.

Y por fin él habló, y su voz era dura y amarga.

—Si en verdad eres mi madre —dijo—, sería mejor que te marcharas y no volvieras aquí a llenarme de vergüenza, pues yo creía que era hijo de alguna estrella y no hijo de una mendiga, como tú dices que soy. Así que vete de aquí y que no te vea yo más.

—¡Ay, hijo mío! —exclamó—. ¿No quieres besarme antes que me vaya? Porque he sufrido mucho para encontrarte.

—No —zanjó el niño estrella—, porque eres repugnante, y antes que a ti besaría a una culebra o a un sapo.

Así pues, la mujer se levantó y se marchó hacia el bosque llorando con amargura, y cuando el niño estrella vio que se había ido se puso contento y volvió con sus compañeros para jugar con ellos.

Pero cuando lo vieron, se burlaron de él y le dijeron:

—Eres tan repugnante como un sapo y tan horrible como una culebra. Vete de aquí, porque no queremos jugar contigo.

Y lo echaron del jardín.

Y el niño estrella frunció el ceño y se dijo:

—¿Qué me están diciendo? Iré al pozo para mirarme en el agua y observar mi belleza.

Así que se fue al pozo y se miró en el agua y, ¡cielos!, su rostro era como el de un sapo, y su cuerpo como el de una culebra. Y se derrumbó en la hierba llorando y se dijo:

«Seguramente esto me ha ocurrido a causa de mi pecado. Porque he negado a mi madre. La he echado y he sido orgulloso y cruel con ella. Iré a buscarla por todo el mundo y no descansaré hasta haberla encontrado.»

Y la hija pequeña del leñador se acercó a él y, poniéndole una mano sobre el hombro, le dijo:

—¿Qué importa que hayas perdido tu belleza? Quédate con nosotros, que yo no me burlaré de ti.

Y él replicó:

—No, porque he sido cruel con mi madre y esto me ha ocurrido como castigo. Debo irme y buscarla por todo el mundo hasta que la encuentre, y entonces ella me perdonará.

Así pues, corrió hacia el bosque y llamó a su madre, pero ella no respondió. La llamó durante todo el largo día, y cuando el sol se hubo escondido se tumbó a dormir en un lecho de hojas, y los pájaros y los animales huyeron de él, porque recordaron su crueldad, y lo dejaron solo, excepto el sapo que lo observaba y la culebra que pasó lentamente.

Y por la mañana se levantó, cogió algunas bayas amargas de los árboles y las comió, y siguió su camino a través del gran bosque, llorando desconsolado. Y preguntó a todos los que vio si habían visto a su madre.

Le dijo al topo:

—Tú que puedes andar bajo la tierra, dime: ¿está mi madre ahí?

Y el topo le contestó:

—Has cegado mis ojos, ¿cómo voy a saberlo?

Y le dijo al jilguero:

—Tú que puedes volar sobre la copa de los árboles y puedes ver todo el mundo, dime: ¿has visto a mi madre?

Y el jilguero le contestó:

—Has roto mis alas para divertirte. ¿Cómo voy a poder volar?

Y le dijo a la pequeña ardilla que vivía en el abeto y estaba sola:

—¿Dónde está mi madre?

Y la ardilla le contestó:

—Tú has matado a la mía. ¿Buscas a la tuya para matarla también?

Y el niño estrella lloró e inclinó la cabeza y le pidió a Dios que todos lo perdonaran y se marchó por el bosque buscando a la mendiga. Y al tercer día llegó a la otra linde del bosque y se encontró en una llanura.

Y, cuando pasó por las aldeas, los niños se burlaron de él y le arrojaron piedras, y los labradores no le permitieron dormir en los graneros para que no echara a perder la cosecha, tan horrible era su aspecto, y los trabajadores lo echaban y nadie se apiadaba de él. No pudo oír nada de la mendiga que era su madre, aunque por espacio de tres años anduvo por el mundo y de tanto en tanto le pareció verla en los caminos frente a él, y entonces la llamaba y corría tras ella, hasta que las piedras hacían que sus pies sangraran. Pero nunca pudo llegar a ella, y los que vivían junto al camino negaron haberla visto, a ella o a alguna que se le pareciera, y se reían de su tristeza.

Por espacio de tres años recorrió el mundo, y en el mundo no había para él ni amor, ni bondad, ni caridad, pues aquel mundo era el que él mismo había hecho en sus días de orgullo.

Y una tarde llegó a las puertas de una ciudad fuertemente amurallada que había junto a un río y, cansado y deshecho como estaba, entró en ella. Pero los soldados que había de guardia cruzaron sus alabardas en la entrada y le dijeron ásperamente:

—¿Qué quieres hacer en esta ciudad?

—Estoy buscando a mi madre —contestó—, y os ruego que me dejéis pasar, pues puede ser que esté en esta ciudad.

Pero ellos se burlaron de él y uno movió su gran barba negra, puso su escudo en el suelo y exclamó:

—Ciertamente, tu madre no se pondrá muy contenta al verte, porque eres más horrible que el sapo del pantano y que la culebra que se arrastra por las ciénagas. Vete, vete. Tu madre no vive en esta ciudad.

Y otro que llevaba una bandera amarilla en la mano le dijo:

—¿Quién es tu madre y por qué la estás buscando?

Y él contestó:

—Mi madre es una mendiga como yo y la he tratado con maldad, y te ruego que me dejes pasar para que ella pueda perdonarme, si es que está en esta ciudad.

Pero no lo dejaron, y lo pincharon con sus lanzas.

Y cuando se alejaba llorando, uno, cuya armadura tenía grabadas flores de oro y cuyo casco estaba coronado por una figurita de león con alas, se acercó y les preguntó a los soldados quién era el que había querido entrar.

Y ellos le contestaron:

—Es un mendigo e hijo de una mendiga y lo hemos echado.

—No —exclamó riendo—; venderemos a ese horrible ser como esclavo y su precio será el de una copa de vino dulce.

Y un hombre viejo y feo que pasaba por allí se acercó y les dijo:

—Yo lo compraré por ese precio.

Y cuando hubo pagado el precio cogió de la mano al niño estrella y lo introdujo en la ciudad.

Y, después de recorrer muchas calles, llegaron ante una pequeña puerta que había en un muro bordeado de granados. Y el viejo tocó la puerta con un anillo de jaspe grabado y la abrió. Subieron cinco escalones de bronce y entraron en un jardín lleno de amapolas negras y jarrones verdes de barro quemado. Y el viejo sacó entonces de su turbante un paño de seda y con él tapó los ojos del niño estrella y lo condujo delante de él. Y cuando le quitó el paño de los ojos el niño estrella se encontró en un calabozo iluminado por una vela de cuerno.

Y el viejo puso ante él un poco de pan endurecido y le dijo:

—Come.

Y luego le dio agua putrefacta en una copa y le dijo:

—Bebe.

Y cuando hubo comido y bebido, el viejo se marchó cerrando tras él la puerta y asegurándola con una cadena de hierro.

* * *

Y por la mañana, el viejo, que era en realidad uno de los magos más astutos de Libia y había aprendido su arte de uno que vivía en las tumbas del Nilo, entró y le frunció el ceño, diciéndole:

—En un bosque que está cerca de las puertas de esta ciudad de Giaours hay tres monedas de oro. Una es de oro blanco; otra, de oro amarillo, y la tercera, de oro rojo. Hoy tienes que traerme la moneda de oro blanco, y si no me la traes te daré cien latigazos. Vete rápidamente y al atardecer te esperaré en la puerta del jardín. Tráeme la moneda de oro blanco o lo pasarás mal, porque eres mi esclavo y te he comprado por el precio de una copa de vino dulce.

Y vendó los ojos al niño estrella con el paño de seda y le condujo por la casa y por el jardín de amapolas y por los cinco escalones de bronce. Y, abriendo la puerta con su sortija, lo puso en la calle.

Y el niño estrella salió por la puerta de la ciudad y llegó al bosque del que el mago le había hablado.

El bosque era muy bello visto desde fuera, y parecía estar lleno de pájaros cantores y de flores de dulce aroma, y el niño estrella se adentró en él contento. Sin embargo, poco pudo apreciar su belleza, porque por dondequiera que iba había pinchos y zarzas que lo rodeaban y las ortigas lo pinchaban y los cardos lo traspasaban con sus espinas. Y no pudo encontrar en ningún sitio la moneda de oro blanco de que le había hablado el mago, aunque la buscó desde la mañana hasta el mediodía y desde el mediodía hasta el atardecer. Y al atardecer se encaminó a la ciudad llorando con amargura, porque sabía el destino que le esperaba.

Pero cuando llegó a la linde del bosque oyó desde un matorral un grito de dolor. Y olvidando su propia suerte corrió hacia allí y vio a una pequeña liebre cogida en un cepo que algún cazador había puesto.

Y el niño estrella sintió compasión y, libertándola, dijo:

—Soy un esclavo, pero a ti puedo darte la libertad.

Y la liebre le contestó:

—Me has salvado. ¿Qué puedo darte a cambio?

Y el niño estrella dijo:

—Estoy buscando una moneda de oro blanco, pero no puedo encontrarla, y si no se la llevo a mi amo, éste me pegará.

—Ven conmigo —se ofreció la liebre— y yo te la daré, porque sé dónde está escondida y con qué propósito.

Así pues, el niño estrella fue con la liebre y he aquí que en el hueco de un gran roble vio la moneda de oro blanco que estaba buscando. Y, lleno de alegría, la cogió y le dijo a la liebre:

—Me has devuelto con creces el servicio que te presté y la bondad que tuve contigo me la has compensado centuplicada.

—No —contestó la liebre—, sino que lo que tú has hecho conmigo, yo lo he hecho contigo.

Y se marchó rápidamente, y el niño estrella se dirigió a la ciudad.

Pero en la puerta de la ciudad había sentado un leproso. Su rostro estaba tapado con una capucha de lienzo gris, y a través de las aberturas relucían sus ojos como carbunclos. Y cuando vio venir al niño estrella golpeó una escudilla de madera, hizo sonar su campana y le llamó.

—Dame una moneda o me moriré de hambre —dijo—. Porque me han echado de la ciudad y no hay quien se apiade de mí.

—¡Ay! —exclamó el niño estrella—. Tengo una moneda en mi bolsillo, pero si no se la doy a mi amo me pegará, porque soy su esclavo.

Pero el leproso le rogó y le suplicó, hasta que el niño estrella sintió compasión y le dio la moneda de oro blanco.

Y cuando llegó a casa del mago éste le abrió la puerta y haciéndole entrar dijo:

—¿Tienes la moneda de oro blanco?

Y el niño estrella contestó:

—No la tengo.

Entonces el mago se arrojó sobre él y le pegó, y puso ante él un cuenco vacío y le dijo:

—Come.

Y una copa vacía y le dijo:

—Bebe.

Y volvió a meterlo en el calabozo.

Y, por la mañana, el mago volvió y dijo:

—Si no me traes la moneda de oro amarillo, te tendré siempre como esclavo y te daré trescientos latigazos.

Así pues, el niño estrella fue al bosque, y durante todo el largo día buscó la moneda de oro amarillo, pero no pudo encontrarla en ningún sitio. Y al atardecer se sentó y empezó a llorar, y cuando estaba llorando acudió a su encuentro la liebre que había soltado del cepo.

Y la liebre le dijo:

—¿Por qué lloras? ¿Y qué buscas en el bosque?

Y el niño estrella contestó:

—Estoy buscando una moneda de oro amarillo que hay escondida aquí, y si no la encuentro, mi amo me pegará y me tendrá siempre como esclavo.

—Sígueme —exclamó la liebre.

Y corrió a través del bosque hasta llegar a una charca de agua.

Y en el fondo de la charca estaba la moneda de oro amarillo.

—¿Cómo podré agradecértelo? —dijo el niño estrella—. Ésta es la segunda vez que me ayudas.

—Sólo hago lo que tú hiciste primero conmigo —dijo la liebre; y se marchó rápidamente.

Y el niño estrella cogió la moneda de oro amarillo, se la guardó en el bolsillo y corrió hacia la ciudad. Pero el leproso le vio venir y salió a su encuentro y, arrodillándose, exclamó:

—Dame una moneda, porque si no, moriré de hambre.

Y el niño estrella le dijo:

—Tengo sólo una moneda de oro amarillo y, si no se la llevo a mi amo me pegará y me tendrá siempre como esclavo.

Pero el leproso le imploró hasta que el niño estrella se compadeció de él y le dio la moneda de oro amarillo.

Y cuando llegó a casa del mago, éste le abrió, lo hizo entrar y le dijo:

—¿Tienes la moneda de oro amarillo?

Y el niño estrella le contestó:

—No la tengo.

Y el mago se arrojó sobre él, le pegó, le ató con cadenas y lo volvió a encerrar en el calabozo.

Y por la mañana el mago volvió y dijo:

—Si hoy me traes la moneda de oro rojo te dejaré libre, pero si no me la traes, en verdad que te mataré.

Así pues, el niño estrella se fue al bosque y buscó todo el largo día la moneda de oro rojo, pero no pudo encontrarla en ninguna parte. Y por la tarde se sentó y se echó a llorar, y cuando estaba llorando vino hacia él la pequeña liebre.

Y la liebre le dijo:

—La moneda de oro rojo que estás buscando se encuentra en la gruta que hay detrás de ti. Así pues, no llores más y alégrate.

—¿Cómo te recompensaré? —exclamó el niño estrella—. Ésta es la tercera vez que me socorres.

—Sólo he hecho lo que tú hiciste primero conmigo —respondió la liebre; y se marchó corriendo velozmente.

Y el niño estrella entró en la gruta y en un rincón de su interior encontró la moneda de oro rojo. La guardó en su bolsillo y corrió hacia la ciudad.

Y el leproso lo vio llegar y salió a su encuentro y, poniéndose en el centro del camino, exclamó:

—Dame la moneda roja o moriré.

Y el niño estrella volvió a sentir compasión y le dio la moneda de oro rojo, diciendo:

—Tu necesidad es más grande que la mía.

Sin embargo, tenía el corazón encogido, pues sabía lo que le esperaba.

* * *

Pero he aquí que cuando pasó por la puerta de la ciudad los guardias se inclinaron y le rindieron pleitesía, diciendo:

—¡Qué bello es nuestro señor!

Y una multitud de ciudadanos lo siguió, exclamando:

—¡Seguro que no hay nadie tan bello en todo el mundo!

Y el niño estrella lloró y se dijo:

—Se burlan de mí y de mi miseria.

Y la aglomeración era tan grande que se perdió, y por fin se encontró en una gran plaza, en la cual se hallaba el palacio del rey.

Y la puerta del palacio se abrió y los sacerdotes y altos dignatarios de la ciudad salieron a su encuentro y se inclinaron ante él, diciendo:

—Tú eres nuestro señor y el hijo de nuestro rey, y te hemos esperado mucho tiempo.

Y el niño estrella les contestó:

—Yo no soy hijo del rey, sino hijo de una pobre mendiga. ¿Y cómo decís que soy bello si yo sé que soy repugnante?

Entonces aquél cuya armadura tenía grabadas las flores de oro y en cuyo casco campeaba el león alado levantó su escudo y dijo:

—¿Cómo dice mi señor que no es bello?

Y el niño estrella se miró y, ¡cielos!, su rostro volvía a ser como lo tuvo en un principio, y su hermosura había vuelto a él y vio en sus ojos algo que no había visto nunca antes.

Y los sacerdotes y los altos dignatarios se arrodillaron y le dijeron:

—Hace mucho tiempo que estaba profetizado que en este día llegaría el que había de gobernarnos. Por tanto, tú eres nuestro señor. Toma esta corona y este cetro y gobiérnanos en bondad y justicia.

Pero él les dijo:

—No soy digno, porque he negado a mi madre, y no podré descansar hasta haberla encontrado y recibido su perdón. Así pues, dejadme marchar, porque debo volver a ir por el mundo y no puedo quedarme aquí, aunque me deis la corona y el cetro.

Y cuando habló, volvió el rostro hacia la calle que desembocaba en la puerta de la ciudad, y he aquí que entre la multitud que se apretaba alrededor de los soldados vio a la mendiga que era su madre y, junto a ella, al leproso que estaba sentado en el camino.

Y un grito de alegría salió de sus labios y salió corriendo, y se arrodilló ante los pies heridos de su madre y los besó, mojándolos con sus lágrimas. Inclinó la cabeza en el polvo y sollozó como uno que tiene el corazón destrozado, y después dijo:

—Madre, te negué en la hora de mi orgullo. Acéptame en la hora de mi humildad. Madre, te pagué con odio. Dame tu amor. Madre, te rechacé. Recibe ahora a tu hijo.

Pero la mendiga no le contestó una palabra.

Y él extendió las manos y se abrazó a los blancos pies del leproso y le dijo:

—Tres veces me compadecí de ti. Haz que mi madre me hable ahora.

Pero el leproso no le contestó una palabra.

Y él sollozó de nuevo y dijo:

—Madre, mi sufrimiento es más grande de lo que puedo soportar. Dame tu perdón y déjame ir de nuevo al bosque.

Y la mendiga le puso las manos sobre la cabeza y le dijo:

—Levántate.

Y el leproso le puso las manos sobre la cabeza y le dijo:

—Levántate.

Y él se puso en pie y los miró. Y ¡he aquí que eran un rey y una reina!

Y la reina le dijo:

—Éste es tu padre, al que has socorrido.

Y el rey le dijo:

—Ésta es tu madre, cuyos pies has lavado con tus lágrimas.

Y se abrazaron a él y lo besaron. Lo llevaron al palacio, le pusieron ricas vestiduras, y le colocaron la corona en la cabeza y el cetro en la mano, y gobernó en la ciudad que hay junto al río y fue su señor. Mostró mucha justicia y bondad; encarceló al diabólico mago, y al leñador y su mujer les envió muchos ricos presentes, y a sus hijos les concedió altos honores. No permitió la crueldad con los pájaros y los demás animales; en vez de eso, predicó su amor, bondad y caridad. Al pobre le dio pan y al desnudo lo vistió, y hubo paz en su tierra.

Sin embargo, no gobernó mucho tiempo. Tan grande había sido su sufrimiento y tan amargas sus experiencias que murió al cabo de tres años. Y el que vino después gobernó mal.

POEMA

BALADA DE LA CÁRCEL DE READING

1898

Balada de la cárcel de Reading

I

No llevaba su abrigo escarlata,
puesto que la sangre y el vino ya son rojos,
y sangre y vino había en sus manos
cuando lo encontraron con la muerta,
la pobre mujer que él amaba
y a la que mató en su lecho.

Andaba entre los presos
con un raído traje gris
y una gorrilla sobre la cabeza.
Y sus andares parecían ligeros y alegres,
pero nunca he visto a un hombre que mirase
tan ansiosamente la luz del día.

Nunca he visto a un hombre que mirase
con ojos tan ávidos
ese pequeño trocito azul
que los reclusos llaman cielo
y todas las nubes empujadas por el viento
con sus velas de plata extendidas.

Yo paseaba, con otras almas en pena,
dentro del otro recinto,
y me preguntaba si ese hombre habría hecho
algo grave o algo insignificante;
entonces una voz me susurró al oído:
«Ese compañero va a ser ahorcado».

¡Cristo bendito! Hasta los muros de la cárcel
parecieron temblar de repente,
y el cielo sobre mi cabeza se convirtió
como en una especie de casco de acero ardiente;
y aunque yo era un alma en pena,
mi pena no podía sentirla.

Sólo supe cuál era el pensamiento
que aceleraba su paso y por qué
miraba tan ávidamente la luz del día
con aquellos ojos anhelantes.
Ese hombre había matado lo que amaba
y, por eso, debía morir.

* * *

Sin embargo, cada hombre mata lo que ama,
que lo sepan todos.
Algunos lo hacen con una mirada amarga;
otros, con dulces palabras;
el cobarde lo hace con un beso,
¡el valiente lo hace con la espada!

Algunos matan su amor cuando son jóvenes,
otros cuando son viejos;
algunos lo estrangulan con las manos del deseo;
otros con las manos del oro;
los más amables usan un cuchillo,
porque así los muertos se enfrían más pronto.

Algunos aman muy poco tiempo; otros, demasiado;
algunos venden el amor; otros lo compran;
algunos matan anegados en lágrimas;
otros, sin ni siquiera un suspiro,
porque cada hombre mata lo que ama,
y, sin embargo, no cada hombre muere.

No muere de forma vergonzosa
en un día de sombría desgracia,
ni tiene una cuerda al cuello,
ni un paño sobre su cara,
ni siente que sus pies
se agitan en el vacío.

* * *

No se sienta con hombres silenciosos
que lo vigilan noche y día,
que lo vigilan cuando intenta llorar
y cuando intenta rezar,
que lo vigilan para impedir que él mismo robe
de la prisión la presa.

No se despierta al alba para ver
figuras terribles en tropel por la celda;
al aterido Capellán en su túnica blanca,
al severo y sombrío Carcelero,
al Gobernador vestido todo de negro
con el amarillo rostro de la Fatalidad.

No se apresura en prisa lamentable
a vestir el ropaje de condenado,
mientras un doctor de boca grosera disfruta anotando
cada nueva contracción nerviosa,
sujetando en la mano un reloj cuyos débiles tictacs
son como terribles martillazos.

No siente esa espantosa sed
que lija la garganta momentos antes
de que el verdugo, con sus enormes guantes,
atraviese la puerta acolchada
y lo ate con tres correas de cuero
para apagar por siempre la sed de la garganta.

No baja la cabeza para escuchar
la lectura del oficio de difuntos;
ni, mientras la angustia de su alma
le dice que aún no ha muerto,
pasa junto a su propio ataúd,
al acercarse al horrible patio.

No lanza su última mirada al cielo
a través de un tejadillo de cristal.

No reza con labios de arcilla
para que cese su agonía,
ni siente sobre su vacilante mejilla
el beso de Caifás.

II

Durante seis semanas nuestro soldado
paseó por el patio
con su traje gris raído,
su gorrilla en la cabeza,
y sus andares parecían ligeros y alegres,
pero nunca he visto a un hombre que mirase
tan ansiosamente la luz del día.

Nunca he visto a un hombre que mirase
con ojos tan ávidos
ese pequeño trocito azul
que los reclusos llaman cielo
y cada una de las nubes errantes
que arrastraban su revuelta melena.

No se retorcía las manos,
como hacen los necios que se atreven
a intentar conservar la cambiante Esperanza
en la cueva de la oscura Desesperación;
él sólo miraba al sol
y bebía el aire de la mañana.

No se retorcía las manos, ni lloraba,
ni tampoco se lamentaba;
pero bebía el aire como si tuviese
alguna virtud anodina.
¡Bebía el sol con la boca muy abierta,
como si de vino se tratase!

Y todas las almas en pena y yo,
que paseábamos por el otro patio,
nos olvidamos de si nuestros delitos
habían sido grandes o pequeños
y observamos con ojos de asombro
al hombre que iba a ser colgado.

Era extraño verlo pasar
con un paso tan ligero y alegre,
y era extraño verlo mirar
tan ansiosamente la luz del día,
y era extraño pensar
que tenía que pagar una deuda como ésa.

* * *

Porque el roble y el olmo tienen bellas hojas
que crecen en primavera,
pero es horrible ver el árbol del patíbulo,
con su raíz mordida por las víboras.
¡Y, verde o seco, un hombre tiene que morir
en él antes que dé su fruto!

El lugar más sublime es ese trono de gracia
hacia el cual intenta llegar todo el mundo;
pero ¿quién se erguiría en correa de cáñamo
sobre un alto patíbulo
y, a través de un collar asesino,
lanzaría la última mirada al cielo?

Es dulce bailar al compás de los violines
cuando el Amor y la Vida son hermosos.
Bailar al compás de las flautas y los laúdes
es delicado y poco común;
¡pero no es dulce bailar en el aire
con pie ligero!

Así, con ojos curiosos y locas suposiciones,
lo observábamos día tras día,
preguntándonos si nosotros también
terminaríamos del mismo modo,
porque nadie puede decir hasta qué rojo Infierno
se arrastrará su alma ciega.

Por fin, el hombre muerto dejó de andar
entre los presos,
y yo sabía que él estaba
en una horrible caja negra
y que nunca volvería a ver su rostro
de nuevo en el dulce mundo de Dios.

Como los barcos que se cruzan en la tormenta,
así nos cruzamos también nosotros en el camino;

pero no nos hicimos ni una seña
ni nos dirigimos la palabra,
porque no teníamos nada que decir,
ya que no nos encontramos en la noche santa,
sino en el día ignominioso.

El muro de una cárcel nos rodeaba a los dos,
pues éramos dos proscritos;
el mundo nos había expulsado de su corazón
y Dios de Su cuidado;
y la trampa de hierro que tiende el Pecado
nos había cogido en sus redes.

III

En el patio de los Deudores las piedras son duras
y los empapados muros son altos,
allí era donde él tomaba el aire
bajo el cielo plomizo,
con un Guardián caminando a cada lado
por temor a que el hombre muriese.

Otras veces se sentaba con los que contemplaban
su angustia noche y día,
con los que le vigilaban
cuando se levantaba para llorar
y cuando se arrodillaba para rezar,
con los que le vigilaban para impedir que le robase
su presa al patíbulo.

El Gobernador sabía a la perfección
el Reglamento:
el Doctor decía que la Muerte era
sólo un hecho científico;
y dos veces al día el Capellán llamaba
para dejarle un pequeño folleto religioso.

Y dos veces al día él fumaba su pipa
y bebía su cuarto de cerveza;
su alma estaba resuelta
y en ella no cabía el temor;
a menudo decía que se alegraba
de que el día del verdugo estuviera cercano.

Pero la razón por la que decía una cosa tan extraña
ningún Guardián se atrevía a preguntarle,
pues todo aquél a quien la condena del vigilante
se le ha dado como tarea,
debe tener un sello en la boca
y una máscara en el rostro.

De lo contrario, podría conmoverse e intentar
consolar o confortar.
¿Y qué podría hacer la Piedad Humana
acorralada en un Hoyo de Asesinos?
¿Qué palabra de gracia en un sitio como ése
podría aliviar el alma de un hermano?

¡Tambaleantes y con la mirada baja alrededor del recinto
hicimos el Desfile del Loco!

No nos importaba; sabíamos que éramos
la Brigada del propio Diablo;
cabezas rapadas y pies de plomo
hacen una alegre mascarada.

Deshacíamos en hebras la cuerda
con nuestras uñas gastadas y sangrientas;
limpiábamos las puertas, fregábamos los suelos
y frotábamos los brillantes barrotes;
y, en grupos, enjabonábamos los tablones
haciendo sonar los cubos.

Zurcíamos sacos, partíamos piedras,
dábamos vueltas al polvoriento taladro.
Chocábamos las escudillas, cantábamos himnos
y sudábamos en el molino;
pero en el corazón de todos
permanecía, inmóvil, el terror.

Se hallaba tan quieto que cada día
se arrastraba cual ola sofocada por algas;
y nosotros nos olvidábamos de la amargura
en que viven los necios y los culpables;
hasta que una vez, volviendo del trabajo con andar pesado,
pasamos junto a una tumba recién abierta.

Con bostezo feroz el amarillo agujero
parecía pedir algo vivo.
El mismo barro pedía a gritos sangre
al recinto de asfalto sediento,

y supimos que antes del alba
algún preso sería colgado.

Ahí entramos, con el alma absorta
en Muerte, en Pavor y en Destino:
el verdugo, con su pequeña maleta,
arrastraba los pies en la penumbra,
y cada hombre temblaba a medida que se dirigía
a su tumba numerada.

Esa noche los vacíos pasillos
estaban llenos de formas del Terror,
y de arriba abajo, en la ciudad de hierro,
se sentían extraños pasos que no podían oírse;
y a través de los barrotes que escondían las estrellas
unos rostros blancos parecían asomarse.

Él descansaba como quien sueña
en una agradable pradera verdosa;
el guardián lo vigilaba mientras dormía
y no podía comprender
cómo un hombre era capaz de dormir tan dulcemente
teniendo tan cerca la mano del verdugo.

Pero no hay sueño cuando deben llorar
los hombres que nunca derramaron una lágrima;
por eso nosotros —los necios, los maleantes, los culpables—
permanecíamos en vela toda la noche,
y a través de cada cerebro, sobre manos de dolor,
nos arrastrábamos en el terror de otro.

¡Ah! ¡Qué terrible es
sentir la culpa de otro!
Pues, bien profundamente, la espada del Pecado penetraba
hasta su empuñadura envenenada
y como plomo derretido fueron las lágrimas que derramamos
por la sangre que no habíamos vertido.

Los Vigilantes, con sus botas de fieltro,
andaban sigilosos frente a cada puerta cerrada con candado
y por las mirillas veían con ojos de asombro
grises figuras en el suelo
y se preguntaban por qué se arrodillaban para rezar
hombres que nunca habían rezado antes.

Estuvimos de rodillas, rezando, toda la noche,
¡como un loco cortejo fúnebre!
Las plumas agitadas de medianoche
se movían como las plumas de una carroza funeraria,
y como vino amargo sobre una esponja
era el sabor del Remordimiento.

* * *

Cantó el gallo gris, cantó el gallo rojo,
pero nunca vino el día;
figuras torcidas del Terror se agazaparon
por los rincones donde yacíamos;
y todos los espíritus malignos que salen por la noche
parecía que danzaban a nuestro alrededor.

Planeaban cerca, se arrastraban rápidamente,
como viajeros a través de la niebla;
se burlaban de la luna formando un rigodón
de delicadas vueltas y contorsiones,
y con paso altivo y odiosa gracia
los fantasmas acudían a su cita.

Con mueca consternada los vimos pasar,
como sombras, cogidos de la mano;
giraron y giraron en grupos fantasmales
bailaron atropelladamente una zarabanda:
¡y los grotescos y malditos hacían arabescos
como el viento sobre la arena!

Con piruetas de marionetas
saltaban de puntillas,
pero llenaban el oído con el sonido de las flautas del Temor,
que acompañaba a su terrible mascarada,
y cantaban mucho y muy fuerte,
porque su canto era para despertar a los muertos.

«¡Aaah! —gritaban—. ¡El mundo es ancho,
pero los pies atados tropiezan!
Y una vez o dos, echar los dados
es un juego de caballeros,
pero nunca gana el que juega con el Pecado
en la secreta Casa de la Vergüenza.»

No eran formas aéreas aquellos entes grotescos
que bailaban tan alegremente

para los hombres cuyas vidas estaban sujetas por cadenas
y cuyos pies no podían moverse libremente.
¡Ah, heridas de Cristo! Eran seres vivos
y era terrible mirarlos.

Daban vueltas y vueltas,
danzaban y gritaban;
unos bailaban en parejas sonrientes;
otros bordeaban las escaleras con pasos afectados
y con muecas sutiles y miradas lisonjeras
todos nos acompañaban en nuestras oraciones.

El viento de la mañana comenzó a gemir,
pero aún la noche continuó;
a través de su telar gigante,
el tejido de las tinieblas
se extendió hasta que cada hebra fue hilada;
y, al rezar, nuestro miedo creció ante la Justicia del Sol.

El viento empezó a vagar gimiendo alrededor
de los llorosos muros de la cárcel;
hasta que como rueda de acero giratorio
sentimos los minutos que avanzaban a rastras:
¡oh viento quejoso! ¿Qué habíamos hecho
para ser castigados así?

Al fin pude ver los barrotes sombreados
cual enrejado que forjado en plomo
se moviese por el muro blanqueado
frente a mi cama formada por tres tablones,

y supe que en algún lugar del mundo
el terrible amanecer de Dios era rojo.

A las seis limpiamos nuestras celdas,
a las siete todo estaba tranquilo,
pero el ruido impetuoso de un ala poderosa
pareció llenar la prisión,
porque el Señor de la Muerte, con su aliento helado,
había entrado para matar.

No pasó en purpúreo esplendor,
ni cabalgando en un caballo blanco como la luna.
Tres yardas de cuerda y una tabla de corredera
es todo lo que necesitaba la horca;
así, con la cuerda de la ignominia, vino el Heraldo
a llevar a cabo su trabajo secreto.

Éramos como hombres que a través de un pantano
de inmunda oscuridad a tientas van;
no nos atrevíamos a susurrar una oración
o a dar escape a nuestra angustia;
algo había muerto en cada uno de nosotros,
y lo que había muerto era la Esperanza.

Porque la terrible Justicia del Hombre sigue su curso
sin desviarse ni un momento.
Hiere al débil, hiere al fuerte
y su camino es mortal.
¡Con tacón de hierro mata al fuerte,
la monstruosa parricida!

Esperábamos que sonaran las ocho;
con la lengua áspera por la sed;
pues las campanadas de las ocho son las del Destino
que hace a un hombre maldito,
y el Destino usa un nudo corredizo,
tanto para el mejor hombre como para el peor.

No teníamos nada que hacer
salvo esperar que llegara la señal;
por eso, como piedras en un valle solitario,
permanecimos completamente quietos y mudos;
pero el corazón de cada uno de nosotros latía velozmente
cual tambor de un demente.

En súbita conmoción el reloj de la prisión
agitó el aire tembloroso
y de toda la cárcel se alzó un lamento
de impotente desesperación,
como el sonido estremecedor que sale
de la choza de un leproso.

Y como quien ve algo horrible
en el cristal de un sueño,
nosotros vimos la grasienta cuerda de cáñamo
colgada de la madera ennegrecida
y oímos la oración que el nudo del verdugo
estranguló hasta que fue un horrible alarido.

Y toda la aflicción lo conmovió tanto
que soltó un grito amargo;

y los locos remordimientos, y los sudores de sangre,
nadie los conoció tan bien como yo,
porque quien vive más de una vida
debe tener también más de una muerte.

IV

No se abre la capilla el día
que ahorcan a un hombre;
el corazón del Capellán está demasiado pesaroso,
o su rostro está demasiado pálido,
o hay algo escrito en sus ojos
que nadie debería ver.

Así que nos tuvieron encerrados hasta cerca del mediodía,
y entonces sonó la campana,
y los Vigilantes, con sus sonoros manojos de llaves,
abrieron cada celda
y todos bajamos despacio por la escalera de hierro,
saliendo por fin de nuestro Infierno individual.

Caminamos por fuera, respirando el dulce aire de Dios,
pero no de la forma acostumbrada,
porque los rostros de unos estaban blancos por el miedo
y los de otros estaban grisáceos,
y nunca he visto a unos hombres tristes mirar
tan ansiosamente la luz del día.
Nunca he visto a unos hombres tristes mirar

con ojos tan ansiosos
ese pequeño trocito azul
que los presos llamamos cielo,
y cada nube feliz que pasaba por él
en tan extraña libertad.

Pero entre nosotros había algunos
que caminaban con la cabeza inclinada,
porque sabían que, si todos hubiesen pagado su cuenta,
ellos también debían haber muerto,
pues aquel hombre sólo había matado una cosa que vivía,
mientras que ellos habían matado al muerto.

Porque el que peca por segunda vez
despierta el dolor de un alma muerta,
y le quita su sudario manchado,
y la hace sangrar otra vez,
y la hace sangrar grandes gotas de sangre,
¡y la hace sangrar en vano!

* * *

Como monos o payasos, con monstruosa apariencia,
y con flechas torcidas adornados,
dábamos vueltas y más vueltas en silencio
por el patio de asfalto resbaladizo;
dábamos vueltas y más vueltas en silencio
y ningún hombre decía una sola palabra.
Dábamos vueltas y vueltas silenciosamente,
y en cada mente vacía

el recuerdo de cosas horribles
penetraba como un viento helado
y el Horror aparecía ante cada hombre
y el terror se arrastraba silenciosamente por su espalda.

* * *

Los Vigilantes iban y venían pavoneándose
cuidando sus rebaños de brutos,
y vigilaban su rebaño de bestias;
sus uniformes de los domingos estaban brillantes,
pero supimos de la obra que habían ejecutado
por la cal viva de sus botas.

Porque donde abrieron la profunda fosa
ya no había fosa alguna:
sólo una marca de barro y tierra
removida junto al horrible muro de la prisión
y un pequeño montón de cal ardiente
para que el hombre tuviera su sudario.

Porque aquel infeliz tenía un sudario
como pocos hombres pueden pedirlo;
en un hoyo profundo, al fondo del patio de una cárcel,
desnudo para mayor vergüenza,
yace con cadenas en los pies,
¡envuelto en una sábana de fuego!

Y todo el tiempo la cal ardiente
devora constantemente la carne y los huesos;

devora los duros huesos por la noche
y la carne tierna por el día;
devora unas veces los huesos y otras la carne,
pero nunca deja de roer el corazón.

* * *

Durante tres largos años no se sembrará
ni se plantará ni se cultivará allí;
durante tres largos años ese lugar maldito
será estéril, baldío,
y mirará al asombrado cielo
sin reprocharle nada.

Creen que el corazón de un asesino mancillaría
la simple semilla que sembrasen.
¡Eso no es cierto! La buena tierra de Dios
es mejor de lo que creen los hombres,
y la rosa roja crecería más roja
y la rosa blanca más blanca.

¡Junto a su boca una rosa roja, roja!
¡Junto a su corazón una blanca!
Porque ¿quién puede decir de qué extraña manera
muestra Cristo su voluntad
desde que la vara seca del peregrino floreció
a la vista del gran Papa?

Pero ni la rosa blanca como la leche ni la roja
pueden florecer en el aire de una prisión;

el casco, el guijarro y el pedernal
es lo que nos dan allí;
porque las flores calman
la desesperación del hombre vulgar.

Así pues, la rosa roja como el vino o la blanca
nunca caerán pétalo a pétalo
sobre esa línea de barro y arena removida
que hay junto al horrible muro de la prisión
para decir a los hombres que caminan por el patio
que el hijo de Dios murió por todos.

Sin embargo, aunque el horrible muro de la prisión
lo cerca por cada lado,
y el espíritu no pueda caminar de noche
cuando se halla atado con cadenas,
y el espíritu no pueda llorar por el que yace
en una tierra tan maldita.

Ese pobre infeliz está en paz
está en paz, o lo estará pronto;
no hay nada que pueda enloquecerlo,
y el terror ya no aparece por el día,
porque la Tierra oscura en la que él yace
no tiene ni Sol ni Luna.

Lo colgaron como se cuelga a una bestia,
ni siquiera permitieron
que se le dijera un réquiem,
que habría llevado el descanso a su alma temerosa,

sino que se lo llevaron rápidamente
y lo introdujeron en un hoyo.

Los vigilantes le quitaron sus ropas
y lo dejaron a merced de las moscas;
se burlaron de su cuello rojizo
y de sus ojos vidriosos,
y con grandes risas amontonaron el sudario
bajo el que yace el cuerpo.

El Capellán no se arrodillará a rezar
junto a esa tumba deshonrada,
ni la marcará con la sagrada señal de la Cruz
que Cristo dio a los pecadores,
porque aquel hombre era
uno de los que Cristo bajó a salvar.

Sin embargo, todo está bien;
lo único que ha hecho es traspasar los límites de la Vida;
y lágrimas extrañas llenarán por él
la gran urna de la Piedad,
porque los que se lamentarán por él serán los desamparados,
y éstos lloran siempre.

V

Yo no sé si las Leyes son perfectas
o si las Leyes están equivocadas;

todo lo que nosotros sabemos en la cárcel
es que el muro es fuerte
y que cada día es como un año,
y un año cuyos días son largos.

Pero sí sé que las Leyes
que los hombres han hecho para los Hombres,
desde que el primer Hombre quitó la vida a su hermano
y empezó el mundo a ser triste,
hacen que se separe el grano bueno de la paja
con el peor de los aventadores.

Y también sé —¡qué magnífico sería
que todos lo supieran como yo!—
que todas las cárceles que construyen los hombres
están hechas con los ladrillos de la infamia
y aseguradas con barrotes para evitar que Cristo pueda ver
cómo tratan los hombres a sus hermanos.

Con barrotes borran la belleza de la luna
y ciegan al buen sol;
y hacen bien en esconder su Infierno,
¡porque lo que ocurre en él no debe verlo
ni el Hijo de Dios
ni el Hijo de ningún Hombre!

Los hechos más viles, como las hierbas venenosas,
crecen muy bien en el aire de la prisión.
Solo, lo que hay de bueno en el Hombre
allí se pierde y se marchita;

la pálida angustia guarda las pesadas puertas
y su Vigilante es la Desesperación.

Porque matan de hambre al niñito asustado,
hasta que llora noche y día;
y golpean al débil y azotan al idiota
y se mofan de los viejos canosos,
y algunos se vuelven locos, y todos se hacen malvados,
y nadie puede decir una palabra.

Cada estrecha celda en la que habitamos
es una oscura letrina,
y el fétido aliento de la Muerte
ahoga los ventanucos,
y todo, excepto la codicia, lo convierte en polvo
en la máquina de la Humanidad.

El agua salobre que bebemos
pasa por la garganta con un lodo putrefacto,
y el pan amargo, que pesan cuidadosamente en unas balanzas,
está lleno de cal y cieno;
y el Sueño nunca descansa, sino que camina
con ojos salvajes implorando al Tiempo.

* * *

Pero aunque el Hambre y la Sed
luchen como el áspid y la víbora,
nosotros nos preocupamos poco de la ración de la cárcel,
porque lo que hiere y mata

es que cada piedra que levantamos por el día
se convierte en un corazón por la noche.

Con la medianoche en el corazón
y la penumbra en cada celda,
damos vueltas a la manivela o deshilachamos la cuerda,
cada uno en su Infierno individual;
y el silencio es más aterrador
que el resonar de unas campanas de bronce.

Y nunca se acerca una voz humana
para decirnos una palabra amable,
y el ojo que observa a través de la puerta
es despiadado y duro;
y olvidados por todos,
nuestras almas y nuestros cuerpos se pudren.

De esa forma gastamos la cadena de hierro de la Vida,
degradados y solos;
y algunos hombres maldicen, y otros lloran;
y otros permanecen en silencio;
pero las Leyes eternas de Dios son bondadosas
y rompen el corazón de piedra.

Y cada corazón humano que se rompe
en las celdas o en el patio,
es como un cofre roto que da
su tesoro al Señor,
y llena la triste morada del leproso
con el aroma del más puro nardo.

¡Ah, felices aquéllos cuyos corazones pueden romperse
y conseguir la paz del perdón!
¿De qué otra forma podría un hombre
limpiar su alma del Pecado?
¿Dónde podría entrar el Señor
excepto en un corazón partido?

* * *

Y el del cuello rojizo
y los ojos vidriosos
espera las manos santas
que llevaron al Ladrón al Paraíso,
pues el señor no desprecia
el corazón roto y entristecido.

El hombre vestido de rojo que lee la Ley
le concedió tres semanas de vida,
tres cortas semanas
para purificar su alma
y limpiar toda la sangre
de la mano que había empuñado el cuchillo.

Y con lágrimas de sangre limpió su mano,
la mano que empuñó el acero,
porque sólo la sangre puede borrar la sangre
y sólo las lágrimas pueden curar;
y la mancha carmesí, que era la de Caín,
se convirtió en el sello blanco de Cristo.

VI

En la cárcel de Reading, cerca de la ciudad del mismo nombre,
hay una tumba ignominiosa,
y en ella yace un infeliz,
comido por los dientes del fuego,
envuelto en una sábana ardiente,
y su tumba no tiene nombre.

Y dejadlo allí reposar en silencio
hasta que Cristo llame a los muertos;
no es necesario derramar lágrimas tontas
ni lanzar ardientes suspiros.
Ese hombre había matado lo que amaba
y por eso tenía que morir.

Y todos los hombres matan lo que aman,
que lo sepan todos;
algunos lo hacen con una mirada amarga;
otros con dulces palabras;
el cobarde lo hace con un beso,
¡el valiente lo hace con la espada!

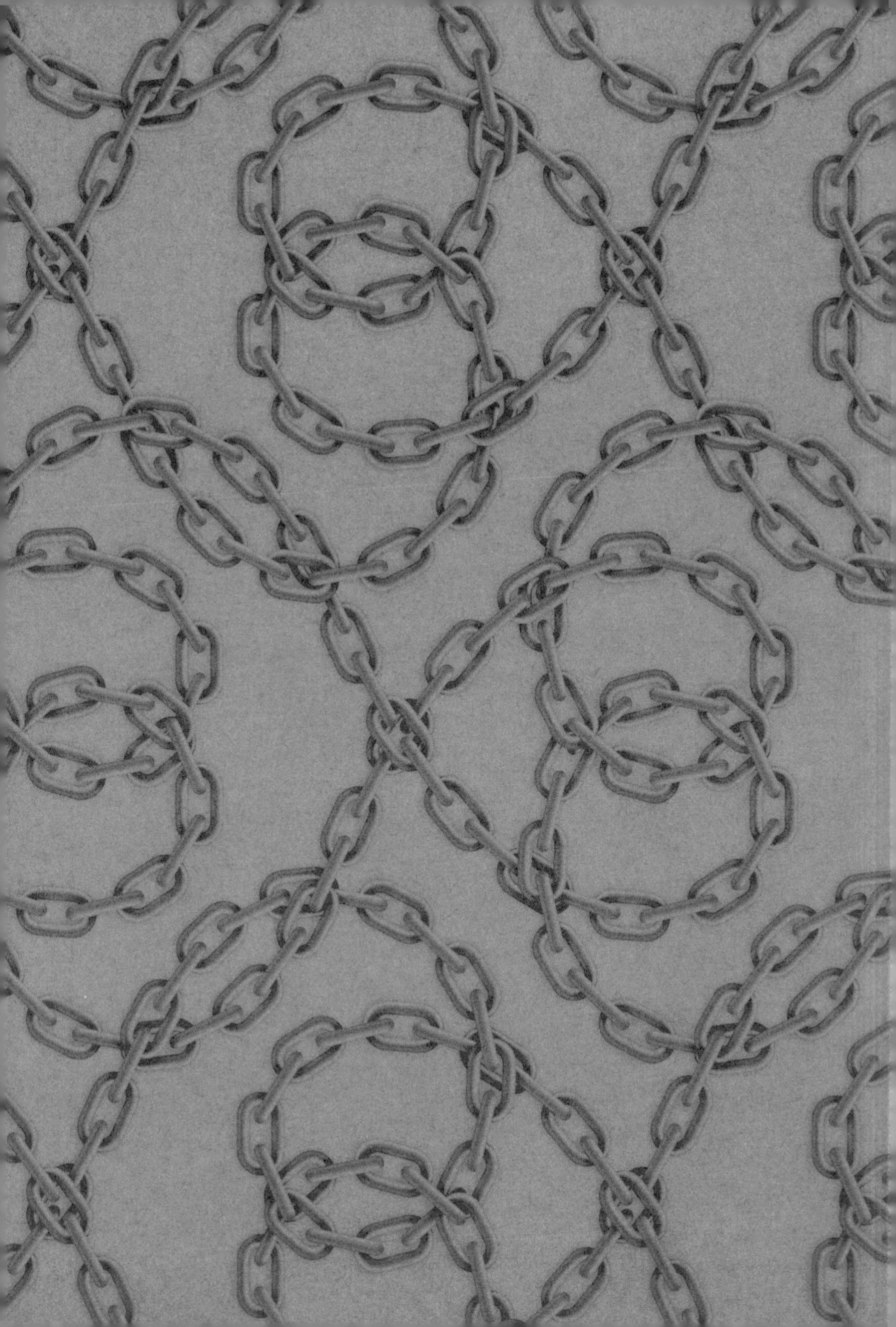